서금석 장편실화소설

비얼로 간다 ②

이 도서의 국립중앙도서관 출판예정도서목록(CIP)은 서지정보유통지원시스템 홈페이지(http://seoji.nl.go.kr)와 국가자료종합목록 구축시스템(http://kolis-net.nl.go.kr)에서 이용하실 수 있습니다.
(CIP제어번호 : CIP2020048610)

비 얼로 간다 ②

《 서금석 장편실화소설

지구문학

| 작가의 말 |

'비얼로 간다' 는 대전 둘레산 잇기 7구간 오봉산−구룡고개−보덕봉 사이의 상공에 2013년 6월 어느 날 갑자기 나타난 UFO를 타고 비얼나라로 간 안사람과 함께 쓴 글이다.

제9부에 개념 설계의 내용을 상세하게 기술한 비얼로는 나와 안사람이 함께 꿈꾸던 비얼나라에서 사용하는 원자로인데, 1,500개의 비얼거봉을 장전하고 한 번 가동되면 100Mwe의 출력으로는 30년을, 1Mwe의 출력으로는 5천년을 사용하고 그대로 폐기되는 일회용 원자로이다.

비얼로 인근에 세워질 예정인 비얼수련원은 은하우주선 피폭장애와 후유증을 전문으로 힐링시키는 방법을 연구하는 곳인데, 나와 안사람이 함께 가꾸어 나가고 싶어 하던 비얼나라의 힐링센터이다.

이곳을 찾아오는 어떤 나그네도 나와 안사람의 돌봄을 받고 건강한 새 사람이 되어 다시 사회로 나갈 것이다.

지금은 비록 두레아파트 작은 거실에서 비얼수련원을 시작하지만 은하우주선 피폭증후군으로 아파 고생하는 누군가가 비얼수련원을 찾아와 나에게 비얼힐링을 받을 때 안사람이 UFO를 타고 살그머니 내려와 이것저것 꼼꼼히 잘 챙기고 알뜰살뜰 돌보아줄 것이다.

이 글이 세상으로 태어나게 도움을 주신 계간 지구문학의 양창국 회장님과 김시원 주간님, 한누리미디어 김재엽 대표님, 그리고 수고해 주신 모든 분들께 감사드린다.

서금석 살바토르 올림

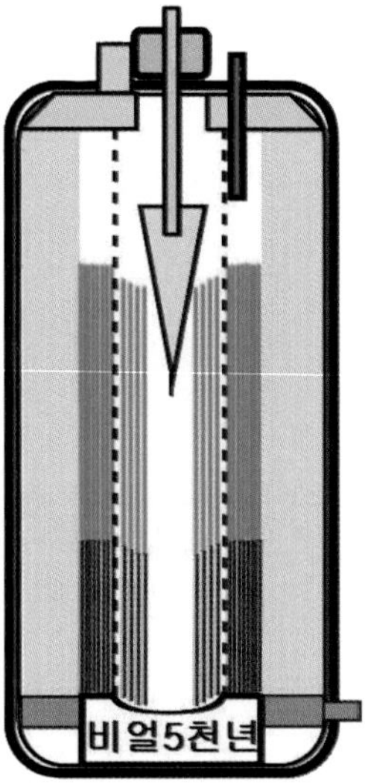
비얼5천년

| 차례 |

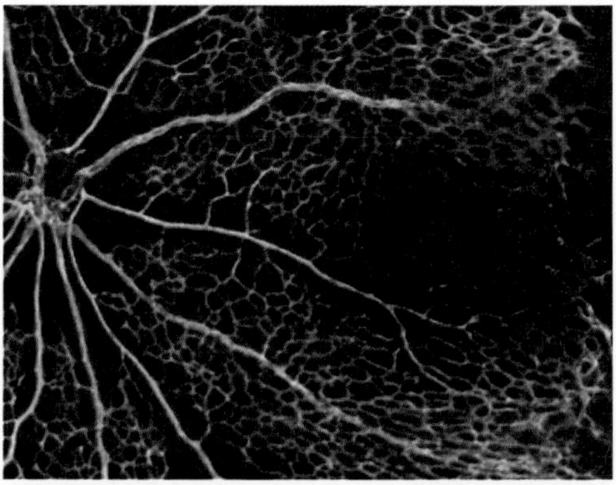

비얼30년

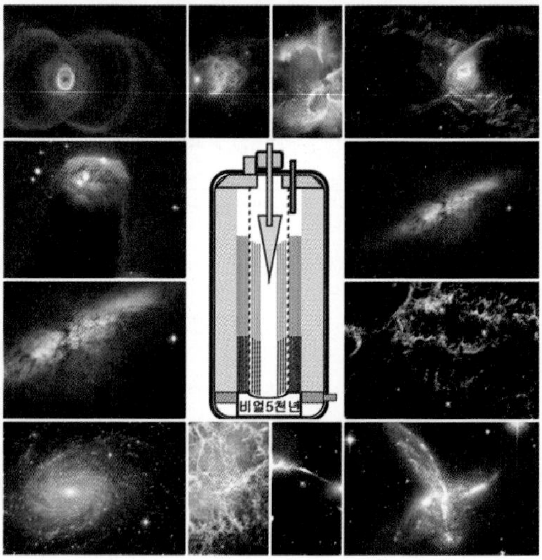
비얼5천년

제 4 부

은하우주선 피폭장애 힐링

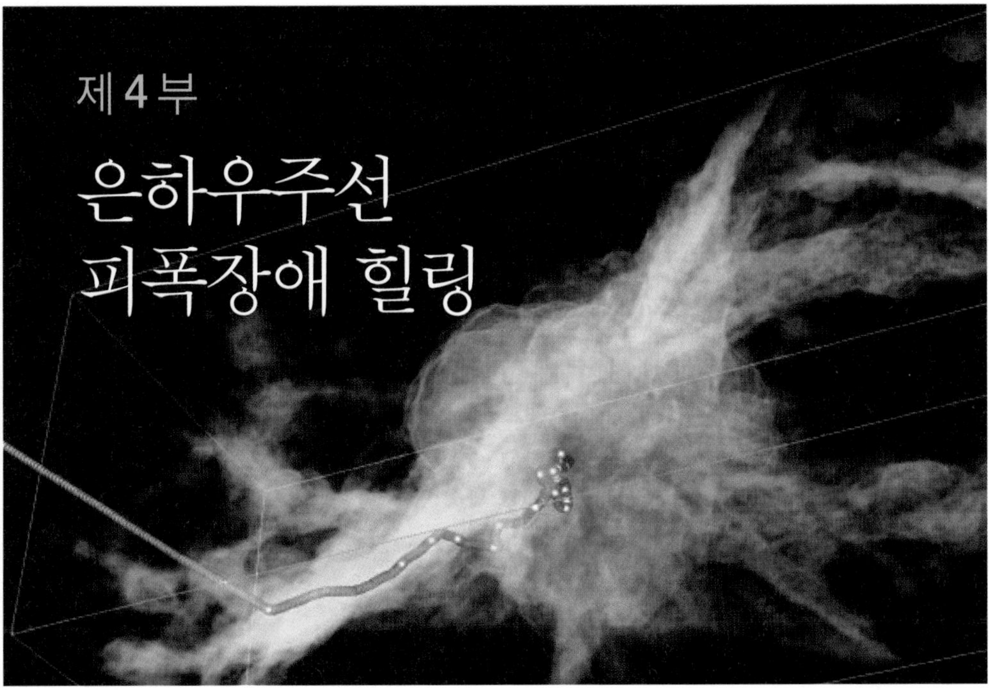

우주선(宇宙線, cosmic rays)이란 우주에서 지구로 쏟아지는 높은 에너지를 지닌 각종 입자와 방사선 등을 총칭한다.

우주선은 에너지의 크기에 따라 크게 3가지 종류, 즉 태양(저에너지) 우주선(노란색), 은하(고에너지) 우주선(파란색), 초고에너지 우주선(빨간색)으로 나누어지는데, 우주선 피폭장애를 유발하는 우주선은 고에너지 및 초고에너지 우주선이다.

이 은하우주선은 태양계 외부에서 초신성 폭발 등의 원인으로 생긴 은하우주선이 지구 표면에 도착하여 생기는 우주선으로 지표에서 $1m^2$의 표면적에 1년에 평균 한 번 정도 통과하는 우주선이다.

따라서 우리는 약 5년에 한 번 정도 이 은하우주선을 맞는다. 과거에는 50년에 한 번 정도라고 알고 있었는데, 5년에 한 번이라니 좀 더 심각하다.

모든 우주선은 지구 성층권과 대기권을 지나오면서 다른 물질과 부딪

쳐서 2차 우주선을 만들고 그 힘이 약화되지만 그래도 우리 몸에 맞으면 여러 가지 심각한 장애를 일으킨다.

이것을 은하우주선 피폭장애라고 하는데 우리가 살면서 어느 순간 갑자기 별다른 이유 없이 어딘가에 어떤 장애가 생기면, 그것이 바로 은하우주선이 지금 갑자기 아픈 곳을 뚫고 들어가서 생긴 은하우주선 피폭장애라고 생각하면 된다.

저에너지 우주선은 태양의 흑점 폭발 등의 원인으로 생기는 우주선으로 약 10초에 한 번 정도 우리 몸을 관통하지만, 그 영향이 X선 정도로 아주 작아서 특별한 외적 장애로는 나타나지 않는다.

초고에너지 우주선은 피폭되면 바로 치명적인데 다행스럽게도 천만 년에 한 번 정도의 확률이므로 일단은 안심해도 되고 다만 주변에 누군가가 갑자기 죽으면 이것을 의심해 볼 수도 있다.

우리나라 전체 인구 중 일 년에 5명 정도가 이 초고에너지 우주선을 맞는 확률이다.

사실 은하우주선도 심장에 직접 맞으면 바로 심장마비를 일으킬 수 있다.

이렇게 갑자기 돌연사를 일으키는 우주선 피폭 사고는 우리가 어떻게 해 볼 수 있는 것이 없으니 우주선 피폭장애 힐링에서는 논외로 한다.

모든 우주선은 우리의 몸을 관통하지만 그 크기가 작아서 사후에 그 흔적을 추적할 수가 없다.

따라서 우주선 피폭으로 어떤 징후가 생겨도 의학적이나 과학적으로 그 원인을 밝혀낼 수가 없다.

우주선 피폭에 의한 장애는 우리 주변에서 아주 흔하게 일어나는데, 이것을 알거나 말하는 사람이 거의 없다.

'왜? 왜? 왜일까…?'

당연한 것이지만 이것을 안다고 해서 뭔가를 할 수 있는 것이 없어서다. 우주선 피폭으로 누군가가 갑자기 죽으면 경찰이 사망 원인을 조사하기는 하지만, 결국에는 병원에서 진단하는 돌연사로 처리된다. 필자는 직접 경험해 보아서 이 내용을 아주 잘 안다.

우주선 피폭으로 누군가가 어디에 갑자기 장애가 생기면 대부분 병원에서 진단하는 어떤 병명으로 치료를 받는다.

그러나 이 경우에 병의 원인으로 우주선 피폭을 지목하는 의사는 거의 없을 것이다. 그리고 원인 불명으로 그 병증에 맞는 대중 치료를 적당히(?) 한다.

근본 원인을 모르고 하는 모든 치료는 결국에는 적당히 하는 치료가 된다.

물론 이 방법으로 효과를 보는 경우도 있지만 대부분의 경우에 치료가 장기화 되고, 또 많은 경우에 불치병으로 발전한다.

은하우주선 피폭으로 어떤 장애가 생긴 환자는 병원에서 받는 대중 치료와 더불어 여기에서 소개하는 '은하우주선 피폭장애 힐링' 을 함께 하여야 한다.

'은하우주선 피폭장애 힐링' 은 아주 간단하여 누구나 요령을 잠깐 배우면 쉽게 할 수 있다.

'은하우주선 피폭장애 힐링' 은 바로 우주선 피폭을 받은 부위 바로 위에 '삼지안' 을 해 주는 것이다.

'삼지안' 으로 많은 병을 고칠 수 있지만 특히 '은하우주선 피폭장애 힐링' 에는 '삼지안' 이 최고다.

누군가가 어느 날 갑자기 어딘가가 아프고 그 원인을 잘 알 수 없으면, 일단 '우주선 피폭장애' 라고 의심을 하고, 그 환자의 아픈 곳 중앙 부위에 '삼지안' 을 해 본다.

이때에 그 아픈 부위에서 나쁜 기운이 쏟아져 나오면, 거의 대부분 '은하우주선 피폭장애' 이며, 이 나쁜 기운이 다 빠져 나올 때까지 삼지안을 해 주면 그 병증이 서서히 사라진다.

일반적인 병을 삼지안으로 치료하려면 삼지안을 해 주어야 하는 위치를 찾기가 전문가가 아니면 제법 어려운데, '은하우주선 피폭장애 힐링' 에서는 이 위치를 누구나 비교적 쉽게 찾을 수 있다.

어느 날 갑자기 팔이나 다리의 어느 부위가 이유 없이 아프면, 그곳에 은하우주선이 관통한 것이고 그 아픈 부위 근방에 삼지안을 하면 된다.

또한 어느 날 갑자기 이석이나 뇌졸중이 이유 없이 오면 머리 부위에 은하우주선이 관통한 것이다.

뇌졸중이 온 환자를 병원에서 검사하여 그 원인이 나오면 이유가 있는 경우이지만 그 원인이 아리송한 경우에는 은하우주선 피폭장애를 의심해 보아야 한다.

이석도 병원에 가면 대부분 원인불명인데 은하우주선이 귀 주변을 관통하면 주변이 이온화 되고 이석이 빠져 나와 어지럼증이 생긴다.

이러한 병증들은 삼지안으로 쉽게 힐링된다.

'은하우주선 피폭장애' 의 특징 중의 하나는 젊어서는 비교적 쉽게 원상 복구가 되는데, 나이를 좀 먹어서부터는 은하우주선 피폭 후에 원인치료를 하지 않으면 그 병증이 오래 간다는 것이다.

그래서 주변에 나이가 드신 어느 분이 어느 날 갑자기 원인불명으로 어딘가 아프기 시작하여 오래도록 난치병 또는 불치병이 되어 고생하는 경우에는 일단 그 병증이 처음 생긴 중앙 부위에 삼지안을 해 주면 의외로 쉽게 치료가 된다.

의외로 쉽지만 문제는 아무리 쉬워도 3개월은 수고해야 한다. 달랑 3개월만 고생하면 해결이 된다.

번개와 우주선

우리는 여름철 큰비가 올 때에 온 하늘에서 요란하게 천둥번개가 치는 것이 우주선과 아주 밀접한 관련이 있다는 것을 잘 모른다.

하늘에 먹구름이 가득 몰려오면 그 먹구름에 높은 전압의 전하가 대전이 되고, 그 전하와 땅 사이에 방전이 일어나면 한꺼번에 엄청난 전하가 땅으로 내리꽂히는데 이것이 번개이다. 이때에 하늘이 울려 천둥소리가 난다.

이것이 우리가 일반적으로 알고 있는 천둥과 번개인데 여기까지만 보면 번개와 우주선은 아무런 연관도 없는 것 같다.

그러나 이러한 번개가 만들어지는 원인을 좀 더 깊이 알아보면, 번개를 만드는 주원인이 우주선이라는 것을 알 수 있다.

먼저 번개가 만들어지려면 먹구름에 높은 전압의 전하가 대전되어야 한다. 이것은 예전에는 구름의 층이 서로 마찰하면서 두 구름층 사이에 서로 다른 정전기가 대전된다고 하였다.

실은 성층권 위에 있는 전리층에 태양의 흑점 폭발로 생기는 태양풍이 지구로 불어와서 전리층에 이온이 쌓이고, 이것의 일부는 지구의 전자기장에 이끌려 극지방으로 이동하여 오로라를 만들지만 일부는 먹구름을 대전시키고 번개의 형태로 땅으로 내려온다.

이 태양풍으로 막대한 양의 우주선이 지구로 쏟아져 오지만 다행스럽게도 대부분이 전리층, 오존층, 대기권을 통과하면서 소멸되고, 극히 일부만 지표면에 도달하는데 이것이 저에너지 '태양우주선' 이다. 이 태양우주선이 우리의 몸을 약 10초에 1개 정도 관통을 하지만 그 에너지가 X선 정도로 작아서 우리는 전혀 감지를 할 수가 없다.

번개를 만드는 데에는 또 하나의 우주선이 중요한 역할을 하는데, 이것은 바로 고에너지 '은하우주선' 이다.

태양우주선이 먹구름에 아주 높은 전압의 정전기를 대전시키지만, 구름과 땅 사이의 거리가 너무 멀어 단순히 이 전압 차이만으로는 방전이 일어나지 않는다.

은하우주선은 초신성 폭발 등의 결과물로 먼 우주에서 지구로 날아오는 우주선인데, 지표면 사방 10km에 1초에 3회 꼴로 내려온다.

비 오는 날에는 구름과 땅 사이에 수증기가 가득한데, 이때에 은하우주선이 내려오는 직선 궤적에는 공기와 수증기가 이온으로 변하고, 이 이온의 줄기를 타고 구름에 대전된 정전기가 흘러서 땅까지 오는데 이것이 번개다. 즉, 은하우주선이 번개를 인도하여 땅으로 내려오는 안내자 역할을 한다.

우리가 번개를 보면 하늘에서 내려오며, 중간에 몇 번 갈래를 치는 것이 보이는데, 이것은 구름과 공기가 움직이면서 은하우주선의 통과로 만들어진 직선 이온 궤적이 흐트러지기 때문이다.

우주선 피폭장애를 연구하려면, 먼저 번개에 대하여 잘 알아야 한다.

우리가 은하우주선에 대하여 연구하려면, 거품 상자나 안개상자를 만들고, 그것을 통과하는 우주선의 실체를 관찰하여야 하는데, 그것보다는 번개를 잘 공부하는 것이 더 효과적이다.

은하우주선이 땅으로 피폭되는 것을 육안으로 볼 수 없지만, 번개의 궤적이 바로 은하우주선이 피폭된 흔적이다.

우리가 5년에 한 번 정도 은하우주선에 피폭이 된다는 말은 바로 아주 작은 번개를 5년에 한 번 정도 맞는다는 이야기이고, 그때에 관통 궤적 주변에 만들어지는 이온과 자유전자들이 후유증을 일으키면 우리 몸에 각종 장애가 생기고, 이어서 시간이 지나면서 각종 병, 난치병, 불치병으로 발전한다.

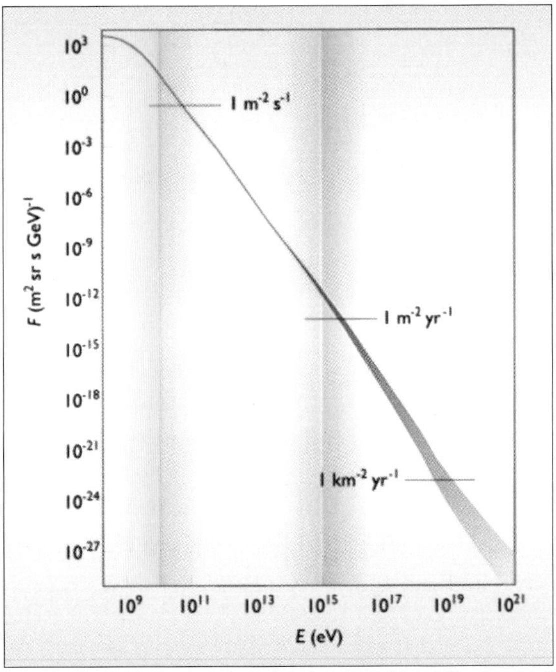

우주선은 3가지 종류, 즉, 태양(저에너지) 우주선(노란색), 은하(고에너지) 우주선(파란색), 초고에너지 우주선(빨간색)로 나누어진다.

이유 없이 아픈 새끼발가락

어제 아침에 잠자리에서 잃어나는데 왼쪽 새끼발가락이 아프다. 마치 꿈속에서 잘못 넘어져 발가락을 삔 것 같다. 일어서려다가 다시 주저앉아 이리저리 살펴보니, 새끼발가락 위쪽 1치 부위가 가장 많이 아프고, 발목과 무릎에서도 약간의 통증이 감지된다.

삼지안으로 이상 부위를 한 시간가량 치료하자, 발목과 무릎의 이상 징후는 사라졌는데 새끼발가락은 통증이 그대로이다.

식사 준비를 하러 조심조심 걸어다니고 나면 통증이 다시 심해져서, 한 시간 정도 치료를 해야 조금 편해진다.

어제는 하루 종일 집에서 발가락 치료를 하였는데 같은 상황이 반복되었고, 아픈 원인을 이리저리 생각해 봐도 도무지 그 원인을 알 수가 없다. 밤에 잠을 자려고 누우니 새끼발가락 주변으로 통증이 확대되어 도무지 잠을 이룰 수가 없다.

그리고 저녁 11시가 다 되어 겨우 잠이 들었는데, 새벽 2시에 발가락 통증으로 잠이 깬다.

삼지안으로 다시 통증을 완화시키고 아픈 원인을 알 것 같다.

아픈 원인은 아마도 어제 저녁 잠자는 중에 은하우주선이 새끼발가락의 인대 부위를 관통해서 인대 손상이 생긴 것 같다.

우리가 사는 지구에 도달하는 은하우주선은 멀고 먼 우주 어딘가에서 초신성이 폭발하면서 생기는 고에너지 입자인데, 우리는 평생에 한 번 정도는 이런 은하우주선이 우리 몸을 관통한다고 한다.

이번의 나의 경우처럼 발가락 부위에 맞는 것은 비교적 운이 좋은 경우인데, 그래도 이 우주선이 내 새끼발가락의 인대 주변을 관통하며 인대가 손상되어서 한동안은 방안 퉁수를 하면서 지내야 할 것 같다.

다행스럽게도 나는 스스로 발가락 인대 손상을 치유할 수가 있어서 이 기회에 은하우주선이 인체에 미치는 영향을 좀 더 공부할 예정이다.

아래 사진에서 보이듯이 은하우주선에 의한 손상은 외견상 아무런 이상을 발견할 수가 없고, 병원에 가서 정밀검사를 해 보아도 1차 손상을 발견할 수 없다.

다만 이러한 1차 손상을 입은 환자는 잘못 움직이면서 추가 손상을 입는 경우가 많은데, 병원에서는 추가 손상이 주 원인이라고 생각하고 치료를 하므로 근치를 하는 데 큰 어려움이 따른다.

예를 들어 은하우주선이 머리 부위를 관통하는 경우에는 그때에 생긴 다량의 헤리전자와 이온 때문에 이석증이 추가로 생기는데 이로 인한 어지럼증이 환자를 크게 괴롭게 하므로 이비인후과에 가서 이석증 치료를 받는다.

그러나 이 이석증이 완치된다고 해도 주원인인 은하우주선이 머리 부위를 관통해서 생긴 후유증을 모두 해소하는 것이 아니어서 근치가 안 되고, 당연히 언젠가는 후유증으로 인해 새로운 병이 생겨난다.

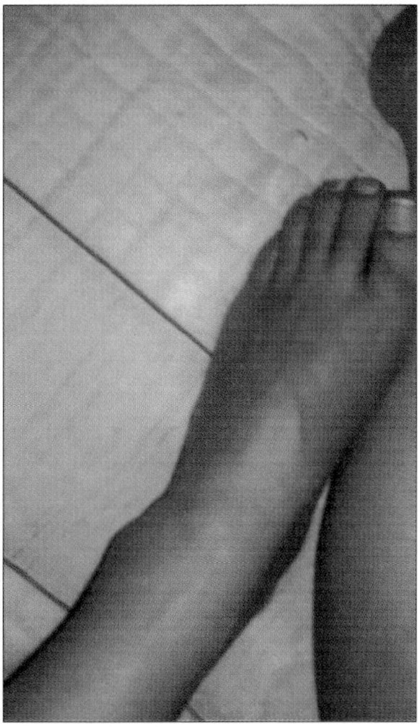

은하우주선에 의한 발가락 손상은 외견상 아무런 이상을 발견할 수가 없다.

이번처럼 한쪽 발이 아픈 경우에는 병원에 가는 것 자체가 2차 손상을 일으키는 원인이 되어 병원에 도착했을 때에는 발이 온통 부어있어서 마치 삐거나 부러져서 생긴 상처와 비슷하게 변한다.

그래서 깁스를 하고, 약을 먹고, 지팡이를 짚고 다녀야 되는데 보통 1~2개월이 지나야 지팡이 없이 다닐 수 있고, 1년이 지나야 정상으로 회복이 된다. 나의 경우에는 처음부터 스스로 치료를 해서 2일이 지났을 때에는 90% 정도 치료가 되어 일요일 저녁 미사를 보러 갔는데, 지팡이를 짚지 않고 성당에 들어가서 미사를 본 것이 문제가 되어 집에 돌아와 보니 아픈 발이 팅팅 부어 있었다.

이것은 나의 교만이 일으킨 죄에 대한 벌이니 며칠간은 더 고생을 해야 할 것 같다.

[2차 손상이 전파되는 경로]

왼쪽 새끼발가락 상부 1치 부위(1차 손상 발생 부위) → 발바닥 인대, 뼈와 관절 → 발꿈치 → 발바닥 → 다리 → 무릎 → 정강이 → 고관절 → 골반 → 꼬리뼈 → 허리뼈 → 일부는 다른 쪽 골반 → 고관절 → 다른 일부는 등뼈 → 어깨 → 팔 → 손등 → 손가락 → 또 다른 일부는 목뼈 → 두개골로 전파가 되는데, 즉 거의 순식간에 온몸으로 손상의 여파가 전달이 된다.

이 2차 손상을 치료, 회복시키려면 역순으로 따라가며 손상을 복구시켜야 한다. 일요일 저녁미사를 지팡이 없이 참석한 잘못으로 생긴 2차 손상의 여파를 다음 날 하루 꼬빡 걸려 해소시켰는데, 그래도 온몸 여기저기에서 불편하다는 신호가 이어진다.

따라서 어디가 어떤 이유로 다쳤을 때는 불필요한 행동으로 2차 손상을 유발하지 않도록 조심 또 조심하는 것이 현명하다. 나와 같이 스스로 자가 치료가 가능한 경우에는 앉은 그대로 바로 치료에 전념하면 된다. 병원에 가야 하는 경우에는 그 자리에서 움직이지 말고, 즉시 앰뷸런스를 불러 들것에 실려 병원으로 이동하는 것이 현명하다.

우리는 매순간 어딘가가 아프고 그 여파가 순식간에 온몸으로 전파가 되며, 그중 일부는 매순간 치유가 되고 나머지는 그대로 몸 안 어딘가에 남아, 그래 그래서 매순간 조금 아주 조금씩 늙어간다.

끝으로 밤하늘에 반짝이는 무수한 별들로부터 우리가 사는 지구로 날아오는 무수한 우주선이 우리의 몸을 매일 1~2개 관통을 하는데, 이것이 우리의 건강에 미치는 영향을 생각해 보자.

밤하늘에 반짝이는 대부분의 별들은 태양과 유사한 활동을 하며 이중에서 태양 표면에서 흑점이 생길 때에는 무수한 우주선이 쏟아져 나와 지구로 날아오는데, 다행스럽게도 이러한 우주선은 대부분 지구의 대기권과 상층권에서 차단이 되고 극히 일부만 지구 표면에 도달하여 우리의 몸을 관통하는 것은 하루에 1~20개 정도이다.

이 우주선은 그 입자 크기가 작고 에너지가 비교적 낮아서 비록 우리의 몸을 관통하더라도 우리는 아무런 느낌이 없다. 그리고 그 입자가 관통하는 통로에 수백 개의 세포가 죽고, 수백 개의 암세포가 생기고, 수백만 개의 헤리전자와 이온이 생겨도 우리의 몸은 태어난 이후로 이러한 우주선을 매일 맞으면서도 건강을 유지할 수 있는 면역력이 있어서 아무런 문제없이 잘 살고 있다.

다만 우리는 누구나 나이가 먹으면서 노쇠해지고 면역력이 약해지는데 그때가 되면 이러한 우주선이 우리의 건강을 위협하는 최대의 적이 된다. 밤하늘의 별들 중에는 별들이 늙어서 적색 거성이 되고 이것은 마지막에 장렬한 폭발을 일으키며 밤하늘에 갑자기 새로 나타나는 초신성이 된다. 그런데 여기에서 나오는 우주선은 입자의 크기도 크고 아주 높은 에너지를 가지고 있어서 우리는 이것을 은하우주선이라고 부른다.

이러한 은하우주선은 우리의 평생에 한 번 정도 우리의 몸을 관통한다. 실제로는 5년에 한 번꼴로 피폭된다.

이 은하우주선이 우리의 몸을 관통하면 관통 부위에 따라 그 영향이 다르지만 일부는 관통 직후에 그 영향을 감지할 수 있으며, 일부는 관통 사실을 뭔가 이상한 일이 생겼다는 정도로 인식하고 지나간다.

이것은 1차 손상도 중요하지만 이것이 너무 갑작스럽게 아무런 이유 없이 생기기 때문에 이것을 인식하지 못하고 저지르는 2차 손상이 더 큰 문제를 일으킨다. 또 1차 손상으로 생기는 수천 개의 죽은 세포, 암세포, 수천만 개의 헤리전자와 이온들을 어떻게 안전하게 처리할 것인지도 고민을 해 보아야 한다.

나는 평생에 한 번 맞는다는 은하우주선을 나이 66세에 비교적 안전한 새끼발가락 부근에 맞았다. 그리고 며칠 만에 그 후유증을 스스로 만족할 만큼 처리하였다. 그러면 나는 은하우주선의 영향으로부터 자유스럽게 된 것일까?

평생 한 번이라는 확률은 아주 재미있는 표현인데 이것은 내가 며칠 전에 은하우주선을 맞았으니 앞으로는 안 맞을 것이란 이야기가 아니고, 내가 앞으로 살아갈 여생 동안에 한 번 정도 더 은하우주선을 맞을 것이란 이야기이다. 열흘이 된 오늘 아침에 우연히 왼쪽 발가락의 발톱이 많이 자란 것을 발견하였다. 특히 새끼발가락의 발톱이 3밀리미터 정도 자라 있는데 아마도 은하우주선이 한 일인 것 같다.

2015년 7월 22일 주변 재발: 새끼발가락에서 중지까지 약한 통증이 감지되어 삼지안 치료를 해 주었다.

2015년 7월 24일 하루 정도 많이 아프다가 오늘은 다시 편안해졌다.

위에서 언급한 우주선 피폭량은 당시에 필자가 잘못 알고 있던 수치인데 그것을 정정하지 않고 그대로 썼다. 정확한 수치는 차후에 나오는 내용을 참고 바란다.

– 〈사랑이 깃든 고행길〉 중에서

우주선과 우리 몸

우주선은 우리의 몸을 끊임없이 관통한다.

태양으로부터 오는 저에너지 태양우주선은 약 10초에 한 번 우리 몸을 관통하고, 몇 십억 광년 떨어진 은하에서 초신성 폭발의 결과로 오는 고에너지 은하우주선은 약 5년에 한 번 우리 몸을 관통하며, 그보다 더 먼 우주에서 잘 알 수 없는 원인으로 오는 초고에너지 우주선은 천만 년에 한 번 우리 몸을 관통한다.

우리의 몸은 연 평균 2.4mSv(밀리시버트)의 자연 방사능을 맞으며, 이 중 우주선은 모두 합하여도 0.4mSv로 전체 자연 방사능의 1/6로 아주 적은 양 밖에 안 된다.

우리 몸은 평생 동안 매년 2.4mSv의 자연 방사능을 맞으며 그러한 환경에 적응하는 면역력을 갖고 있다.

자연 방사능은 끊임없이 우리의 몸을 관통하지만 우리는 대부분의 경우에 그 사실을 감지할 수가 없어서 알아도 그냥 무시하고 산다. 자연 방사능 중에서 고에너지 은하우주선과 초고에너지 우주선은 우리가 조금 관심을 가지면 언제 우리의 몸을 관통하였는지 추정할 수가 있다.

필자는 고등학교에 들어가기 6개월쯤 전에 갑자기 시력이 나빠져 안경을 쓰게 되었다. 그 당시에는 재수를 하며 서울 종로에 있는 모 학원에서 수험 준비를 하던 중이어서 공부를 하느라 눈이 나빠졌다고 생각하였는데 어쩌면 은하우주선을 얼굴 어딘가에 맞아서 그 여파로 눈이 나빠졌을 수도 있다.

그것은 고등학교에 들어간 후에 화학 실험실에 간 적이 있는데, 화학 실험실에서 나는 나쁜 냄새를 맡지 못하는 것을 알게 되고 그 후로는 냄새를 못 맡는 후맹으로 살았다.

그래서 지금 돌이켜 생각하면 은하우주선을 얼굴에 맞고 먼저 눈이 나빠지고, 또 그 여파가 증폭되어 후각 신경도 손상이 된 듯하다. 이러한 것은 50년 전에 있었던 것이니 지금은 그저 추정을 하는 정도이다.

2015년 6월 27일 카톡에 올린 '갑자기 아픈 다리'는 그 당시 필자가 경험한 내용을 글로 올린 것으로 일부 내용에 오류가 있지만 그래도 필자의 경험을 생생하게 올린 글이다. 한 번 읽어 보고 '우주선 피폭장애'를 극복하는 요령으로 참고하기 바라는 마음이다.

필자의 경우처럼 새끼발가락 1치 위쪽 부위의 발등에 은하우주선을 피폭 당한 것은 아주 운이 좋은 경우다. 그리고 필자 스스로 바로 삼지안 치료를 할 수 있는 부위여서 큰 다행이었다. 하지만 큰 어려움은 없었지만 완치를 시키는 데 거의 한 달이 걸렸다.

당시 필자는 60대 후반의 나이이니 지금까지 약 14번의 은하우주선을 피폭 받았을 것으로 추정된다. 그중에 일부는 큰 징후 없이 소멸되었고, 또 일부는 아직도 손상 징후가 남아있거나 일부는 그런대로 치유되어 흉터를 남겼을 것이다.

이러한 손상 징후나 흉터는 지금이라도 삼지안으로 정밀탐색을 하면 어느 정도는 그 흔적을 찾을 수 있고, 또 어느 정도는 좀 더 좋게 치유할 수 있을 것이다.

그래서 이번 기회에 내 몸에 대하여 '은하우주선 피폭장애 후유증 탐사' 를 해 보고 어떤 결과가 나오면 이곳에 글을 올릴 계획이라 했었다.

우주선 피폭 이력

방사성 물질 취급 종사자들에게는 작업 중에 피폭되는 방사선의 양을 기록하는 '방사선 피폭 이력' 자료가 있다. 이 자료를 보면 누가 언제 어떤 작업을 하다가 방사선을 얼마 맞았는지를 알 수 있다.

우리는 누구나 일정량의 우주선을 맞고 있고, 그중에서 인체에 직접적인 장애를 일으키는 고에너지 또는 초고에너지 우주선을 약 5년에 1회 정도 맞고 있는데, 이것이 우리 몸에 얼마나 손상을 입혔는지 의학적으로나 과학적으로 알 수가 없다.

다행스럽게도 '삼지안' 을 사용하면, 우주선 피폭으로 인한 장애를 어느 정도 치유할 수가 있다. 그 일환으로 '우주선 피폭 이력' 을 조사할 수 있는 간단한 방법을 소개한다.

우리가 살아가면서 누구나 각종 우주선에 공평하게 노출이 되며 같은 확률로 우주선 피폭을 받는다.

그러나 확률은 누구나 같지만 실제로 우주선에 피폭을 받은 이력은 모든 사람이 서로 다르게 되며, 이 '우주선 피폭 이력' 을 어느 정도 알 수 있으면, 그 사람의 건강관련 문제들이 어떤 원인으로 생겼는지를 좀 더 잘 알 수 있고 그에 맞는 치료를 할 수가 있어서 종합적인 건강관리를 좀 더 잘 할 수 있다.

필자가 오늘 아침에 친구 K군에게 한 시간 동안 '우주선 피폭 이력' 검사를 실시하였으며, 그 과정에서 10줄기의 나쁜 기운이 나오는 것을 감지하였다.

이 나쁜 기운들은 K군이 그동안 살면서 받은 은하우주선에 의한 손상 또는 다른 어떤 병력에 의한 손상 부위로부터 나오는 것이다.

K군은 나와 같은 연배이니 평균으로 따지면 은하우주선에 의한 손상은 약 14번 정도인데, 그중 절반 정도만 현재 감지가 된다고 보면 7번이 은하우주선에 의한 것이고 나머지 3번은 어떤 병력이 있어서 생긴 손상이다.

은하우주선에 의한 손상은 그 후유증으로 어떤 병증을 일으킨다. 따라서 어느 사람의 평생 병력 중에서 원인이 분명한 것을 제외하고, 원인이 불명인 것은 일단 은하우주선에 의한 병증으로 보아야 한다.

K군에게 병력을 자세하게 물어보지는 않았지만 지금까지 3번 정도는 어떤 원인으로 병증이 있었을 것 같고, 나머지 7번은 은하우주선 피폭에 의한 손상 후유증으로 보인다.

그럼 오늘 K군에게 '우주선 피폭 이력' 검사를 어떻게 하였으며 그 결과는 어떠하였는지 간단하게 소개한다.

'우주선 피폭 이력' 검사를 하려면 환자를 시술자의 양반다리 무릎에 눕게 한다. 그리고 왼손은 환자의 귀밑에, 오른손은 환자의 목에 삼지안을 하고서 나쁜 기운이 다 나올 때까지 시행한다.

장병두 옹의 맥진법과 유사하며 환자의 손상 후유증으로 생기는 노폐물을 신장과 간장에서 처리하는데, 그 종류를 보고 손상 개수를 어림짐작한다.

상기 검사 방법은 말로는 아주 간단한데 실제로 시행하는 데에는 몇 가지 설명이 필요하다.

환자의 머리를 시술자의 무릎에 눕게 하고 양손 삼지안을 하는 것은 한 번 해 보면 누구나 할 수가 있는데 환자에게서 나오는 나쁜 기운을 판독하려면 어느 정도 경험이 있어야 한다.

K군의 경우처럼 10줄기의 나쁜 기운이 나오는 것은 K군의 몸에 10번 정도 어떤 사건이 생겼다는 것이다. 즉 사건 파일이 10개가 있다는 것이다. 이들 사건 중에는 아주 심각한 것도 있고, 덜 심각한 것도 있을 것이며, 아주 경미한 것은 이미 파일 자체를 폐기하였을 것이니 환자는 기억해도 몸은 기억하지 못할 것이다.

사건 파일 중에는 환자가 기억하는 것도 있지만 상당수는 환자는 기억 못하고 몸만 기억하고 있는 것도 있다.

K군의 검사를 마치고 아침 식사를 함께하며 잠깐 이야기를 나누었는데, 내 무릎에 눕고 얼마 안 되어 내가 자기의 정수리를 손으로 아프게 누르는 느낌을 받고 조금 지나서 시원해지면서 그 후로는 검사 내내 잠이 들었다고 한다.

실은 나는 왼손으로 K군의 귀밑, 오른손으로는 K군의 목에 삼지안을 가볍게 한 시간 정도 하고 있었다.

K군이 정수리에 누르는 느낌을 받은 것은 예전에 K군의 정수리에 은하우주선 피폭이 있었기 때문이고, 이로 인해 그 당시에는 이석증이 생긴 것 같다.

그 후로는 잠이 들어 과거의 병력과 일치하는 느낌을 알 수가 없는데, 앞으로 이 검사 방법을 좀 더 체계화하면 좋은 자료를 얻을 수 있을 것이다.

사건 중에는 이미 종결로 처리된 것도 있고, 후유증이 남아 미결로 남아있는 것도 있다. 시술자는 검사를 하면서 환자에게서 나오는 나쁜 기운들이 각각 어떤 장소에서 발생하여, 현재 어떤 상태인지를 경험을 통하여 어느 정도 파악할 수 있어야 한다.

'우주선 피폭 이력' 검사는 현재로는 시술자의 경험에 의존하는 것이므로 의학적으로나 과학적으로 인정을 받을 수 없으나 그래도 이 정도의 검사 결과만으로도 환자의 건강관리에 큰 도움을 줄 수가 있다.

앞으로 의학과 과학이 더 발달되면 일반 건강검진에서도 환자의 '우주선 피폭 이력'을 알 수 있는 날이 오고, 병원에도 '우주선과'가 생겨나 '우주선 피폭장애'를 전문으로 다룰 것이다.

'삼지안'의 운명은…?

우주선 피폭, 사십견, 금연 그리고 가려움증의 원인

'우주선 피폭, 사십견, 금연, 그리고 가려움증의 원인' 이라는 4가지 단어는 서로 별 연관이 없어 보이는데, 필자의 경우에는 나이 사십 세에 '우주선 피폭' 으로 '사십견' 이 생기고, 이것을 치료하기 위하여 '금연' 을 하게 되었는데, 그 후에 '가려움증' 이 생긴 사연을 소개한다.

필자는 젊었을 때에 하루에 한 갑 이상 담배를 피우던 골초였었는데, 나이 사십 세 때에 어느 날 갑자기 금연을 하게 되어 주변 사람들을 놀라게 하였다. 금연을 하게 되면 항상 금단현상이 생겨 골초들은 웬만해서는 금연에 실패를 한다.

필자의 경우에는 사십이 거의 다 될 즈음에 어느 날 갑자기 사십견이 생겨 그것을 치료하기 위하여 일하는 자세를 바꾸고 컴퓨터를 적게 하고 여러 가지 운동을 하는 등, 사십견이 사라지도록 몇 가지 조치를 하였다. 그런데 오히려 목까지 아프기 시작하여 다음 조치로 금연, 금주, 금욕 중에서 한 가지를 선택하여야 하는 상황이 되어 결국 와이프가 평소에 원하던 금연을 선택하였다.

그 당시에 금연을 한 것은 지금 생각해 보면 아주 큰 행운이었다. 금연을 하고 몇 주가 지나면서 사십견이 스르르 사라졌다. 이때 금단현상이 있었지만 다시 담배를 피우면 사십견이 다시 올 것을 우려하여 금단현상을 그런대로 쉽게 견뎌낼 수 있었다.

그런 일이 있은 후에 몇 달이 지난 어느 날부터 왼쪽 등의 어깻죽지 부분에 가려움증이 생겼다. 이곳은 오른손을 겨드랑이 아래로 넣어도 어깨 너머로 뻗쳐도 잘 닿지 않는 부분이어서 한 번 가렵기 시작하면 효자손의 도움을 받아야 그나마 긁어 줄 수가 있다.

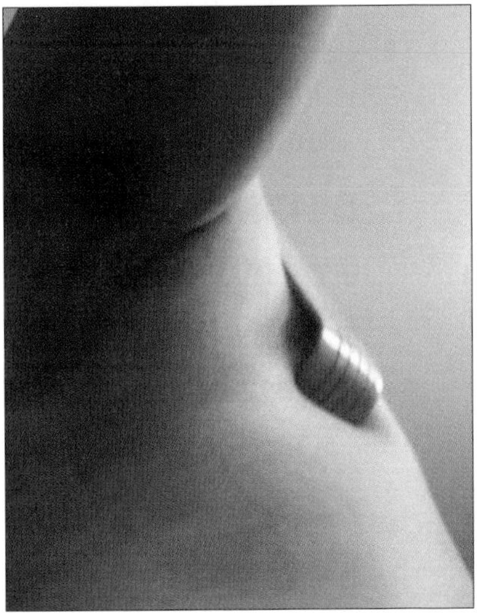

그 후로 27년이 지나서도 매주 두어 번은 그곳에 가려움증이 생겨서 효자손으로 긁어 주고 있다.

그 후로 27년이 지나서도 매주 두어 번은 그곳에 가려움증이 생겨서 효자손으로 긁어 주고 있다. 그러다가 어제 올린 '우주선 피폭 이력' 검사를 필자 스스로에게 실시하고 몇 군데에서 피폭이 의심되는 장소를 발견하였다.

그중에 왼쪽 등의 어깻죽지가 있어서 필자의 병력을 다시 되짚어 보니 사십 세 때에 있었던 사십견과 연관이 있는 것을 알 수 있게 되었다.

필자에게 사십 세 때에 어느 날 갑자기 사십견이 생긴 것은 다른 원인일 수도 있지만 그 당시에 일반적으로 사십견을 유발하는 것으로 알려진 다른 요인들을 모두 제거하였는데도 오히려 더 상태가 나빠져 목을 움직이기도 힘들어졌다.

원인 불명으로 사십견이 생긴 것이고, 그래서 내가 금연을 하여 일반적인 면역력을 높게 하였다. 그 후로 몇 주에 걸쳐 서서히 사십견을 사라지게 하였으니 아주 현명한 조처였다고 생각된다.

그 당시에는 사십견의 원인을 몰랐는데 이번에 '우주선 피폭 이력'을 조사하면서 사십견의 원인이 우주선 피폭으로 밝혀졌다. 그 당시에는 금연으로 어깨 아픈 것이 좋아졌지만 병의 뿌리는 그대로 남아있어서 이삼일에 한 번은 그 부위에서 가려움증이 생긴 것이다.

은하우주선에 피폭이 되면 그 은하우주선이 통과하는 궤적의 주변에 있는 세포들은 막대한 손상을 입게 되고 상당 부분 죽게 된다. 이 죽은 세포는 피의 흐름이 좋은 곳에서는 일부 복구가 되지만 그렇지 못한 곳에서는 다른 세포나 이물질과 뒤섞여 흉터가 되고 그 자리에 그대로 남아있게 된다.

이런 흉터에서는 끊임없이 소소한 문제가 발생한다. 이러한 과정에서 새로운 이물질이 생겨나고 이것이 주변 조직을 자극하여 가려움증을 유발한다.

가려움증이 생겼을 때에 그 주변을 긁어주면 그곳에 새로운 피가 공급되어 문제가 되는 이물질을 제거한다. 이때에도 평소에 출입이 가능한 곳에 생긴 이물질은 처리가 되지만, 은하우주선 피폭으로 생긴 몸속 아주 깊숙한 곳에 있는 죽은 세포나 이물질은 제거가 되지 못해 시간이 조금 지나면 다시 가려움증이 재발된다.

예전에는 가려움증의 원인을 몰라 치료를 못했는데 이제 그 원인이 27년 전에 받은 '은하우주선 피폭'이라는 것을 알았으니 삼지안을 몇 주 해 주면 27년 묵은 가려움증이 치료가 될 것으로 예상된다.

우주선 피폭과 명현현상

명현현상(瞑眩現象)은 병이 호전되는 과정에서 겪는 현상이므로 잘못된 약의 처방 등으로 나타나는 부작용과는 다르다. 명현이란 한약 등을 복용한 환자가 치유되는 과정에서 예기치 않게 일시적인 증상 악화를 겪거나 다른 증세를 보인 뒤 나아지는 것을 뜻한다.

이러한 호전반응은 비정상적인 인체의 부분들이 정상적인 상태로 회복되면서 나타나는 현상이다.

예를 들면 여드름이나 기미 등을 제외한 대부분의 피부질환은 명현현상이 일어나야만 한다. 독기가 제거되면서 겉으로는 오히려 증상이 심해지는 반응이 나타나야만 피부질환이 잘 치료될 수 있다.

그러나 이러한 현상이 부작용이나 과민반응일 수도 있으니 주의가 필요하다.

이상은 백과사전에 나오는 명현현상에 대한 간단한 설명이다.

이 설명에도 나오듯이 어떤 병에 걸리면 그 병이 진행되면서 주변 조직에 영향을 미쳐 추가 손상을 일으키는데 이것을 치료하는 과정에서 숨어있던 손상들이 표면으로 나타나는 현상이 바로 명현이다.

이러한 현상은 한방치료 과정에서는 아주 흔하게 일어나는데, 그 이유는 한방치료는 양방치료와 달리 간접적인 치료법, 곧 환자의 몸을 보하는 탕약 등이 많아 그 효과가 바로 겉으로 드러나지 않다가 어느 정도 시간이 지나 환자 몸 안의 상태가 호전되면, 한꺼번에 치료 효과가 나와 몸 안의 방위군과 병균 사이의 전투가 치열해져 일시적으로 증상이 악화되는 듯한 현상이 나타나고, 이 전투에서 방위군이 승리하면 병은 치료가 된다.

'우주선 피폭' 에 의한 장애도 일반 병증과 마찬가지로 명현현상이 있어야 치료가 된다.

그러나 '우주선 피폭' 은 우주선이 관통하는 주변 조직을 파괴하여 순식간에 러스트 벨트(Rust Belt)를 만들고, 손상된 조직중 피가 잘 통하는 일부는 조만간 복구가 되지만, 피가 잘 통하지 않는 곳은 슬럼(Slum)가로 전락이 되어 두고두고 말썽을 피우는 만성 고질병이 된다.

'우주선 피폭' 에 의한 장애 중에 가장 나쁜 것이 암인데 이런 암은 치료도 잘 안 되고, 또 러스트 벨트 내의 다른 슬럼가로 전이가 잘 되어 심각한 피해를 입힌다.

이렇게 '우주선 피폭' 으로 러스트 벨트가 형성이 되고, 슬럼가가 생기고, 그러다가 악성 암이 나타나기 전에 '우주선 피폭장애' 를 극복하기 위해서는 그 지역에서 일어나는 명현현상에 잘 대처를 해야 한다.

'우주선 피폭장애' 의 가장 큰 특징은 대부분의 장애를 환자가 잘 인지할 수가 없는 것이다. 그래서 그곳에서 발생하는 여러 가지 명현현상을 적당히 치료하는 시늉만 하고 넘어가는데, 그것이 결국에는 악성 암과 같은 최악의 상황도 일으킬 수 있다는 것이다.

'우주선 피폭' 은 우리가 마치 한 해가 지나면 나이를 한 살 먹듯이 5년이 지나면 한 개씩 우리 몸 안에 러스트 벨트를 만든다.

이러한 러스트 벨트는 누구에게나 생기는데 이것이 슬럼가로 변하는 것을 막는 것은 우리에게 주어진 숙제이다. 이 숙제는 조금만 노력하면 누구나 쉽게 해결할 수 있다. 즉, 러스트 벨트에서 일어나는 아주 소소한 문제들, 즉 명현현상들을 성실하고 현명하게 대처하는 것이다.

우리 사회에 생기는 러스트 벨트는 어느 날 재개발을 할 수도 있지만 우리 몸 안에 생기는 러스트 벨트는 현재의 의학 수준으로는 재개발을 할 수가 없다. '우주선 피폭' 에 의한 장애는 현재로는 피폭 장소에 '삼지안' 을 해 주면서 일반 병증과 마찬가지로 명현현상이 나타나야 치료가 되기 시작한다.

일반 병증은 일단 명현현상이 나타나면 거의 대부분 완치가 되는데, '우주선 피폭' 에 의한 장애는 5~10회 정도의 명현현상이 필요하다.

그 이유는 '우주선 피폭' 에 의한 장애는 피폭 장소에서 시작하여 몸

반대쪽까지 러스트 벨트가 생기는데 그 사이에서는 피가 잘 통하는 조직이 있어서 비교적 쉽게 복구가 되고, 그래서 중간에 5~10군데 정도 피가 잘 안 통하는 장소가 슬럼가로 변한다.

우주선 피폭과 성인병

성인병(成人病, adult disease) 요약

동맥경화증, 고혈압, 악성종양, 당뇨병, 만성폐쇄성폐질환, 퇴행성관절염 등으로 서구 유럽은 제2차 세계대전 이후에, 한국의 경우는 1970년대 이후에 평균수명이 늘어나고 노인인구가 증가하면서 성인병에 걸리는 인구가 급격히 늘어나게 되었다.

그때까지 사망의 주요원인이었던 감염성 질환이 사회경제적 발전과 예방접종 및 항생제의 개발과 보급으로 조절되면서 성인병으로 인한 질병 이환율과 사망률의 증가는 큰 사회적 문제가 되었다.

성인병은 나이가 들면서 증가하고 원인이 매우 복잡하고 다양하며 대개 완전한 치료가 불가능하다. 또한 관리에 드는 시간과 비용이 크다는 특징이 있다. 성인병은 인간의 노화과정에서 피할 수 없는 경우도 많으므로 성인병에 대한 예방과 함께 조기발견 및 조기치료와 재활도 함께 이루어지는 것이 바람직하다.

'백과사전' 에서 인용한 내용인데, 위 설명에는 없으나 성인병의 근본 원인은 '우주선 피폭' 때문이다.

우리의 몸에 각종 장애를 일으키는 은하우주선 및 초고에너지 우주선은 약 5년에 한 번 꼴로 우리의 몸을 관통하며, 우주선이 지나가는 궤적의 주변에 있는 세포, 신체 조직 및 기관에 심각한 손상을 일으켜서 그 지역은 일종의 러스트 벨트가 된다.

은하우주선이 우리 몸을 관통할 때에 심각한 손상을 받는 세포의 수는 약 4만 개 정도이어서, 이것들이 모두 피가 잘 통하는 위치에 있어서 복구할 수 있다면 별 문제가 없다.

그러나 우리의 몸은 어느 위치로 우주선이 들어와 어느 위치로 빠져나가도 그 궤적에는 몇 십 개의 서로 다른 조직과 기관이 존재하고, 그러한 조직과 기관의 외곽은 거의 대부분 피가 잘 통하지 않는다.

이러한 위치에서 손상이 된 세포는 세월이 오래 흘러도 복구가 되지 않고 오히려 주변 세포에 악영향을 끼쳐서 그 지역은 수많은 새로운 문제를 일으키는 슬럼가로 변한다.

우리가 나이를 먹으면 손상을 복구하는 능력이 떨어진다.

그래서 중년 이후가 되면 우리의 몸 안에 우주선 피폭으로 인한 슬럼가가 점점 많아지고, 이것이 각종 성인병을 유발시킨다.

위의 백과사전에 인용된 '성인병은 인간의 노화과정에서 피할 수 없는 경우도 많으므로 성인병에 대한 예방과 함께 조기발견 및 조기치료와 재활도 함께 이루어지는 것이 바람직하다' 라는 내용을 '우주선 피폭' 이 성인병의 근본 원인이라는 것을 인정하고 다시 살펴보면, 성인병은 누구나 피할 수 없는 것이 확실하고 그러한 성인병을 예방하려면 '우주선 피폭' 으로 생기는 러스트 벨트를 발견 즉시 완전 복구하는 것이 최선이다.

성인병을 조기 발견하려면, 러스트 벨트 내의 피해 복구 상황을 잘 점검하면 된다. 성인병을 조기 치료하려면, 슬럼가에서 일어나는 각종 징후에 잘 대응하면 된다. 우리 주변에 있는 슬럼가는 재개발하면 된다. 그러나 우리 몸 안의 슬럼가는 재개발을 할 수가 없다.

그래서 우리가 나이가 들면서 점점 늘어나는 몸 안의 슬럼가에서도 세포들이 살 만한 환경을 만들어주기 위하여 '은하우주선 피폭장애'를 극복하는 다양한 종류의 힐러를 개발하고 노후에는 하루 종일 이리저리 한 힐링을 하면서 소일해야 한다.

갑작스런 복통

2017년 3월 28일, 어제 새벽 0시경에 아들한테서 전화가 와서 지금 바로 집으로 와서 애들을 봐달라고 한다.

왜 그러냐고 묻자, 며느리가 갑자기 배가 아파 병원에 간다고 한다.

아들 내외는 내 차로 병원에 가고, 나는 아들 집으로 들어가 보니 손자들은 모두 침대에 누워 잠을 자고 있다.

나는 작은손자 아이가 자고 있는 침대의 머리맡에 앉아 한 손으로는 아이의 손목을 가볍게 감아 잡고, 다른 손으로는 아이의 온몸을 돌아가며 삼지 스캐닝을 해 본다.

작은손자는 평소에 온몸 여기저기에 작은 두드러기가 생겨서 습관적으로 여기저기를 긁는데, 아이가 깨어 있을 때에는 자기 몸에 누가 손을 대지 못하게 하여 내가 한 번 치료를 해 보고 싶어도 할 수가 없었는데, 오늘은 아이가 자고 있을 때에 내가 가서 애들을 돌보게 되어 내친김에 치료를 할 수 있었다.

다만 아쉬운 것은 오늘 한 시간쯤 작은손자를 치료하는 중에 좋아지는 느낌이 거의 안 드는 것이다.

새벽 2시 반경에 아들 내외가 돌아와서 나도 우리 집에 돌아와서 일단 잠부터 잤다.

아침 7시 반경에 서울로 가는 딸아이를 터미널에 바래다주고 아들 집으로 갔는데, 마침 아들이 손자들과 함께 출근을 한다.

손자들은 5살과 3살인데 아빠가 출근할 때 같이 나가 아빠 회사에서 운영하는 어린이집에 간다.

집안으로 들어가 보니 며느리는 아직 침대에 누워 있는데, 배를 잡고 웅크리고 있는 모습이 아직도 복통이 낫지 않은 것 같다.

"아직도 많이 아프니?"

"네."

"어디 내가 치료를 좀 해 보자."

나는 조심스럽게 말하며 침대의 빈자리에 앉아 며느리의 왼쪽 손목을 나의 왼손으로 잡고, 오른손으로 며느리의 복부 주변에 원격으로 삼지 스캐닝을 하는데, 예리한 느낌의 통기가 아주 강하게 전해져 온다.

이러기를 10여 분이 지나도 웅크리고 있는 며느리의 자세가 별로 펴지지가 않는다. 뭔가 이상하여 삼지 스캐닝을 주변으로 확대해 보는데, 예상대로 오른쪽 어깨에서 시작하여 오른발 끝까지 전장에 걸쳐 이상 신호가 감지된다.

이것은 단순 복통이 아니고 '은하우주선 피폭증후군' 에 의한 복통이었다. 즉, 최근에 은하우주선이 며느리의 오른쪽 어깨에서 발끝으로 관통하였고, 그 여파의 1차적 징후로 복통이 생긴 것이다.

며느리의 복통은 약 10일 전에도 있어서 병원에 가서 수액을 맞고 좋아졌다는데, 이번에는 증상이 더 심하게 나쁘다.

이것은 '은하우주선 피폭증후군' 의 일반적인 특성이며, 시간이 지날수록 더 나쁜 증상들이 점점 더 심하게 이것저것 나타난다.

따라서 어떤 병증이 '은하우주선 피폭증후군' 으로 판단이 되면 무조건 조기 치료가 최선이다.

이번 경우처럼 갑작스런 복통이 두 번 나타나고 바로 치료에 들어갈 수 있었던 것도, 내가 마침 환자의 시아버지여서 그렇지만 며느리의 행운이다.

그래도 아직은 넘어야 할 장애가 있는데, '은하우주선 피폭증후군' 은 아주 여러 번 치료하여야 제대로 효과를 볼 수 있다는 것이다.

며느리는 직장이 있고 요즈음 일이 많아 야근을 자주하여야 한다는데, 그래서 치료 시간을 내기가 쉽지 않다고 한다.

이번 복통처럼 증상이 겉으로 드러나는 경우에는 바로 치료를 받겠지만, 한두 번 치료를 받고 증상이 조금 완화가 되면 다음 치료를 받으면서도 밀린 일거리 생각만 하게 될 터인데, 그러면 내가 해 주는 느려터진 치료가 점점 부담스러울 것이다.

사실 이번처럼 어깨에서 발까지 전신 피폭이 된 경우에는 내가 내 자신을 치료해도 서너 달은 고생해야 아무런 후유증도 남지 않는 완치가 될 것이다.

며느리도 최소한 10여 회 이상은 치료를 받아야 하는데, 그럴 수 있도록 주님께 기도드린다. 아멘.

4월 9일, 아침 일찍 며느리에게 치료를 해 주러 갔는데, 2일 전부터 설사를 10여 번 했다고 한다. 대장 주변을 집중 치료하여 주었는데 군데군데 강한 통기가 감지된다.

4월 10일, 저녁 11시경에 며느리에게서 급한 전화가 왔다.

출장 가서 돌아오는 중에 다시 복통이 와서 병원으로 가는데, 아들에게 전화가 안 되어 연락해 달라고 한다.

아들 집으로 가서 아들은 병원에 가도록 하고 나는 손자들 자는 것을 돌보아 주었다. 애들 옆에서 잠을 자고 새벽 6시경에 일어나서 거실로 나가 벽을 사이에 두고 며느리에게 원격치료를 해 주는데 약하나마 통기가 여기저기에서 감지된다.

아침 7시 반경에 아들이 출근하며 아이들을 어린이집에 데려다준다.

침대에 웅크리고 누워 있는 며느리의 오른손 팔목을 나의 왼손으로 잡아주고, 오른손으로 복부 주변에 삼지안을 탄지식으로 튕겨주자 여기저기에서 강한 통기가 감지된다.

어제 아침에 삼지안 치료를 해 주었는데, 하루도 안 되어 다시 복통이 와서 병원에 가 수액을 맞고 와야 했던 것은 치료 과정에서 병증이 극성을 부리면서 나타나는 일종의 명현현상으로 이 단계를 잘 지나가게 하면 병증이 사라진다.

4월 30일, 이 후로 매주 두세 번씩 치료를 해 주자 병증은 거의 잡힌 것 같고, 추가 복통도 없는데 그래도 뭔가 찜찜한 느낌이 남아있다.

'은하우주선 피폭증후군' 에 걸린 환자를 발병 초기부터 치료해 본 것은 이번이 처음이어서 어떻게 하여야 치료가 되는지 잘 알 수 없지만 그래도 일단 급한 불은 꺼진 것 같으니 5월 달은 여유롭게 고질의 뿌리를 조금씩 조금씩 파내보자.

7월 25일, 새벽 2시 반경에 아들에게서 전화가 왔다. 며느리가 아파서 병원에 가야 하는데, 손자들을 돌보아 달라고 한다.

4시경에 병원에서 며느리가 수액을 맞고 왔는데 아직도 안색이 안 좋아 나의 치료를 받아보라고 권했다. 조금 후에 어디로 출장을 가야 한다고 해서 나는 그냥 집으로 돌아왔다. 몇 달 전에 며느리가 우주선 피폭으로 갑자기 복통이 왔던 것이 재발된 것 같아 은근히 걱정이 된다.

7월 29일, 점심에 아이들과 같이 점심을 먹으러 유성에 있는 어느 식당에 갔는데, 가는 차안에서부터 며느리에게 원격치료를 해 주고, 후식으로 커피와 팥빙수를 먹고 헤어질 때까지 며느리를 집중적으로 원격치료하였다. 전에 우주선에 피폭이 되었던 오른쪽 어깨에서 발끝까지에는 별다른 느낌이 감지되지 않는데, 복부에서는 두어 번 뭔가 막힌 것이 터지는 느낌이 온다.

8월 4일, 오후 4시경에 조치원 사돈집에서 아이들을 만나 소파에 앉아 1시간가량 며느리의 몸 상태를 살펴보았다.

전체적으로 부기가 있어서 먼저 며느리의 왼쪽 손목을 나의 왼손으로 잡고 오른손으로 며느리의 손톱을 살펴보니, 새끼손가락에서 나쁜 기운이 감지되어 한 식경 가량 뽑아내자 부기가 잡힌다.

자리를 바꾸어 앉아 며느리의 오른쪽 손목을 나의 왼손으로 잡고, 나의 오른손으로는 예전에 며느리에게 우주선 피폭이 있었던 궤적을 따라 삼지 스캐닝을 하는데, 시작점인 어깨에서부터 번개가 친다. 옆구리, 복부, 다리, 발끝까지 대여섯 번 번개가 치고 내 몸에서도 역번개(?)가 쳐서 나도 모르게 몸을 웅크리게 만든다.

이렇게 요란한 번개 파티를 한바탕 하고서 며느리의 상태를 다시 살펴보았는데, 온몸에 부기가 다시 올라와 있다.

이것은 어쩌면 전단계의 치료가 너무 과하여 과잉치료가 된 것 같다.

다시 새끼손가락에서 나오는 나쁜 기운을 한 식경가량 뽑아내니 정상으로 돌아온다.

과잉치료하게 되면 보통 후유증으로 환자에게서 어떤 명현현상이 나오는데, 이번에는 중간에 과잉치료를 감지하고 보완하는 마무리 치료를 해 주어서 어쩌면 후유증이 완화되었기를 기대해 본다.

8월 6일, 아이들과 함께 저녁으로 칡냉면을 먹으러 갔는데, 틈틈이 며느리의 상태를 삼지 스캐닝으로 점검해 보니 다행스럽게도 매우 건강해 보였다.

P.S.

한손으로 환자의 손목을 지긋이 잡아주고, 다른 손으로 삼지 스캐닝을 사용하여 원격치료를 하는 것은 아주 큰 효과가 있다. 다만 과잉치료를 하면 후유증으로 새로운 명현현상이 나타날 수도 있어 한동안은 조심해야 한다.

은하우주선은 반가운 손님

'은하우주선' 은 약 5년에 한 번 정도 나를 찾아오는 반가운 손님(?)이다. 이 '은하우주선' 은 멀고 먼 우주 저편에 있는 어떤 은하에서 초신성 폭발이 일어날 때에 생기는 우주선이며, 이것이 수십 년부터 수십억 년을 날아와 지구 표면에 도달하고 그중에서 어떤 것이 우연히 나를 방문하여 몸에 여러 가지 선물(?)을 남기고 바로 사라지는 참 이상한 손님(?)이다.

이 손님이 남기고 가는 선물은 주로 몇 만 개의 죽거나 손상된 세포, 수많은 이온과 자유전자 등인데, 쉽게 발견이 되는 곳에 놓고 가는 경우도 가끔 있지만 대부분의 경우에 어디 은밀한 곳에 숨겨 놓아 몇주, 몇 달, 몇년, 몇십년이 지난 후에 슬그머니 다른 모습, 즉 각종 병증, 고질병, 난치병, 불치병, 각종 노인병으로 나타나곤 한다.

선물이 경미한 병증일 때에는 괜찮지만 중증으로 변신을 하게 되면 이 손님이 놓고 간 것은 어느 것도 반가울 수가 없다.

누구를 한 번 싫어하게 되면 그 사람을 다시 좋아하게 될 때까지는 많은 어려움이 따른다.

따라서 이 손님이 반가우려면 선물(?)이 선물(?)같이 여겨질 때에 잘 챙겨서 소중(?)하게 이용하는 것이 최선이다.

이 손님이 놓고 간 선물을 한 달 이내에 발견하고, 그 후에 몇 개월 이내에 아무런 추가 병증이 없이 처리를 할 수 있으면 아주 큰 행운이다.

왜냐하면 그 후로 몇 년 간은 난치병이나 불치병에 걸릴 걱정 없이 비교적 건강하게 잘 지낼 수 있으므로 이보다 더 조기에 선물을 발견하고, 더 빠르게 그 선물을 이용할 수 있으면, 우리가 아직은 잘 모르는 어떤 신기한 일이 생길 수도 있다.

그것이 뭔지 알 수 있는 날을 기다리며….

2017년 4월 9일, 최근 2~3개월 전에 은하우주선이 내 머리 속을 방문한 것 같다.

다양한 방법으로 이 소중한(?) 선물을 이용하려 하는데 아직은 어떻게 될지 궁금하다. 다양한 병증으로 약한 어지럼증, 이명, 부분적인 냉기, 머리뼈 사이가 살짝 튀어나오는 느낌, 귀와 그 주변에 생기는 미미한 통기 등이 있지만 그런대로 잘 처리되는 중이다.

오른쪽 귀 등 한 치에서 두 치 아래 부근에 동전 크기의 손상 장애가 감지된다. 이때에 이곳을 중심으로 좀 더 세밀하게 탐색을 했더라면 고생을 덜 했을 텐데…, 손을 대고 있자 약한 통기와 냉기가 줄줄이 밀려온다. 뒷골에서도 냉기가 나온다.

2주 전부터 약한 어지럼증이 있어서 비타민 C와 자일리톨로 증상이 완화가 되었는데, 실은 이 부근에 '은하우주선 피폭' 이 있었던 것 같다.

다만 피폭 관통 길이가 작아 장애증상이 비교적 경미하다.

4월 16일, 증상이 악화되어 고생의 시작인 것 같다. 그러나 소중한 경험으로 생각하는데 머리뼈 경계 부위가 전반적으로 불룩 튀어나오는 느낌이 든다. 양손으로 튀어나온 부위를 많이 튀어나온 순서로 삼지안을 해 주는데, 한 곳에서 30분 정도 시간이 지나면서 악기가 감지되고, 그 후 약 20여 분간 이온이 빠져나오는 느낌이 온다.

이날은 집중적으로 대여섯 군데를 잡아주었다.

4월 17일, 아침에 일어나는데, 오른쪽 눈에서 번개가 친다.

바로 눈 위에 한 손을 대고 다른 손으로 주변머리를 대주고 약 두 식경을 기다리자 눈 밑에서 약한 지진이 발생하고 온몸으로 진동이 온다. 그 후로 두 식경가량 약한 여진이 두어 번 온다.

그 사이에도 약한 전류가 감지된다.

오후 5시부터 2시간가량 양손으로 두 정골을 감싸고 있는데 강한 열통기가 지속적으로 빠져나온다.

5월 1일, 지난 한 달가량 나를 괴롭히던 어떤 손님이 놓고 간 선물(?)이 어디에 있는지 알게 되어, 오늘 아침에 두 시간 가량 팔목 베개를 해주자 냉골에 온기가 돈다.

그 손님이 지나간 궤적은 왼쪽 귀 밑에서 시작하여 뒷골 하부를 비스듬히 지나 오른쪽 어깨로 빠져나갔는데, 그 주변에 직경 약 10센티미터 크기의 원기둥 냉골이 형성되어 있다.

지난 한 달 동안 러스트 벨트가 직경 약 10센티미터로 커지고, 여기에서 나오는 악기가 여러 가지 병증이 되어 내 머릿속을 이리저리 요동친 것 같다. 일단 선물(?)의 위치를 알았으니 앞으로 할 일은 비교적 수월할 것 같다.

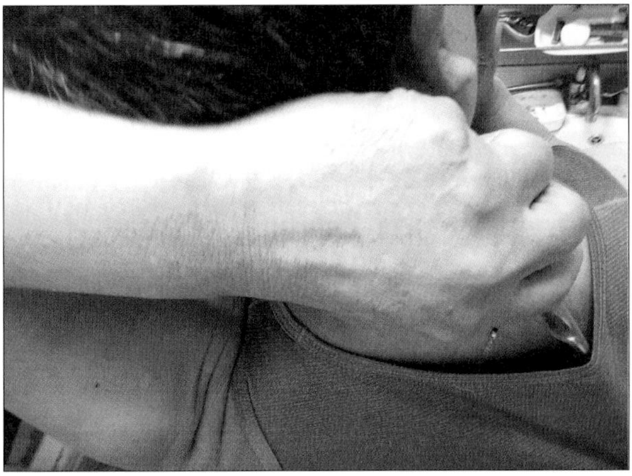

그런데 머릿속 어딘가에 숨겨져 있는 것이 분명한 선물(?)을 찾는데 무려 3주나 걸리다니…? 우주선은 어떤 방향으로도 우리 몸을 관통한다는 사실을 알고는 있다. 막상 내 뒷골을 비스듬히 지나갔을 거라고는 미처 상상이 안 되어 찾지 못했는데, 어제부터 오른쪽 어깨에서 미미한 통증이 감지되어 오늘 아침에 정확한 궤적을 찾을 수 있었다.

5월 2일, 거의 다 나은 것 같은데 그래도 간혹 여진이 감지된다.

귓바퀴를 감싸고 있으면, 먼 곳에서 미약하지만 냉통기가 산자락을 감도는 안개처럼 스멀거린다.

5월 10일, 그간 잠을 자고나면 약하게나마 머리가 불편하던 것이 오늘은 그런대로 편안하다.

5월 17일, 손님이 남기고 간 선물(?)을 그런대로 잘 처리한 것 같은데…?

5월 21일, 오른쪽 다리에서 두 줄기의 악기를 삼지안으로 한 식경에 걸쳐 뽑아내고, 이어서 뒷골과 어깨에서 선물(?)의 잔당을 한나절에 걸쳐 소탕하였다. 강도는 약해졌지만 이전에 나타났던 대부분의 징후가 잠간씩 드러났다 사라진다.

5월 25일, 오른쪽 다리 소족지 라인 상부 무릎 부근에서 한 줄기의 악기가 감지되어 삼지안으로 한 식경에 걸쳐 뽑아내고, 이어서 뒷골과 어깨에서 선물(?)의 잔당을 두 식경에 걸쳐 뽑아내다.

5월 28일, 왼쪽 귀 주변에서 선물(?)의 잔당을 두 식경에 걸쳐 뽑아내고, 틈틈이 오금과 무릎을 마사지해 준다.

6월 11일, 오늘 머리에 살짝 어지럼증이 온다.

머리를 삼지안으로 살펴보니 나쁜 기운이 감돈다.

이것을 뽑아내는데 뒷골에서 살짝 번개가 친다.

마치 하늘에 먹구름이 끼면 천둥 번개가 치고 비바람이 몰아쳐 오듯이….

6월 12일, 오후 4시부터 한 시간쯤 뒷골과 오른쪽 사타구니에서 먹구름을 비와 번개로 바꾸어 주었다. 어제보다 강도가 더 드세다.

선물(?)의 일부는 머리 부근에서 바로 뽑아내고 나머지는 몸과 팔, 다리에서 뽑아낸다.

멀고 먼 곳에서 가끔 찾아오는 손님(?)이 몸을 관통하는 경우에는 그 궤적의 흔적을 비교적 오래(약 1달가량) 유지하는데, 뒷골의 경우에는 그 주변으로 뇌로 오가는 피의 흐름이 많아 이온이나 자유전자의 흔적이 쉽게 소멸되어 찾기가 어렵다. 이번 경우처럼 몇 주(?)가 지나 러스트 벨트가 형성되어 냉골이 감지되어야 알 수가 있다.

이러한 일이 나한테 일어나서 큰 다행이다. 다른 사람이 같은 일로 머리가 아파 나를 찾아오면 결코 정확한 진단을 할 수 없을 것이다.

미통미냉기가 여기저기에서 나온다. 잇몸이 헐고 잇몸과 입술 사이에서 작은 물집도 생긴다. 눈시울이 가끔 아리거나 번개가 친다. 귓바퀴를 둥글게 말아 쥐어주면 냉기가 은근히 빠져나오고 눈시울이 아리하다.

유아 자폐증

어린 아이들이 머리에 은하우주선을 맞을 확률은 비교적 적지만, 그래도 아잇적에 머리에 은하우주선을 맞으면 그 후유증으로 자폐증에 걸릴 수도 있다.

어린 아이가 어느 날부터 갑자기 어떤 이상한 행동을 하기 시작하면 그것이 자폐증의 초기 증상이 아닌지 잘 살펴보아야 한다.

이런 경우에는 아이의 머리 부근을 삼지안으로 이리저리 투시를 해보면 머리의 어느 부위에서 강한 잡기운이 감지된다.

이러한 잡기운이 머리에서 감돌면 아이는 정상적인 행동을 중단하고 잠시 딴 행동을 하게 되며, 이것이 오래 반복되면 일종의 자폐증으로 발전한다.

아이가 자폐아로 바뀐 후에는 다시 정상으로 회복시키는 것이 지극히 어렵지만, 그 전에 초기 증상을 보일 때에는 삼지안 투시법으로 비교적 수월하게 아이의 머리에서 잡기운을 제거할 수 있다.

삼지안 투시법은 아이들이 눕거나 앉아있는 자세로 시행하는 것이 바람직하지만 아이들이 놀고 있을 때에 몇 미터 떨어져 있는 곳에서 시행해도 어느 정도 치유 효과가 있다.

제 5 부

향토명의가 은하우주선 피폭장애 원조힐러

엉킨 생명줄 풀기

자기 돌봄은 자기 몸에서 건강에 여유가 있는 부분이 다른 부분을 돌보아주고, 그러면 그 부분에도 건강에 여유가 생겨서 또 다른 부분을 돌보아주는데, 이러한 연쇄 호응 반응이 온몸에 두루 일어나게 하는 건강법이다.

자기 돌봄을 손쉽게 하는 방법 중의 하나인데 '엉킨 생명줄 풀기' 를 하여 온몸 곳곳에 쌓인 이런저런 독기를 배출시키고 온몸의 기혈을 맑고 건강하게 정화시키는 민간 전래 건강법이 있다.

최진규 기자가 1995년에 펴낸 책 《발로 찾은 향토명의》와 2014년에 펴낸 《발로 찾은 우리 명의》에는 동침 하나로 죽어가는 사람들의 병을 치료하는 명의들에 관한 이야기가 실려 있는데, 이 명의들이 사용하는 치료법이 바로 '엉킨 생명줄 풀기' 의 원조이다.

[상기 책 인용]

침으로 몸속의 엉킨 줄 풀어주면 몇 백 년도 산다는 신침명의 이병후 옹은 경기도 용인군 모현면 갈담리 갈월 노고산 아래에 살고 있었다. 사람이나 짐승이나 살아 있는 생명체는 현미경으로도 보이지 않는 줄이 나온다고 한다. 그 줄이 몸속에서 엉키거나 매듭이 생겨 버리면 병이라 엉기고 막힌 아시혈을 침으로 푸는 것이 방법이다.

발가락 끝을 눌러 진맥하고 등을 툭툭 쳐 나가면서 막힌 곳을 찾아낸다.

위의 인용에서 현미경으로도 보이지 않는 줄이 바로 '은하우주선 피폭장애' 로 생긴 보이지 않는 미세 상처이다. 이것이 미세 상처 어딘가에서 덧나서 상처가 커지면(매듭이 생기면) 병이 된다고 한다.

우리 몸의 건강을 유지시켜 주는 생명줄이 어떤 이유로 엉키면 모종의 병이 생기고, 엉킨 생명줄의 중심부에 '아시' 가 나타나는데 예전의 향토명의들은 동침을 사용하여 이 아시를 풀어주어 환자의 병을 고쳐주었다. 이 동침 치료법은 여러 가지 이유로 더 이상 사용하기 어려워 '엉킨 생명줄 풀기' 에서는 동침 대신에 '삼지안', '삼지장', '삼지창', '삼지뜸' 등 손가락과 손바닥을 주로 이용하는 수지기법을 사용한다.

[상기 책에서 아래 내용 인용]

김종수 옹은 강원도 평창 출신이다. 어려서부터 매우 영민하여 하나를 가르치면 열을 깨달았다. 아홉 살 무렵에 의술에 눈을 뜨기 시작하여 열다섯 살 때 산으로 들어갔다. 평창읍 근처에 있는 무동산(舞童山)으로 들어가 3년을 공부하여 의술의 묘리를 깨달았다. 아무한테도 배운 일은 없고 모든 것을 스스로 깨우쳤다고 한다. 곧 하늘이 가르쳐 주었다는 얘기다.

"말로 할 수 없는 이야기들이 많아요. 큰 짐승(호랑이)하고 같이 살다시피 하는데 그게 우리 눈에는 강아지처럼 보인다니까. 의술은 스스로 우러나야 되는 것이지 배운다고 되는 것은 아니오."

의술을 깨우친 뒤 그는 나라 안을 바람처럼 떠돌다가 돌연 만주로 건너갔다. 연변 근처의 노두구라는 곳에서 살다가 1951년 한국전쟁 1.4후퇴 때에 국군을 따라 남한으로 내려와 강릉에 머물렀다. 형식상의 주거지가 강릉이었을 뿐 강원도 일대와 대구, 서울 등지를 발길 가는 대로 떠돌아다니며 의원 노릇을 했다.

"소아마비를 많이 고쳤지요. 서지도 걷지도 못하는 환자가 이틀이나 사흘 뒤면 뛰어다닐 수 있어요. 중풍도 많이 고쳤는데 급성 중풍은 거품을 내물며 쓰러졌다가 열두 시간 안에 죽는데 침을 놓으면 바로 일어나지요."

"암이나 당뇨병 같은 것은 안 고치십니까?"

"나는 급성병만 고쳐요. 도망 다니는 사람이 한 곳에 오래 머물 수가 있겠소? 소아마비, 중풍, 잠자다가 갑자기 죽은 사람, 크게 놀라 생긴 병, 이런 것을 침으로 고치는 데 침으로 안 나으면 약을 쓰지."

"어떤 약을 쓰십니까?"

"산에 있는 150가지 약초를 쓰는데 이것으로 물약도 만들고 환약도 만들어요. 동의보감 같은 옛날 책에는 없는 것이고 내가 만든 것이오."

"어떤 약초를 주로 쓰십니까?"

"가르쳐 줘도 일반 사람들은 알 수 없는 약초요. 내가 직접 산에 가서 약초를 채취해서 만들어서 오지. 어떤 병이거나 그 약을 쓰는데 시간은 좀 걸리기는 하지만 낫기는 틀림없이 낫지."

아픈 사람을 고쳐 주고도 그는 돈을 결코 요구하지 않는다. 자기가 거저 얻은 것을 돈을 받고 팔 수 없다는 것이다.

"없는 사람이면 그냥 가는 것이고, 있는 사람이 주는 것이면 받기는 해요. 그렇지만 나한테 돈이 무슨 필요가 있겠소. 그 돈으로 불쌍한 사람을 돕기도 합니다. 그러나 돈 받는 것은 못할 노릇이오. 우리 같은 사람이 돈을 받으면 신벌(神罰)을 받아요. 대번에 피를 쏟으며 죽는 수도 있고…, 병 고쳐 주고는 빨리 도망가는 것이 제일이오."

상기 인용에서 김종수 옹은 소아마비, 중풍, 잠자다가 갑자기 죽은 사람, 크게 놀라 생긴 병 등, 이런 것을 침으로 고친다고 하였는데, 이들 병이 생기는 공통된 원인은 '은하우주선 피폭' 이며, 이때에 환자의 몸, 피폭 중심부에 '아시' 가 나타나고, 이 '아시' 를 적당한 방법으로 풀어주면 병이 낫는다.

즉, 예전의 향토 명의들은 '은하우주선 피폭' 에 대해서는 전혀 알지 못했지만 그것을 맞은 사람들의 몸에 나타나는 병증과 이상 증상 중에 '아시' 가 있다는 것을 알고 그것을 동침으로 비교적 간단하게 풀어줄 수 있다는 것을 알았던 것이다.

상기 인용 중에서 '우리 같은 사람이 돈을 받으면 신벌을 받아요' 라는 구절이 있다. 이것은 아마도 환자가 신벌을 받아 이런 병에 걸린 것이고, 이것을 고치는 의술도 신성한 것이어서 의원이 사리사욕을 채우는 데 사용하면 안 된다고 생각한 듯하다.

누군가가 '은하우주선' 에 피폭되어 갑자기 이상한 병에 걸리는 것은 신벌하고는 전혀 무관하다.

수십억 광년 떨어진 먼 우주 어딘가에서 수십억 년 전에 초신성 폭발이 일어나고 이때에 생긴 우주선이 수십억 년에 걸쳐 날아와서 지구 표면에 도착한 것이 바로 '은하우주선' 인데 이것은 약 5년에 한 번 꼴로 우리의 몸을 관통하고 지나간다.

우주선은 작은 원자의 핵으로 크기가 아주 작아서 이 '은하우주선' 에 피폭이 되어도 대부분의 경우에 우리는 그 사실을 감지하지 못 한다.

그러나 '은하우주선' 은 우리의 몸을 관통하면서 그 궤적 주변의 세포와 그것을 구성하는 분자, 원자를 이온화시키고 다량의 자유전자를 발생시키는 데, 이러한 이온 및 전자 교란이 우리의 생명줄을 엉키게 하고 이중에서 어떤 것은 운 나쁘게도 이상한 병을 유발한다.

'은하우주선' 이 5년에 한 번 꼴로 우리의 몸을 관통하면서 그 궤적 주변의 신체 조직에 이온 및 전자 교란을 일으키고 이것이 우리의 생명줄을 엉키게 한다.

필자의 경우에 나이가 70을 넘고 보니 지금까지 십여 번의 '은하우주선 피폭' 이 있었을 것으로 판단되고 이중에 절반 정도는 병증을 보였을 텐데 아쉽게도 나의 기억에 남는 병증은 3번뿐이다. 이중 2번은 향토명의에게 보였다면 동침으로 쉽게 치료할 수 있었을 것이다.

이중 하나는 필자가 40세 때에 왼쪽 어깨에 갑자기 생긴 사십견인데 일반 치료로 한 달이 지나도 차도가 없어 궁여지책으로 좋아하던 담배를 끊고 몇 주가 지나자 통증이 사라졌다. 그러나 그 후유증으로 일주에 두어 번씩 그 부위가 가려웠는데 최근에 이것이 '은하우주선 피폭' 에 의한 장애 후유증이라는 것을 알고 몇 달간 집중치료를 하고 있다.

다른 하나는 잠을 자다가 왼쪽 발등에 '은하우주선' 을 맞고 아침에 발을 딛고 일어설 수가 없는 일이 생겼는데, 바로 '삼지안' 으로 자가치료를 하여 이틀 후에는 목발을 짚고 나다닐 수 있게 되었다. 이 상태로 며칠 더 치료하면 다 나았을 것인데 경솔하게도 일요일에 성당에 미사를 보러 가면서 약 100미터 거리를 목발 없이 걸어가다가 상태가 악화되어 그 후로 한 달을 추가로 '삼지안' 자가 치료를 하여 완쾌되었다.

상기 두 가지는 아마도 동침을 사용하여 쉽게 고칠 수 있을 것으로 판단된다.

내 기억에 남는 3번째 병증은 몇 달 전에 갑자기 생긴 어지럼증인데 이것은 '은하우주선' 이 왼쪽 귀 상부의 머리 부위에서 피폭되어 뒷목으로 지나가서 생긴 것이고, 주로 아침과 오전에 어지러워 거동이 불편한데 귀 상부와 뒷목에 '삼지장' 과 '삼지창' 을 두어 달 하여 주니 어지럼증이 사라졌다.

아마도 이것은 동침으로는 치료가 잘 안 될 것으로 예상된다.

이상이 필자가 경험한 '은하우주선 피폭' 으로 비교적 간단하게 모든 상황이 종료된 것 같은데 사실은 지금도 피폭 후유증으로 이런저런 명현현상이 나타나 그 해결책을 찾고 있다.

우리 몸의 생명줄은 가지런할 때에 잘 간수를 해야 한다. 그러나 이 지구상에 사는 모든 생명체는 '은하우주선 피폭' 을 피할 수가 없어 수시로 생명줄이 엉키는데 이 문제를 현명하게 해결하려면 '엉킨 생명줄 풀기' 를 정성을 다하여 성심으로 하여야 한다.

필자의 경우에는 '엉킨 생명줄 풀기' 를 할 때에 '삼지안' '삼지장' '삼지창' '삼지뜸' 을 하여 크게 엉킨 줄을 풀고 묵상과 관상을 하여 복잡하게 엉킨 줄을 느슨하게 하는데 다른 건강법에 익숙한 분들은 그것을 응용하여 자기만의 '엉킨 생명줄 풀기' 를 하면 된다.

'석침 삼지장' 은 처음 해 보지만 심하게 엉킨 엄지와 검지발가락의 생명줄(아시)을 풀어주는데 도움이 되었다. 향토명의들은 동침을 사용하여 아시를 풀었는데 석침을 써보는 것도 재미가 있다.

'엉킨 생명줄 풀기' 를 손쉽게 하는 방법 중의 하나인데 '석침 생체 시계' 를 이용하여 온몸 곳곳에 엉킨 생명줄을 자연스럽게 풀어주어 온몸의 기혈을 맑고 건강하게 정화시키는 민간 전래 건강법이 있다.

[2017 노벨생리의학상 받은 '생체시계' 는 왜 중요한가?]

생체시계는 우리 몸을 지탱해 주는 핵심 역할을 한다. 지구가 24시간 자전하기 때문에 생명체들도 이 시스템에 맞춰야 한다.

…(중략)…

올해 노벨생리의학상을 받은 세 명의 학자, 미국 록펠러 대학의 마이클 영(Michael W. Young), 미국 브랜다이스(Brandeis University)대학 제프리 홀(Jeffrey C), 마이클 로스바쉬(Michael Rosbash)는 1980년대 초반부터 생체리듬의 분자생물학적 연구를 하여 이 같은 메커니즘을 규명했다.

…(중략)…

일주기성 리듬이 손상되는 경우 수면장애 이외에도 심혈관계 질환, 당뇨와 같은 대사성 질환, 치매와 같은 퇴행성 질환, 종양성 질환 등이 증가될 수 있다고 분석했다. 최근에는 수면의 양과 함께 일주기성 리듬의 변화가 알츠하이머병 등의 발생에도 영향을 미친다.

…(후략)… (아시아경제 정종오 기자 ikokid@asiae.co.kr)

올해의 노벨생리의학상을 받은 '생체시계' 는 일주기성 생체 리듬에 관한 분자생물학적 연구 업적으로 3명의 미국 학자에게 주어졌는데, 우리나라에도 손상된 '생체시계' 를 손쉽게 고치는 민간 전래 건강법으로 '석침 생체시계' 란 것이 있다.

이 '석침 생체시계' 를 잘 사용하면 일주기성 리듬이 손상되어 생기는 수면장애, 심혈관계 질환, 당뇨와 같은 대사성 질환, 치매와 같은 퇴행성 질환, 종양성 질환, 알츠하이머병 등의 치유에 도움을 받을 수 있다.

24시간 돌아가는 시계에는 시침, 분침, 초침이 있는데, '생체시계' 에는 아무런 침도 없어서 한 번 리듬이 깨지면 다시 원위치 시키기가 어렵다. 그래서 생체의 어떤 부위에 석침을 달아주고, 이것을 시간에 맞추어 돌려주면 일주기성 생체 리듬을 회복시킬 수도 있는데 이것이 '석침 생체시계' 이다.

시계는 패션 상품이어서 저가 실용시계, 초고가 명품시계, 초정밀 원자시계까지 아주 다양한데, 시간을 사용자의 목적에 맞게 잘 맞추기만 하면 모두 다 유용하다.

'석침 생체시계' 도 아주 다양한 석침을 사용하여 다양한 시계를 만들 수가 있는데, 어떠한 것이든 사용자가 원하는 효과가 나오면 된다. 즉, 아래 사진에 올린 '작은 돌멩이를 이용한 석침 생체시계' 는 필자가 원하는 효과를 어느 정도 만족시키는 데, 독자분들은 이것을 참조하여 스스로에게 더 잘 맞는 자기만의 '석침 생체시계' 를 만들어 보시기 바란다.

이 '석침 생체시계' 는 '은하우주선 피폭장애' 에 의한 후유증을 고치는

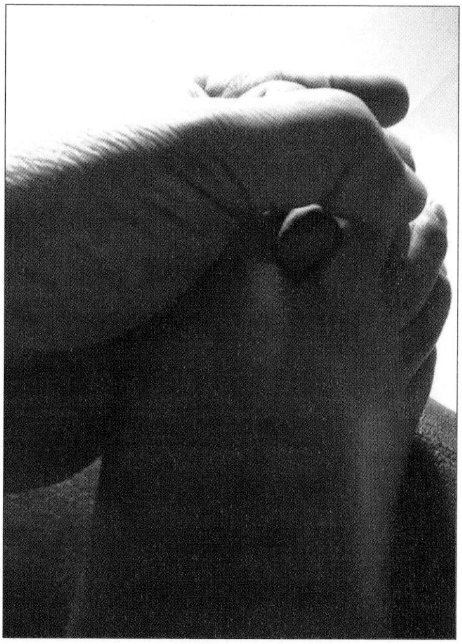

석침 생체시계

데 도움이 되지만, 피폭 초기의 급성병을 고치는 최고의 방법은 어쩌면 김종수 옹의 동침일지도 모르는데, 요즈음 사람들은 그런 무지막지한 치료를 받으려고 하지 않을 것이다.

전자기기 분야에서 일하는 분들 중에는 동침과 같은 효력을 발휘하고 좀 더 보기 좋고 스마트한 '전자동침' 을 쉽게 개발할 수 있는 분이 계실 것이다. 즉, 이 휴대용 '전자동침' 을 은하우주선에 피폭된 것으로 의심되는, 다 죽어가는 환자의 몸 여기저기에 대보다가 전자수치가 급상승하는 부위에 한동안 대고 있으면 죽어가던 환자가 슬그머니 살아나는 기적 같은 일이 벌어진다.

동전뜸

'와…! 이 얼마나 멋진 일인가…!'

이러한 '전자동침' 이 진작 있었으면, 우리 집사람이 2013년 하짓날 저녁에 불현듯이 하늘나라로 올라가는 일은 없었을 텐데….

필자는 요즈음 오른쪽 엄지발가락 위 1치 부위에 은하우주선을 피폭받아 자가 힐링 중인데 '전자동침' 이 없어서 궁여지책으로 동전뜸을 하고 있다. 그런데 이것도 그런대로 쓸 만하다.

P.S.

필자는 최근 5년 사이에 4번의 '은하우주선 피폭' 을 받았다. 이것은 평균의 2배인데, 너무 많이 맞는다. 그래도 혼자 하는 공부에는 아주 크게 도움이 되었다. (2020.09.)

시간의 속성

시간도 공간과 마찬가지로 11차원의 초끈 중 일부이다. 공간은 9차원이 조금 안 되고 그 나머지가 시간이므로 시간도 3차원이 조금 안 되는 것 같다.

우리가 통상 경험할 수 있는 것은 공간은 3차원이고 시간은 1차원이다. 즉, 9차원이 조금 안 되는 공간은 3차원으로 인식하고 3차원이 조금 안 되는 시간은 1차원으로 인식한다.

시간은 3차원이 조금 안 되는 초끈의 상태, 즉 구형 입체 시공간으로 과거, 현재, 미래가 공존하는 구형 입체 시공간 상태에서 미래로부터 다가오면서 현재를 지나 과거로 흘러가는데, 아니면 수없이 많은 과거의 시간 초끈들이 모여들어 현재의 시간을 만들고, 이것이 수없이 많은 초끈들로 나누어져 미래의 시간 초끈들이 된다. 우리가 어느 순간을 들여다보면 그 순간에 모든 시간 초끈들이 입자 상태로 바뀌어 1차원 시간으로 인식이 된다.

즉, 어느 순간에 어떤 대상을 3차원이 조금 안 되는 초끈의 상태로 온전하게 보려면 눈을 뜨고 보면 안 되고 그냥 명상 등의 방법으로 느껴야 한다. 명상으로 뭔가를 느끼려고 할 때에는 좀 더 잘 느끼려고 하면 할수록 그 뭔가는 느낄 수가 없게 된다.

이것은 초끈의 속성으로 불확정성의 원리가 작용하기 때문이다. 그래서 명상을 할 때에는 그냥 눈을 지그시 감고 뭔가를 느끼는 듯 마는 듯 하는 것이 가장 좋다.

기공이나 명상 등의 방법으로 우리의 몸과 맘을 치료하려고 할 때에도 치료하는 듯 마는 듯 하는 것이 가장 좋다.

[만유광시]

시간 초끈이 뭘까, 하고 생각해 보니 만유인력과 비슷한 개념으로 만유광시가 시간 초끈일 수도 있는 것 같다. 우주 만물은 서로 어떤 거리만큼 떨어져 있고, 그 거리를 빛의 속도로 날아가면 어떤 광시가 된다. 즉, 우주 만물은 어떤 광시만큼 서로 떨어져 있는데 이것이 만유광시이다.

우주 만물에서 오는 모든 빛은 만유광시가 지난 후에 관찰자에게 동시에 도착하는데 그것이 현재 시간이다. 또 관찰자를 통과한 빛은 만유광시가 지난 후에 우주 만물에게로 도착한다. 우주 만물 중에서 어떤 것이 관찰자와 상대적인 운동을 한다면 그것의 만유광시는 길어지거나 짧아진다.

우측 좌골신경통 치료혈(삵캐기 연습)

1번 사진

우측 손 사진 위치에서 2시간 이상 나쁜 기운이 나온다.

2번 사진

손가락 또는 발가락 사이에 번호를 매겨 구별할 때에 엄지검지 사이는 0번, 검지중지 사이는 1번, 중지약지 사이는 2번, 약지소지 사이는 3번을 부여한다.

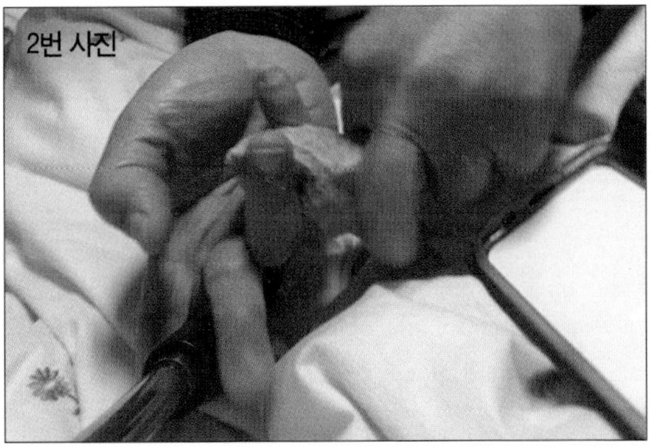

우측 좌골신경통 치료시에는 2번 사진처럼 왼손의 1번 위치와 오른손의 3번 위치에 치료석을 끼워 주어 왼쪽 눈과 오른쪽 귀 주변의 기 흐름을 좋게 한다. 이것이 왼쪽 간과 오른쪽 신장의 기의 흐름을 개선하고, 오른쪽 좌골신경통으로 인한 문제를 풀어준다.

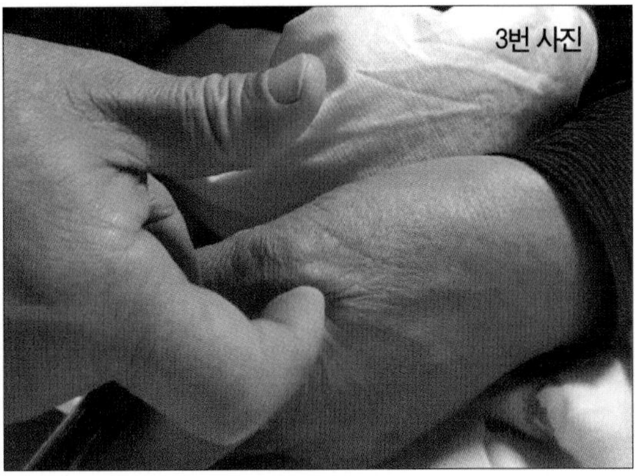

3번 사진

왼쪽 검지정권 부위에서 톱삵(톱날 모양의 우둘투둘한 삵) 확인.

최근 왼쪽 복부에 가끔 나

타나는 이상 징후와 연관 있는 듯하여 집중 치유가 요망된다.

4번 사진의 우측 귓바퀴는 지금 집고 있는 부위가 위아래로 갈라져 있고, 나쁜 기운이 많이 쌓여 있고, 반대로 신경통이 없는 좌측은 갈라져 있지 않고 말짱하다.

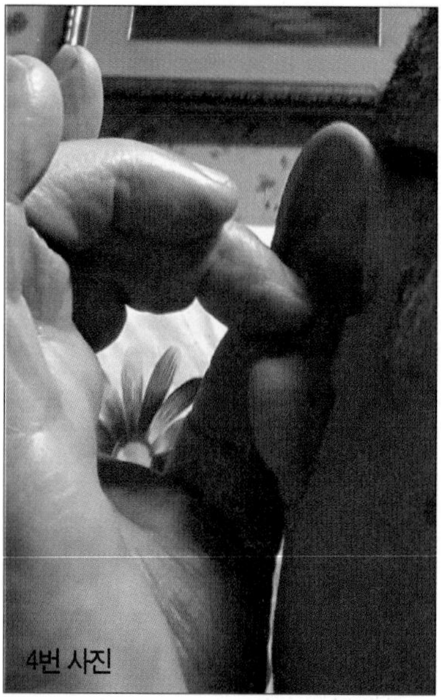

나쁜 기운을 모두 뽑아내자 그 안쪽에 겨자씨만한 삵이 들어 있었다.

삵캐기 연습 : 좌측 검지정권 부위와 우측 귓바퀴 부근에서 발견된 2개의 삵이 좌골신경통의 원인인 것 같고, 이것을 캐어내면 어느 정도는 치료 효과가 있을 것 같다.

이 삵캐기를 잘 하는 것도 연구과제이다.

삵 : 우리 몸에 나쁜 기운이 쌓이다 보면 그 기운이 뭉쳐 신체 조직에 좁쌀 알갱이 같은 어떤 변형이 생기는데, 이것을 '삵'(살기; 죽음에 이르는 기운)이라고 부른다. 우리 몸 어딘가에 이런 삵이 생기면 어떤 병증이 생겨 괴로움을 당하는데…, 이 삵은 삶과 모든 것이 거의 비슷하여 발견하기도 어렵고 이 삵을 캐내기는 더더욱 어렵다.

삶과 삵 : 받침 하나 차이로 삶에 삵이 끼어들면 누구나 병이 들고 나아가 죽음에 이른다.

다나힐러

우리가 핸드폰을 새로 사면 그 안에 수많은 앱이 깔려 있고, 자기 취향에 맞추어 그중에 몇 개를 선택해서 사용하다가 추후에 필요하면 다른 것을 추가한다.

우리의 몸과 마음을 들여다보면 그 안에도 수많은 앱이 깔려 있다. 그중에는 '별★힐러' 라는 앱이 들어 있을 것이다. 이 앱은 어머니 뱃속에서부터 사용이 되고 있고, 가끔 새로운 버전으로 자동 업그레이드되면서 '별★' 자리에 무슨 새로운 이름이 붙는다.

이 '별★힐러' 에 '은하우주선 피폭장애 힐링' 기능을 추가로 장착하여 '다나힐러' 라고 하자.

그리고 우리는 이 '다나힐러' 를 어떻게 사용하여야 '은하우주선 피폭장애' 를 힐링시킬 수 있는가?를 알기 위하여 개발하기 시작한 지 약 20일 정도 되는 필자의 다나힐러를 일단 시운전해 보기로 한다.

[다나힐러 시운전 결과 요약]

은하우주선에 의한 피폭장애를 탐색, 힐링하는 임무는 결코 쉽지가 않다.

은하우주선은 빛의 속도로 날아오는 양성자, 알파 입자, 또는 가벼운 원자의 핵인데 크기가 아주 작은 유령 같아 우리의 몸에 피폭이 되어도 바로 알아차릴 가능성은 필자의 경험으로는 겨우 25% 정도이다.

즉 필자는 70여 년을 살아오면서 은하우주선에 확률상 열댓 번 정도 피폭이 되었을 것으로 추정이 되는데 조금이라도 인지할 수 있었던 것은 겨우 댓 번이다.

나머지 열 번은 유령이 다녀간 것처럼 언제, 어디를, 어떻게 맞았는지 아무리 찾아보아도 전혀 종적을 알 수가 없었다. 이렇게 알 수가 없는 장애를 탐색하여 찾아내고 힐링시키는 임무는 지극히 어려울 수밖에 없다.

또 필자가 인지하는 장애도 약 5년 전 아침에 잠에서 깨어 일어나면서 경험한 갑작스런 발가락 통증의 경우에는 발을 딛고 설 수가 없어서 바로 장애가 생긴 것을 알 수 있었고 두 달여 만에 겨우 정상으로 회복되었다.

약 2년 전에 뒷골에서 오른쪽 어깨로 관통한 것은 2주쯤 지나 발견을 하고 힐링시키는 데 2달여가 소요되었다.

조금 오래된 것이지만 나이 40세 때에 경험한 왼쪽 어깻죽지의 통증은 그 당시에는 사십견이라고 생각하고 적당히 치료를 하였는데, 그 후로 수시로 어깻죽지에 문제가 생겼고 30여 년이 지난 지금도 그 후유증으로 시달린다.

다나힐러를 개발하기 시작하고 20일이 지났는데 그 동안의 시운전 결과를 요약하면,

- 미세한 번개로 움찔하기 : 온몸 곳곳에서 1일 수십, 수백 회 미세 번개 발생 : 세포 몇 개 크기의 미세 장애에서 발생하는 반응으로 추정됨
- 손가락, 발가락, 목, 피부 곳곳을 통해 나쁜 기운이 빠져 나가는 느낌 :

1일 수십 회 발생 : 온몸 특정 조직의 기능이 개선되는 현상으로 추정됨

- 온몸에서 독거노인 냄새가 심하게 난다. 대책으로 여러 종류의 치약을 쌀알만큼 사용하여 양치질을 매일 5~10회 한다. 매일 샤워를 1회 이상 한다.
- 온몸 여기저기가 가렵고 두드러기가 나온다 : 나쁜 기운이 피부로 빠져 나오면서 생기는 증상.
- 긴 트림 : 1일 수 회~십여 회 발생 : 뱃속에서 '끄~' 하고 긴 트림이 올라오고 속이 편안해짐, 오장육부의 기능이 개선되는 현상으로 추정됨
- 하품 : 가끔 하품이 나고 졸립다.
- 왼쪽 어깻죽지 통증 후유증 : 왼쪽 검지손가락 라인에서 제법 큰 장애 발견 : 검지손가락 정권 부위에 삼지안 치료 2시간 정도 : 이번 탐색으로 40세 때에 피폭된 은하우주선은 필자의 왼쪽 어깻죽지를 지나 왼쪽 검지손가락 라인을 타고 관통한 것으로 추정됨 : 왼쪽 검지손가락은 1년 전에 이상 통증이 와서 삼지안으로 뼛속에 박힌 좁쌀 같은 삵(?)을 한 달 정도 치료하였는데, 이것도 이번에 발견한 후유증과 같은 원인으로 생긴 것으로 판단된다.
- 몸 여기저기에서 산발적인 약한 통증 : 명현현상으로 추정됨. 여러 종류의 수정으로 번갈아가며 수정힐링(마사지, 찜질 포함)
- 몸의 일부가 달구어지는 느낌 : 피폭장애 후유증이 생겼던 지역에서 열이 나고 달구어지는 느낌이 한 식경 가량 지속됨. 해당 지역의 혈액순환이 개선되는 현상.
- 덤 : 고혈압과 혈액순환 개선, 피부 노화 완화, 좌골신경통 완화, 체력 개선

*다나힐러에 관한 글을 쓰면서, 이것을 내 몸에 며칠간 사용하는 중에, 내 몸에 생겼던 것 중 발견되지 않았던 '은하우주선 피폭장애의 유적' 중 하나를 깜짝 발굴했다. 이 유적은 내 가슴 왼쪽 젖꼭지 한 치 아래에서 시작해 오른쪽 젖꼭지 부근으로 비스듬하게 약 한 치 깊이로 형성이 되어 있었다.

이 우주선 피폭이 언제 있었는지 추정하기 어렵지만, 어쩌면 이것이 나에게 고혈압의 근본 원인이 되었을 가능성이 아주아주 높다. 피폭 후에 잠복기가 어느 정도인지 모르지만 몇 년은 걸릴 것으로 가정하면, 이 피폭은 약 10년 전에 맞았을 것이다.

*이 부위는 몇 년 전부터 한 달에 한 번 정도 이상한 느낌이 있었지만 고혈압 약을 늦게 먹어서인 걸로 생각했었다. 이번에 다힐을 시험하면서 매일 한 번 정도로 이상 신호가 와서 이 부위에 대한 삼중요법(다힐, 삼지안, 수정 힐링)을 시행하자, 이 부위가 문제의 피폭장애 유적지중 하나로 판명되었다.

이 가슴부위를 일주일정도 삼중치료하자 고혈압이 어느 정도는 힐링된 것 같아 고혈압 약 복용을 중단하였는데, 또 일주일쯤 지나자 혈압이 다시 올라간다.

고혈압 약 절반을 다시 먹고 가슴부위를 살펴보니 후유 증상이 다시 감지되어 삼중요법으로 치료를 해 준다.

필자의 경우 고혈압 발생 경로 추정 : 가슴부위 은하우주선 피폭(근본 원인) > 폐 기능 저하로 혈액 속의 산소 포화도 저하 > 세포로 공급되는 산소 감소 > 산소 부족으로 세포 기능 저하 > 모세혈관 기능 저하로 곳곳에서 혈액 순환 장애 > 혈전 발생 등등, 악재 발생 → 고혈압 유발

필자의 경우엔 은하우주선 피폭장애가 같은 나이의 다른 사람에 비해 비교적 경미할 것으로 생각되는데, 그래도 이번 시운전에서 엄청 많은 문제점이 추가로 발견되었다.

은하우주선은 우리 몸의 어느 부위라도 관통을 할 수가 있어서 그로 인한 장애와 후유증은 모두 다 헤아릴 수 없이 많고, 그것을 다나힐러로 탐색, 힐링하는 것도 많은 어려움이 있을 것이다. 그래도 시험 개발한 다힐로 어느 정도는 탐색, 힐링시킬 수 있어서 아주아주 다행이다.

다나힐러를 키우고 훈련시켜 마음과 몸 안을 살피고 노닐면서 은하우주선 피폭장애를 힐링시킨다

나이가 어느 정도 들면, 어디를 산책하는 것도 여의치 않아진다. 그러나 어떤 경우에도 자신의 마음과 몸속은 어디든 노닐면서 살펴볼 수가 있다.

특히 이것은 나이를 더 많이 먹을수록 어디가 아파 거동이 조금은 불편할수록 마음과 몸속 깊숙한 곳까지도 여유롭게 기웃거릴 수가 있다.

이런 유람을 하다 보면 때로는 새로운 곳을 가보기도 하고 어떤 때는 늘 가던 길을 잊어버리고 당황하기도 한다. 심신 유람을 할 때에 가던 길을 잊어버리고 헤매게 되면 다나힐러(다힐)이라는 도우미를 이용해 길을 찾아 안전하게 집으로 되돌아와야 한다.

문제는 심신 유람 길을 안내하고 도와주는 다나힐러가 아직은 없다는 것이다.

우리의 마음과 몸은 언뜻 보면 모든 사람이 서로 비슷비슷하지만, 좀 더 자세히 들여다보면 모두가 다른 마음과 몸을 가지고 있어서 어느 누구에게 쓸모가 있는 다나힐러는 자기 스스로 키우고 훈련시키는 것이 필요하다.

자기의 다나힐러를 육성시키는 시기는 빠르면 빠를수록 좋은데 젊어서는 이리저리 할 일이 많아서 잘 안 되고, 늙어서는 심신에 누적된 문제가 많아 쓸 만한 다나힐러를 육성시킬 여유가 없게 된다.

다힐은 사용자가 원하는 어느 곳을 선택하여 육성장을 설치하면 된다. 이것은 이미 만들어진 제품을 설치하는 것이 아니고, 사용자가 스스로 자기 마음과 몸의 특정 부위를 훈련시켜 다힐이 힐링 능력을 갖추도록 하여야 한다.

자기의 마음을 훈련시켜 다힐이 힐링 능력을 갖추면 가장 좋고, 이것이 잘 안 되면 자기 몸의 어느 부위를 훈련시켜 다힐이 힐링 능력을 갖게 하면 된다. 이 두 가지 힐러를 모두 가질 수 있으면 금상첨화이다.

마음에 다힐을 훈련시키는 것은 기존의 명상이나 기도와 비슷하고 몸에 다힐을 훈련시키는 것은 기존의 기수련과 유사하다. 따라서 기존의 명상, 기도, 기수련 등을 선호하시는 분은 다힐을 새로 훈련시키지 않아도 된다.

새로 다힐을 훈련시키실 분은 마음 다힐은 '미간 앞쪽' 공간, 즉 눈앞 어딘가에, 그리고 몸 다힐은 '입안' 에 육성장을 마련하면 편리하게 관리할 수 있다. 마음과 몸 다힐의 능력을 좋게 하려면 그들에게 자기의 마음과 몸을 다하여 시간과 정성을 기울여야 한다.

다힐은 은하우주선 피폭장애로 손상이 된 세포를 탐색하고 몇 개 정도는 혼자서 힐링시킬 수 있다.

마음과 몸의 특정 조직에 생긴 장애를 힐링시키는 경우에는 몇 명의 다힐이 협동으로 작전을 수행하며, 하나의 은하우주선 피폭장애 지역을 힐링시키는 경우에는 전체 다힐이 총동원되어 전면 합동작전을 수행한다.

암흑물질의 초상

우리의 몸은 물질로 되어 있어 구체적인 실상이 있지만 마음은 추상적인 것이어서 무엇으로 어떻게 만들어졌는지 알 수가 없다.

우리를 포함하여 지구상의 만물들, 달, 해, 별, 은하 등등은 모두 물질로 만들어졌는데 이 우주에는 이런 물질보다 몇 배나 더 많은 암흑물질이 있다고 한다.

우리는 아직 이 암흑물질이 어떻게 생겼는지 잘 모르지만 어쩌면 우리의 마음도 이런 암흑물질로 만들어져 우리가 그 존재는 알고 있으나 구체적으로 어떻게 생겼는지는 종잡을 수가 없는지도 모른다.

언젠가는 누군가가 암흑물질의 정체를 구체적으로 밝히고, 이 암흑물질로 만들어진 세상을 투어할 수 있는 다나힐러(다힐)도 구체적으로 만들 수 있겠지만, 현재로서는 다힐을 추상적인 어떤 것으로 만들 수밖에 없다.

그래서 우리가 다힐을 만들 때에 이 암흑물질을 이용할 수 있지 않을까(?) 하는 엉뚱한 생각도 해 보고, 이 암흑물질을 어찌어찌하여 뭔가를 만들 수 있다면, 어찌저찌 하면 아주 성능이 좋고 멋진 다힐도 만들 수 있을 것이다.

다힐을 만드는 목적은 우리의 마음과 몸 안을 이리저리 투어하면서 어디에서 건강을 해치는 어떤 것을 찾아내고, 그것을 안전하게 힐링시키기 위해서이다.

다힐이 제 성능을 발휘하려면 먼저 마음과 몸 안을 이리저리 투어하여야 하는데, 방법은 암흑물질로 순찰 로봇(?)을 만들어 마음과 몸 안을 투어하게 하고, 어디에서 어떤 문제를 발견하면 그 사고 현장과 다힐 사이에 암흑물질로 직통로 설치, 정비 로봇 파견, 필요 장비 및 물자 배치 등을 한다.

다힐 안에서 직접 문제 해결을 위한 모종의 조치를 취하면, 그 조치가 직통로를 타고 그대로 사고 현장에 전달되어 모든 문제를 신속 정확 안전하게 해결한다는 시나리오이다.

다힐은 요즈음 유행하는 AI와 비슷하게 사용자가 얼마나 잘 이용하는지에 따라 그 성능이 좌우된다.

다힐을 잘 이용하려면 먼저 순찰 로봇들을 잘 조정하여야 하는데, 몇 개의 로봇을 동시에 마음과 몸 곳곳에 파견시키고 각 로봇이 탐색하여야 할 포인트를 정확하게 숙지시키는 것이다.

우리의 마음과 몸은 수많은 부분으로 세분되고 각각 서로 다른 구조와 기능을 가지고 있어서 각 부분마다 탐색 포인트가 다르다.

다힐은 양자(?) 컴퓨터 기능이 있고, 마음 다힐과 몸 다힐이 서로 미러(?)로 연동되어 있어서 사용자가 다힐을 잘 훈련시키면 막강한 효력을 발휘할 수 있다.

다힐 훈련 요령

다힐을 개발하는 목적은 자기의 마음과 몸을 힐링시키기 위해서이다.

힐링은 아픈 병을 치료하는 것과는 달라서 의사들이 하는 어떤 것들은 몰라도 된다. 즉, 우리의 마음과 몸을 힐링시키는 것은 힐링 자체가 목적이며 부수적인 효과로 어떤 병이 덤으로 치료될 수도 있다.

사실 필자는 지난 20여 년간 병으로 고생하는 누군가를 도와주기 위한 나만의 뭔가를 개발하고자 고심했으나 그런 것을 만들면 의사들이 싫어할 것 같아 고민이었는데 다힐은 치료 목적이 아니고, 힐링이 주 목적이어서 의사들이 조금은 덜 싫어할 것 같아 다행이다.

우리는 살면서 때때로 마음과 몸이 지치고 힘들어지는데, 그럴 때는 적절한 휴식과 기분 전환을 위하여 힐링 효과가 있는 다양한 뭔가를 하며 그중 하나가 다힐을 사용하는 것이다. 따라서 자신의 다힐을 개발할 필요가 없거나 자신이 없는 분은 다른 힐링거리를 찾아도 된다.

또 이 다힐은 자기 스스로 좋아서 혼자서 하는 것이니 누구의 눈치를 보지 않아도 되고, 추가 비용도 전혀 들지 않으니 누구나 할 수 있으며, 여기에 사용되는 장비나 자재도 암흑물질이어서 누구나 사용법을 터득하면 언제, 어디서든 무상으로 원하는 만큼 이용할 수가 있다.

먼저 '우리의 마음을 누군가가 암흑물질로 만들었다고 가정?' 하면, 그 누군가에는 자기 자신이 꼭 포함되어야 한다. 왜냐하면 우리는 자신

암흑물질의 초상(肖像, Portrait), 판도라의 클러스터(Pandora's cluster)

의 마음을 조금은 원하는 대로 다스릴 수 있기 때문이다. 즉, 우리는 자신도 알지 못하는 사이에 암흑물질을 사용한다. 이렇게 마음을 다스리는데 암흑물질을 사용한다면, 같은 요령으로 암흑물질을 사용하여 다힐을 개발할 수 있을 것이다.

*암흑물질의 초상(肖像, Portrait)은 암흑물질은 빛을 방출하거나 흡수 또는 반사하지 않으므로 직접 볼 수는 없지만, 우주 저 멀리 4개의 작은 은하군의 거대한 대충돌로 생긴 판도라의 클러스터(Pandora's cluster) 안에 숨어 있다.

이 합성 사진은 2017년 여름에 공개된 것인데 은하단의 밝은 부분과 어두운 부분을 포착하고 있다. 놀랍게도 눈에 보이는 은하(흰색 점들)는 은하단 질량의 5퍼센트 밖에 안 된다.

20퍼센트는 '혹독하게' 뜨거운 확산 중인 가스(붉은색)로 이루어져 있다. 이 사실은 나사(NASA)의 찬드라 엑스레이 관측선(위성)에서 관찰되었다. 나머지 75퍼센트는 암흑물질(푸른색)이다. 그렇다면 과학자들은 어떻게 보이지 않는 암흑물질을 '볼' 수 있을까? 중력이 그 비밀을 드러낸다.

그리고 언젠가는 우리도 그것을 볼 수 있고, 그것을 이용하여 뭔가를 할 수 있게 된다.

은하우주선 피폭장애

암흑물질을 잘 사용하면 뭔가 굉장한 일들을 할 수 있겠지만 칠순을 넘긴 필자의 입장에서는 앞으로의 여생을 좀 더 건강하게 지내는 것이 최우선이고 내가 개발할 다나힐러도 나 자신의 건강관리에 사용될 것이다.

따라서 나의 다나힐러가 먼저 배워야 할 것은 나의 건강을 해치는 주적이 무엇이고 이것을 어떻게 상대하여야 안전하게 퇴치할 수 있는지를 터득하는 것이다.

필자의 생각으로는 우리의 건강을 해치는 것들 중에서 가장 경계하여야 할 것은 '은하우주선 피폭에 의한 장애' 들이다.

우주 공간에는 고속의 입자가 날아다닌다. 이들은 주로 초신성 폭발에 따라 발생하는 것으로 은하 안에서 생성되기 때문에 '은하우주선' 이라고 한다.

은하우주선은 87%가 양성자, 12%가 알파입자, 나머지 약 1%가 이보다 무거운 입자의 원자핵이다.

높은 에너지를 가진 은하우주선 입자는 지구 대기에 진입하면 공기를 구성하고 있는 산소, 질소 등의 원자와 충돌하여 이들 입자를 깨뜨리면서 수많은 중성자, 전자, 광자 등의 2차 입자를 발생시킨다.

2차 입자들은 대기를 지나는 과정에서 상당수가 에너지를 잃지만 일부는 지표까지 도달한다. 지상의 인간은 늘 우주방사선에 노출되어 있다.

이러한 '은하우주선' 은 1㎡(제곱미터)의 지표 면적을 1년에 한 번, 즉 우리의 몸으로 환산하면 평균 5년에 한 번 꼴로 관통하는데(사진의 하늘색 영역이 은하우주선 피폭), 우리는 그 사실을 거의 감지하지 못한다.

이때에 생긴 장애가 수개월, 수년, 수십 년의 잠복기를 두고 상태를 악화시켜 어떤 병증으로 발병하여야 겨우 알 수 있는데, 문제는 이때에도 병원에 가면 의사들이 무슨 병증인지는 알아도 그 원인이 무엇인지는 알지 못하여 제대로 된 치료는 받지 못하고 결국에는 '무슨 난치병이나 불치병에 걸렸다' 고 한탄하면서 생고생을 하는 경우가 많다.

사실 우리 주변에 누군가가 어떤 난치병이나 불치병에 걸려 고생을 한다면, 그 원인은 그 분이 수개월에서 수년 전에 '은하우주선 피폭' 을 받아서일 가능성이 아주 높다.

그 분이 만약 다나힐러를 사용하고 있었다면 '은하우주선 피폭' 사실을 보다 빨리 발견할 수 있었을 것이고 그로 인한 장애를 보다 빨리 힐링시킬 수 있어서 어떤 병증으로 악화되어 병원에 가는 일도 없었을 것이다.

즉, 어떤 난치병이나 불치병을 예방하는 최고의 방법은 자기의 다나힐러가 '은하우주선 피폭장애' 들을 조기에 탐지하고 적기에 힐링시키는 것이다.

자기의 다나힐러 성능을 향상시키는 문제는 그것이 '은하우주선 피폭장애' 를 얼마나 잘 힐링시키는가에 달려 있다.

우리의 몸은 1~10년, 평균 5에 한 번꼴로 은하우주선에 피폭을 당하는데 이때에 관통 궤적에 있는 약 2만 개의 세포가 손상된다.

우리 몸은 약 80조 개의 세포로 되어있어서 피폭으로 손상을 입은 2만 개의 세포는 극히 적은 양이지만, 문제는 우리 몸의 자연 치유 능력으로는 이 장애를 재대로 처리하지 못하여 시간이 지날수록 주변으로 재난이 확산되며, 누군가에겐 수시간, 수일, 수주, 수개월, 수년, 수십 년 뒤에 모종의 고약한 병증으로 나타나곤 한다.

'모든 재난은 사전 예방이 최선' 이며 다나힐러는 이러한 고약한 병증을 사전에 예방하기 위한 고육지책(?)이다.

다나힐러가 고육지책(?)이라고 하는 이유는 '은하우주선 피폭장애' 를 힐링시키는 방법이 현재로는 거의 없기 때문에 싫든 좋든 다나힐러를 자기 스스로 힘들여 개발하여야 하기 때문이다.

우리는 1~10년에 한 번 꼴로 '은하우주선' 에 피폭되는데, 피폭 당일에는 약 2만 개의 세포에 생긴 장애를 다힐로 힐링시키면 되고 그럴 수만 있다면 앞으로 평균 5년은 고약한 병증을 걱정하지 않아도 된다.

그러나 이 정도의 실력을 가진 고수가 되려면 수십 년(?)간은 고육지책(?)으로 고된 수련을 하여야 할 것이다.

'은하우주선 피폭장애' 로 생긴 약 2만 개의 손상 세포는 우리 몸을 구성하는 수십 개의 인접한 다른 조직의 일부이며, 우리 몸에 있는 어떤 조직이나 구별 없이 다 피폭으로 손상을 입을 수 있고, 이것이 자연 치유되지 않고 악화되면, 우리 몸에 생기는 모든 종류의 고약한 병증으로 발전할 수 있다.

이렇게 고약한 병증으로 발전하기 전에 '은하우주선 피폭장애' 를 힐링시킬 수 있는 실력만 된다면 힐링에 소요되는 기한이 얼마이든 별 걱정이 없이 살 수가 있을 것이다.

다나힐러를 처음 개발하기 시작했을 때에는 마음 힐러와 몸 힐러를 따로 개발하는 것이 편리할 줄 알았는데, 어느 정도 실력이 되자 이 두 가지를 구별하는 것이 별로 의미가 없다는 것을 알게 되었다.

마음은 추상적이고 어쩌면 암흑물질로 만들어졌을지도 모르고 몸은 구체적이고 일반 물질로 만들어져 그 각각에 생기는 문제점을 힐링시키는 힐러도 어느 정도는 서로 달라야 한다고 생각했었다.

그런데 시간이 지나면서 마음과 몸은 서로 긴밀하게 커플링이 잘 되어 있어서 하나가 아프면 다른 것도 바로 따라서 아프고, 하나가 좋아지면 다른 것도 덩달아 좋아진다.

그래서 하나의 힐러로 두 가지를 함께 힐링시키는 것이 더 효과적인 것 같다.

요즈음 손자들이 잘 보는 장난감 로봇 관련 TV 프로를 보면, 다른 기능을 가진 여러 개의 작은 로봇이 뭔가를 하다가 힘이 센 적을 만나면 모든 로봇이 합체하여 적을 물리치는데 그와 유사하게 다나힐러도 여러 개의 작은 순찰 로봇, 힐링 로봇, 봉사 로봇 등을 만들어 처음에는 분담하여 자기 일을 하다가 큰 일이 터지면 합체하여 문제를 해결하면 좋을 것 같다.

또 전체 힐링 작전을 통제하는 본부도 이동식으로 하여 필요에 따라 주 작전지역 가까이에 이동 배치하는 것이 더 편리하다.

2019년 2월 8일 07:20, 오늘 아침 수련중 머리 중앙에서 7시 방향 한 치 반 위치에서 목쪽으로 은하우주선 피폭이 미세하게 감지됨. 즉시 다나힐러를 가동하고, 보조로 양손에 힐링 효과가 있는 수정을 들고 사태의 추이를 예의 주시하며, 특이반응이 감지되면 바로 요점을 카스에 기록함.

07:35 반 식경만에 주변 한 치 정도로 피폭 여파가 느리게 확산되는 느낌.

07:50 약 한 식경 후에 얼굴 왼쪽이 살짝 마비 증상이 온다. 여파가 이마 주변, 목 주변에서 감지됨.

07:55 목 바로 아래에서 크…, 하고 트림이 올라온다. 몇 분 간격으로 3번 반복.

08:05 한 식경 반이 지나며 최초 발원지에서 미세 통증, 좌측 볼이 가렵고, 살짝 몸서리가 쳐진다.

08:06 1분 후 다시 트림.

08:07 약 1분 후 손에 쥐고 있는 수정에서 신경이 움찔하며 몸서리친다.

08:08 진원지 부근에서 뭔가 미세 움직임이 감지, 혀에서 뭔가 움직이는 느낌이 감지.

08:09 진원지 부근에서 통증 약간 감지, 콧속에서 미세 움직임 감지, 오른쪽 머리 위로 통증 이동 감지.

08:10 뱃속에서 크…, 하고 트림이 올라온다.

08:13 진원지 좌측 후두부에서 움찔 몸서리.

08:16~20 진원지 좌측 얼굴, 콧속, 식도에서 신물 감지.

08:20 사타구니, 하체에서 움찔 몸서리.

08:22 좌측 어깻죽지에서 가려움증이 온다.

08:26 진원지 우측 정수리 부근에서 진물이 느리게 흘러 내려오는 느낌.

08:31 왼쪽 가슴에서 트림.

08:35 진물이 비강에서 입천장까지 내려옴.

08:38 진물이 목구멍으로 꿀꺽 넘어가는 느낌.

08:39 왼쪽 겨드랑이 가려움.
08:41 왼쪽 가슴에서 움찔.
08:42 진물이 꿀꺽.
08:44 인중에서 움찔.
08:46 진물이 꿀꺽.
08:47 가슴 중앙에서 트림.
08:49 진물이 비강으로 꿀꺽.
08:50 진물이 약 1분 간격으로 비강으로 꿀꺽…. 사고 현장이 정리되는 느낌.
08:54 목에서 트림.
08:59 진원지에서 움찔 몸서리.
09:20 1차 상황 종료.

머리 부근에서 은하우주선 피폭을 감지하고, 바로 다나힐러와 수정힐링을 병행하여 힐링을 하면서 피폭 여파가 진행되는 상황을 관찰하고 기록하였다.

은하우주선 피폭을 감지하고 2시간 만에 1차 상황이 종료된 것은 지금까지의 최고 기록이다.

2015년 6월에 있었던 왼쪽 새끼발가락 1치 위에 피폭된 경우에는 2달이 걸렸고, 2017년 4월에 뒷골에서 오른쪽 어깨로 비스듬히 피폭된 경우에도 거의 2달이 지나서 안정이 되었다.

최근 피폭 기록들을 다시 살펴보면 약 2년에 한 번꼴로 은하우주선에 피폭되었는데, 이것은 은하우주선 이 지구 표면을 관통하는 확률과 비교하면 거의 3배 수준이다. 이것은 은하우주선 1차 피폭과 2차 피폭을 합친 확률로 생각되는데, 어쩌면 2차 피폭 우주선도 우리의 몸에 장애를 유발하기 충분한 에너지가 있는 것 같다.

18:10 저녁을 먹는데, 살짝 비위가 돌고, 식후에 이빨을 닦는 데 진한 콧물과 가래가 나온다. 즉, 2차 장애 징후가 나타나는 현상이다.

18:30 2차 다나힐러를 가동하고 수정힐링도 다시 시작하며 진행 상황을 올린다.

18:35 하체 움찔 / 트림

18:41 돌을 잡은 엄지가 약간 저릿

18:43 등에서 움찔 / 트림

18:44 골반에서 움찔 / 트림

18:45 하체에서 움찔 / 트림

18:47 상체에서 움찔 / 트림

18:50 온몸에서 움찔 / 트림 / 머리 진원지 부근에 살짝 통증

18:45 하체에서 움찔 / 트림

19:05 배에서 움찔 / 트림 / 왼쪽 귀에서 번쩍

19:09 돌을 잡은 손가락 끝에서 저릿

19:20 배에서 트림 > 졸립다 > 꿈나라로….

다음 날 아침 4시 새벽 수련으로 3차 힐링을 시작한다.

2019년 2월 9일 04:10, 이빨을 닦고, 세수하고, 다나힐러와 수정힐링 시작.

04:20~05:50 머리가 멍하다. 플라빅스 사분의 일 쪽을 입 안에 넣고 침으로 녹여 복용하다. 온몸이 찌뿌드드하여 몸을 이리 살짝 저리 살짝 꼬아 찌뿌둥한 것을 짜내면서 암흑투어를 떠나 한 식경 돌을 잡은 손가락 끝에서 꼼지락하고 기가 돌면서 몸이 움찔, 머리가 움찔하며,

그 위로 암흑물질이 오르락 내리락, 두 식경, 그 움직임을 타고 내 맘과 몸도 세 식경 내리락 오르락 거린다.

3차 병증 힐링은 '꼬아 짜내기' 가 필요함.

암흑물질이 오르락내리락하는 중에 별들이 서서히 움직여 방사형으로 정렬하고, 그 사이에 있던 암흑물질이 폭포수처럼 변하여 내 머리로 쏟아져 들어오고, 성난 파도처럼 내 맘과 몸에 부딪쳐 산산이 부서지면서 한동안 내 온 맘과 몸을 이리저리 뒤집고 휘젓는 카오스(?) 같은 느낌이 있었다. 이런 경험이 암흑투어를 하는 목적이 아닐까?

11:00 다나힐러의 통솔 하에 작은 수정을 쥔 왼손의 저골과 콩알골 주변에 오른손 삼지안(삼중힐링)으로 복부 장애에 대한 4차 힐링 시작.

11:10 명치부근에서 크윽…, 하는 거대 트림이 올라온다.

11:13 콩알골에서 발생한 움찔이 손목뼈를 타고 위로 올라간다. 겨드랑이에 멍한 통증, 그리고 목에서 트림.

11:18 배에서 움찔.

11:20~40 삼지안을 새끼손가락 뼈를 타고 손톱까지 서서히 이동, 배에서 움찔, 트림, 하품이 간간이 발생: 머리에서도 진물이 내려오는 느낌.

어딘가 깊숙한 곳에 박힌 '은하우주선 피폭장애' 를 힐링시키는 데는 '다나힐러, 수정힐링, 삼지안' 등 삼중힐링이 필요하다.

연속으로 4차 힐링을 한 것이 무리인 듯 눈이 침침해짐. 간에 무리가 간 듯, 당분간 휴식 요망.

15:15~20 산책을 다녀온 후 TV를 보며 수정힐링을 하는데, 인중으로 쓴 맛이 모여든다. 뭐지(?)

15:20 뒷목, 등, 옆구리, 머리에서 뭔가 단발로 번쩍한다.

15:27 잇몸 위쪽과 오른쪽 검지손가락에서 약한 통증.

15:30 입술, 오른쪽 귀에서 약한 통증.

15:32 어깨에서 움찔.

15:47 약한 두통.

17:31 배가 살짝 아프다. 일단 화장실로….

18:20 왼쪽 검지 끝마디 뼈 사이에서 약한 통증 감지 → 수정으로 해당 부위 눌러주기 → 예전의 묵은 장애 재발(?) 후유증 힐링.

이번 피폭장애를 힐링시키는 과정에서 예전의 장애가 덩달아 따라 움직이는 듯…(?)

상기 특성이 사실이라면? 나이를 먹어 은하우주선 피폭장애가 많이 누적될수록 추후에 맞는 은하우주선 피폭에 취약하게 되고, 더 큰 피해를 입어 위험한 상황에 처하게 된다.

모든 노인성 질병의 특징인 토탈 누적장애가 임계치를 넘게 되면 맘과 몸은 붕괴된다.

따라서 다나힐러의 작전 목표는 이 토탈 누적장애를 낮추는 데 초점을 맞춰야 한다.

다나힐러의 이해

'다나힐러'는 '은하우주선 피폭장애'를 힐링시키기 위해 창안된 새로운 개념의 용어이다.

아주 먼 은하에서 초신성 폭발로 만들어진 우주선이 지구표면에 피폭되는 것을 '은하우주선 피폭'이라고 하는데, 4장에서 설명을 하였으니 참고하기 바란다.

필자의 최근 경험에 의하면 약 2년에 1회 꼴로 은하우주선에 피폭이 되었고, 이때에 생긴 장애를 힐링시키는 데에 수개월의 노력이 들었다.

필자의 집사람이 은하우주선 피폭으로 인한 돌연사로 저세상으로 간 이후에 본인은 비슷한 시기에 같은 원인으로 고혈압이 생겨서 고생을 했는데, 그런 인연으로 은하우주선 피폭장애에 관심을 가지고 힐링시키는 방법을 연구하였고, 그 결과를 요약하면 다음과 같다.

- 은하우주선 피폭은 각종 급성병, 만성병, 난치병, 불치병, 돌연사의 근본 원인이다.
- 놀랍게도 인터넷을 탐색해도 은하우주선 피폭장애에 관한 연구가 거의 없다.

즉, 우리는 은하우주선을 거의 무시하고 사는데 그 이유는 은하우주선은 거의 알아볼 수 없는 유령 같은 존재이기 때문이다.

거품상자는 초가열된 투명한 액체로 채워진 상자이다. 그것은 그 속을 움직이는 하전된 입자를 검출하는 데 쓰인다. 1952년 도날드 글레이저에 의해 발명되었고 1960년 노벨상이 주어졌다.

요즈음은 양성자와 반양성자 충돌시험으로 발생하는 소립자들의 궤적을 검출하는 장비들도 있다.

우리는 거품상자를 이용하여 피폭되는 은하우주선을 검출할 수 있지만, 우리 몸은 거

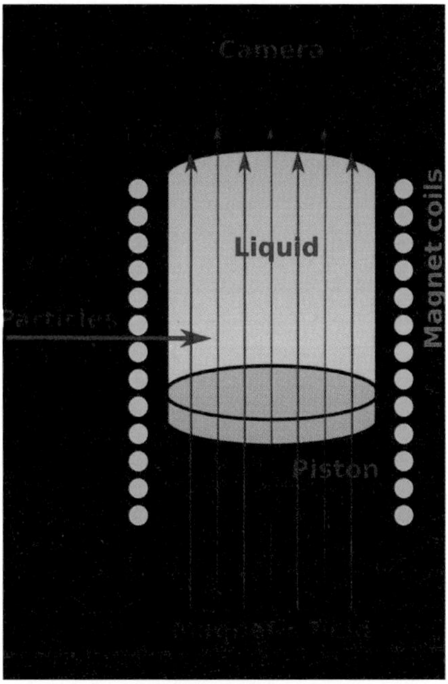

거품상자 원리

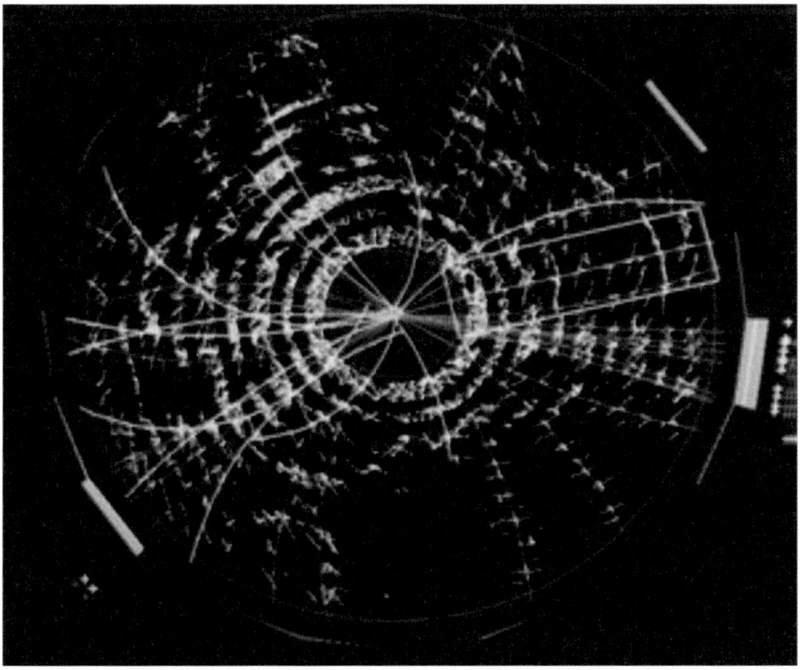
양성자와 반양성자가 충돌하여 부서지면서 방출되는 소립자들의 궤적

품상자가 아니어서 우리 몸에 피폭이 된 은하우주선은 어떤 장비로도 검출할 수가 없다.

즉, 은하우주선이 우리 몸에 피폭이 되어 어떠한 장애를 일으키든 누가 어떤 장비를 사용하여도, 그 사실을 검출할 수가 없어서 그것에 관한 연구 결과를 발표할 수가 없는 것 같다.

즉, 관련 연구 결과를 자료 검색에서 찾을 수 없다고 해도 우리는 수시로 은하우주선의 피폭에 노출되어 있고, 그로 인한 장애로 수많은 사람들이 고통 속에서 살고 있다.

그러한 은하우주선 피폭장애를 힐링시키기 위하여 '다나힐러'가 뭔가를 한다.

[우주정거장서 1년 지낸 우주인의 면역체계 '초경계' 상태]

입력 2019.02.16. 11:17 (연합뉴스 요약)

국제우주정거장(ISS)에서 1년 가까이 생활한 우주인의 면역체계가 지구에서 생활한 일란성 쌍둥이와 비교해 활동 과잉의 '초경계' 상태가 된다는 연구결과가 나왔다.

이런 변화가 인체에 좋은 것인지, 나쁜 것인지는 확인되지 않았으나 달을 넘어 화성 탐사까지 계획하는 상황에서 우주인의 건강에 대한 새로운 의문을 제기하는 것으로 지적됐다. …(중략)…

스콧의 면역체계와 연관된 많은 유전자가 활동 과잉상태가 된 것으로 밝혔다. 이는 DNA가 바뀐 것은 아니나 유전자가 단백질 생산에 변화를 갖는 '유전자 발현(gene expression)' 상태를 뜻한다. 이와 함께 혈류가 증가하고 바이러스에 대한 초기 방어를 맡은 혈액 내 세포 수도 적어진 것으로 덧붙였다. …(중략)…

현재 은퇴한 스콧은 AP통신과의 이메일 인터뷰에서 상시적인 충혈과 두통, 이산화탄소 과다에 따른 집중력 저하, 미세중력으로 인한 소화불량 등으로 '우주에서는 완벽하게 정상이었던 적이 없다' 고 했다. …(중략)…

유전자 활동은 모든 종류의 스트레스에 반응하기 때문에 우주에서 유전자 활동이 변화한 것은 이상할 것이 없으며, 스콧의 경우 2016년 3월 지구로 복귀한 직후 모든 것이 정상으로 돌아온 것으로 나타났다.

다만 면역 관련 유전자는 6개월 뒤에도 '우주에서의 스트레스에 대한 기억을 갖고 있거나 이로 인해 거의 초경계 상태에 있을 필요가 있었던 것으로 보인다' 고 메이슨 부교수는 밝혔다.

지구와 ISS에서는 지구를 둘러싼 자기장이 우주방사선을 차단하는 역할을 하지만 화성탐사 중에는 지구자기장만큼 우주인을 보호할 수 있는 장치가 없다.

위에 인용한 뉴스에서 '지구와 ISS에서는 지구를 둘러싼 자기장이 우주방사선을 차단하는 역할을 하지만' 이라는 내용을 주시할 필요가 있다. 이것은 지구와 국제우주정거장(ISS)이 모두 (지구) 자기장의 보호를 받아 (은하) 우주방사선이 차단이 되는데, 쌍둥이 형제 중에서 ISS에 1년간 있었던 스콧만 뭔가 문제가 있었다는 내용이다.

지구 상공 1,000~60,000킬로미터에는 지구자기장에 붙잡힌 방사성 입자의 띠가 있는데 이것이 바로 밴 앨런대(Van Allen Belt)다. 밴 앨런대의 구성물질은 대부분 태양풍, 즉 태양에서 분출된 플라즈마인데, 만약 지구자기장이 없다면 이 입자들은 밴 앨런대에 붙잡히는 일 없이 지구 대기를 맹폭격하여 오존층을 전부 파괴해 버리고, 그 결과 태양광의 자외선이 전부 지표면으로 쏟아져 들어오게 될 것이다.

자외선이 토양의 세균과 바닷물의 플랑크톤을 모두 죽여 버리면 지구는 화성과 같은 죽은 별이 될 수밖에 없으니, 지구에 생명이 존재하는 것은 지구자기장의 덕분이라 해도 과언이 아니다.

ISS는 지구 저궤도에 속하는 지표면에서 약 350km 위를 돈다. ISS와 지표면 사이에 있는 고층대기는 대류권계면 위의 층으로 오존의 자외선 흡수로 온도가 상승하는 성층권(成層圈; 50㎞), 대류운동이 일어나는 중간권(中間圈; 90㎞), 태양 활동에 따라 500~2,000K의 온도변화가 있는 열권(熱圈; 250㎞)으로 구분된다.

또한 구성비가 일정한 균질층(혼합층)과 고도에 따라 달라지는 비균질층, 이온 농도가 커서 전파반사가 일어나는 전리층(이온층), 자기폭풍 현상이 있는 자기권 등으로 구분하기도 한다.

ISS와 지표면 사이의 대기에 있는 원자나 분자들은 우주방사선을 차폐시켜서 고도에 따라 방사선 선량은 큰 차이가 있다.

2015년 4월에 발표된 자료《우주방사선 피폭 현황 및 관리기준 개발》(한국천문연구원, 이재진)을 참조하여 고도에 따른 우주방사선량의 변화를 추정하면 ISS에서 받는 우주방사선은 지표면의 수십 배 정도이다. 즉, 스콧이 ISS에서 1년간 맞은 우주방사선은 우리가 지상에서 반평생 동안 맞는 우주방사선과 거의 동일하고, 이로 인하여 스콧이 겪는 장애도 쌍둥이 형제는 반평생 동안 나누어 비슷한 장애를 겪게 될 것이다.

즉, 우리는 [우주정거장에서 1년 지낸 우주인의 면역체계 '초경계' 상태]의 몇 %에 해당하는 [면역체계 '경계' 상태]이다. 이 [면역체계 '경계' 상태]를 우리는 아무 문제가 없다고 생각하며 산다.

우리는 1~10년에 한 번은 은하우주선에 피폭이 되는데, 이 피폭 입자가 지나간 궤적 주변은 면역체계 '초초경계' 상태의 장애지역이 되며, '다나힐러' 가 즉각 출동하여 힐링시키는 특수작전을 수행한다.

꼭두힐러란?

'은하우주선 피폭장애를 힐링시키기는 꼭두(각시)(다나)힐러' 를 의미한다. 꼭두힐러는 우리의 맘과 몸에 있는 다나힐러를 눈에 보이지 않는 초끈으로 연결시켜서 마치 꼭두각시놀이처럼 조종하는 것인데, 마음에 있는 꼭두힐러가 움직이면 몸에 있는 꼭두힐러도 그대로 따라 움직이게 한 것이다.

몸 꼭두힐러가 은하우주선 피폭장애 현장을 탐색하거나 힐링시키러 나가면, 맘 꼭두힐러도 모니터로 현장 상황을 파악하여 몸 꼭두힐러가 안전하고 효과적으로 임무를 수행하도록 돕는다.

꼭두힐러가 현장에 나갈 때에는 머리부터 탐색을 시작하며, 진행되는 상황에 맞추어 온 맘과 몸으로 작전지역을 이동시킨다.

자기의 머리에 은하우주선을 피폭 받은 적이 있으면, 그것이 어머니 뱃속에서 맞았던 것이라도 그 흔적이 남아있고, 몰래 뭔가 하면서 모종의 장애를 일으키고 있을 텐데 초보 꼭두힐러라도 그 현장을 급습하면 일격을 먹일 수 있을 것이다.

필자가 처음으로 꼭두힐러를 시운전했을 때의 상황을 요약하면 다음과 같다.

● 몸이 움찔

- 피부가 꼬물
- 머리칼이 꿈틀
- 눈꺼풀 주변에 꼭두힐러를 사용하자 귀 주변으로 신물이 감돈다.
- 비강 점막에 꼭두힐러를 하자 손과 팔이 움찔
- 기해에 꼭두힐러를 하자 트림이 살짝…, 계속하자 오른쪽 옆구리 전에 피폭이 된 위치가 서늘…, 계속하자 긴 트림…, 이 트림이 올라오는 주변에 꼭두힐러를 하자 콧바람이 따뜻해진다.
- 입안, 혀에서 미세한 떨림
- 오른쪽 등에서 젖가슴 방향으로 둔한 통증, 아마도 예전 피폭 지역인 듯 : 꼭두힐러로 이 지역의 세포에 미세 진동을 유도하여 활성화시킴
- 오른쪽 허벅지 안쪽으로 작은 화살이 지나가는 듯
- 입술 주변에서 단맛? : 장애 후유지역의 죽은 세포가 분해되는 신호…, 과잉 힐링의 위험이 있어 꼭두힐러 일시 중단

필자는 시운전 중에도 여러 개의 꼭두각시를 마음대로 조정할 수 있었다. 확실하게 꼭두힐러는 다나힐러보다 다루기 쉽다.

복원힐러

세월의 흐름으로 손상된 문화재나 예술품 또는 유물 중에서 어떤 것은 복원을 시킨다.

우리의 맘과 몸도 세월의 흐름으로 손상이 되면 복원을 시키는데, 이 때에 사용되는 것이 복원힐러이다.

문화재나 예술품 또는 유물을 복원시킬 때에는 해당 분야의 전문가가 참여하는데, 우리의 맘과 몸을 복원시켜 줄 전문가는 자기 자신의 복원 힐러뿐이다.

그래서 우리의 맘과 몸이 세월의 흐름에 많이 망가지기 전에 자기 자신의 복원힐러를 튼튼하게 키워야 한다.

복원힐러가 하여야 할 주요 임무는 은하우주선 피폭장애로 손상된 세포들은 복원시키는 것이다.

우리는 약 5년에 한 번꼴로 은하우주선에 피폭이 되며 한 번 피폭에 약 2만 개의 세포가 손상을 입는다.

피폭 순간에는 손상된 세포의 구성 원자 일부가 이온화되고, 다수의 자유전자가 우주선 궤적 부근에 생성이 된다. 이것들이 해당 세포와 인근 세포에 영향을 미쳐 그들 세포가 제 기능을 하지 못하고, 이것을 상쇄하기 위하여 세포들의 구성 성분이 서서히 바뀌고, 세월이 흐름에 따라 이런저런 손상이 드러나며, 조금 더 지나면 뭔가가 불편해진다. 그러다 보면 복원을 해 볼까? 하는 생각을 하게 되고, 자기의 복원힐러에게 정중하게 부탁한다.

책임감이 강한 복원힐러는 즉각 뭔가를 하기 시작한다.

1) 먼저 피폭 현장을 찾아낸다.

은하우주선이 피폭된 현장은 어떤 장비로도 찾아낼 수 없다. 그러나 복원힐러는 자기 주인의 병력이나 현재 느끼고 있는 문제점들을 잘 분석하여 피폭 현장을 찾아낸다. 피폭 현장으로 확인이 되면, 손상 복원 본부를 설치한다.

2) 피폭에 의한 손상 및 후유 장애 상황을 파악한다.

2019년 2월 21일, 어제 낮에 얼굴이 약간 붉어지고 가끔 어질하다.

자고 나니 양쪽 눈이 약간 충혈 → 안약을 넣고, 트윈스타 반알 복용 → 혈압과 안압을 낮춰서 눈의 녹내장을 예방 → 12지신 중 뒷골 눈 반대쪽에 뭔가가 박혀 있는 느낌 → 혈압, 안압과 연관된 듯 → 지난번 머리 피폭의 후유증으로 나타나는 증상들 → 아마도 예전에 신 내린 사람들에게 나타나는 징후의 일종인 듯 → 은하우주선 피폭으로 머리의 12지신 위치에 어떤 변화가 일어나는 것을 신내림이라고 한 듯 → 이 변화는 문어 외계인이 먹물로 그린 둥그스런 테두리 문양의 기호문자와 유사한데, 이 문양을 사용하면 미래의 일을 미리 경험할 수 있다. 쌀점도 이런 것의 일종인 듯하다.

머리 피폭의 후유증으로 연관된 세포내의 많은 유전자가 활동 과잉상태가 된 것 같다.

이는 DNA가 바뀐 것은 아니나 유전자가 단백질 생산에 변화를 갖는 '유전자 발현(gene expression)' 상태를 뜻한다. 이와 함께 혈류가 증가하고 바이러스에 대한 초기 방어를 맡은 혈액 내 세포 수도 적어진 것 같다. 이러한 세포들의 변화를 긴급 복구하기 위하여 해당지역에 복원힐러를 출동시켜 전반적인 힐링작전을 실시하고 있다.

이러한 유전자 발현은 건강에 꼭 나쁜 것만은 아니다.

자연재해의 경우에도 재해를 미리 예견하여 적절히 대응하면 피해를 최소화할 수도 있고, 또 잘 이용하면 새로운 발전의 계기가 될 수 있다.

유전자 발현은 단백질의 생산에 변화를 가져오는데, 이때에 생산되는 단백질을 적절하게 이용하면 재해 복구와 원상 복원에 도움이 될 수 있다.

은하우주선 피폭은 어느 누구도 피할 수 없지만 그로 인한 장애는 어느 정도는 최소화할 수 있으며, 더 잘하면 원상 복원이라는 특별한 일에 이용할 수 있다.

의념을 하는 듯 마는 듯, 다만 혈류 증가, 백혈구 감소 등의 부작용을 최소화하는 대비책을 강구해야 한다.

2019년 2월 21일, 복원힐러를 한동안 머리 피폭지역에 머무르게 하자 머리 주위로 쓴맛이 살짝 올라오고 '에취!' 기침이 난다.

성화힐러

수정힐링 다나힐러를 개발하느라 6개월 정도 성당에 가지 않고 냉담을 하다, 오늘 손자들이 성당에 간다고 해서 오랜만에 나도 성당에 나갔다.

고해성사를 하고 내 자리로 돌아와 오랜만에 성당 창문에 있는 성화를 보는데 성모송이 예전과는 달라져 보인다.

일단 핸드폰으로 사진을 찍어 놓고 성모송의 달라진 모습을 눈여겨보는데, 온몸 여기저기에서 울짤! 움짤! 하고 은하우주선 피폭장애 힐링 반응이 나타난다.

오늘 새로 찍은 성모송 사진

와…!? 도룡동성당의 성모송 성화도 수정힐링 다나힐러와 같이 은하우주선 피폭장애 힐링 효과가 있다.

찍어 둔 사진을 집에 와 다시 보니 성모송 안에 이상한 문양(?)이 가득하다.

이들 문양에 담겨 있는 비밀을 풀다 보면 은하우주선 피폭장애 힐링 능력이 몇 단계 더 높아질지도 모르겠다.

2월 8일 아침에 은하우주선이 내 머리에서 사타구니로 관통을 하였는데, 약 2주가 지나면서 머리가 살짝 어지럽고, 혈압과 안압이 살짝 올라가고, 눈에 살짝 충혈이 있고 등등의 후유증이 나타나는데, 도룡동성당의 스테인드글라스 성화 중에서 2번째에 있는 성모송을 보고 있으면, 은연중에 힐링 반응이 나타난다.

부분을 확대한 사진의 상부 오른쪽에 선 하나가 동그라미를 뚫고 들어가는 모습이 보이는데, 이것이 은하우주선 피폭 모습을 나타내는 것 같다.

놀랍게도 예전 사진에는 이 선이 초록색으로 아주 선명하게 그려져 있다. 즉, 성모송에는 은하우주선 피폭 모습, 그로 인한 장애, 후유증, 그리고 힐링 방법이 모두 그려져 있는데, 하느님의 인도가 있어야 우리가 알아차릴 수 있다. 아멘….

성모송 성화에 담긴 은하우주선 피폭장애 힐링법을 '성화힐러' 라고 부르기로 한다.

힐링바늘

필자가 도룡동성당의 성모송 성화를 처음 본 것이 2010년도 봄으로 약 9년 전이다.

성모송을 소재로 한 도룡동성당의 제 2번 성화에는 여러 가지 숫자가 그려져 있는데, 여기에서 1은 탄생(Birth), 2는 현재의 선택(Choice), 3은 죽음(Death), 그리고 뒤집어진 3은 부활(Resurrection)을 의미한다고 생각하고 여기에 각종 의미를 부여하는 글을 그동안 여러 번에 걸쳐 올린 바 있다.

이 성모송 123은 성화힐러에서는 은하우주선 피폭장애를 힐링시키는 시계 바늘로 사용된다. 즉, 성모송 성화에는 3종류의 힐링시계가 있으며, 그 시계의 바늘이 각각 1, 2, 3의 모습으로 그려져 있다.

이 시계들의 위치는 성화에 표시되어 있고, 작동방법(즉, 홀로그램 우주처럼 형상은 있고 형체가 없는 바늘을 돌리는 방법)은 여러 가지가 있을 수 있는데 이것들은 실제로 시험 사용해 보고 자기에게 가장 적합한 것을 선택하면 된다.

처음에는 시계 바늘 초침처럼 간단한 모드로 시작해 보고 익숙해지면 점점 다양하고 복잡한 모드로 발전시킨다.

시계의 개수도 하나에서 시작하여 여러 개로 늘려 보고, 시계의 종류도 자기의 취향에 맞게 아주 다양한 것을 시험해 볼 수 있다.

예전부터 보아오던 성모송 사진

성화힐러를 사용하기 위하여 필요한 기본 지식들은 전에 올린 다나힐러를 참고하면 되고, 도룡동성당의 스테인드글라스에 그려진 23장의 성화에 관해서도 전에 필자가 올린 글들을 참고하길 바란다.

이 성화힐러는 사용자의 상태, 자질, 능력, 노력 등등에 따라 그 효과가 다르게 나타나므로, 누군가의 경험담이 다른 사람에게는 별 도움이 되지 않는다.

그리고 필자의 경험으로는 성화힐러가 다나힐러보다는 배우기도 쉽고, 효과는 월등히 좋으니 이 글을 읽는 모든 분에게도 많은 성과가 있길 기도드린다. 아멘!

몸살힐링

2월 8일, 아침에 은하우주선이 내 머리에서 사타구니로 관통을 하였고, 바로 다나힐러와 수정힐링을 하여 응급처치를 하고 약 2주가 지나면서 머리가 살짝 어지럽고 혈압과 안압이 살짝 올라가고 눈에 살짝 충혈이 있고 등등의 후유증이 나타나는데….

2월 23일, 토요일에 몇 개월 만에 도룡동성당 어린이 미사에 나가 성당의 스테인드글라스 성화 중에서 2번째에 있는 성모송을 보고 있노라니, 은연중에 힐링 반응이 나타난다. 이것을 계기로 성화힐러를 알게 되고 2일간 집중힐링을 하였다.

2월 25일, 월요일 아침부터 감기 기운이 있고 콧물이 조금씩 흘러나온다. 오후부터는 몸살기가 있어서 자리에 누워 수정힐링을 하여 본다.

2월 27일, 수요일 아침 무렵부터 몸살기가 사그라들고, 코안에 콧물만 조금 고인다. 이제부터 성화힐러를 다시 시작한다.

2월 27일, 오후부터 장애지역에서 3~4치 떨어진 곳에서 산발적으로 독기가 올라와 힐링(3자) 바늘로 독기를 분산시켜 주었다.

2월 28일, 새벽 1시에 잠에서 깨어 일어나려고 하는데, 오른쪽 종아리에 쥐가 나 한동안 마사지를 해 주었다. 아마도 어제 오후에 올라온 독기들의 후유증으로 생각이 된다.

위에 올린 내용을 좀 더 정리해 보자.

은하우주선 피폭은 머리, 가슴, 복부, 사타구니를 지나는 궤적으로 지나갔다.

이중에서 머리에서 처음으로 이상한 느낌이 감지되고 바로 다나힐러와 수정힐링을 시작하였다.

그 후 2일간 각종 힐링 반응이 강하게 나타난다.

피폭 궤적에 생긴 자유전자 및 이온 벨트가 주변 세포에 영향을 미쳐 손상을 일으키고 활성화를 시키는데 다나힐러가 이 과정을 가속시키고 각종 힐링 반응을 일으킨다. 그 후로는 조금 약한 힐링 반응이 간헐적으로 이어진다.

약 2주가 지나면서 머리가 살짝 어지럽고, 혈압과 안압이 살짝 올라가고, 눈에 살짝 충혈이 있는 등의 1차 후유증인 세포 활성화의 후유증으로 단백질 생산, 혈류 증가가 나타나는데 일단 혈압약 반쪽을 먹어 혈압을 낮추고, 플라빅스 1/4 쪽을 먹었다.

그리고 그날 오후에 성당에 가서 2번 성화 성모송에 은하우주선 피폭장애 힐링 효과가 있는 것을 알게 되고 집에 와서 다시 검토해 보니, 성모송 성화에 담긴 문양들이 은하우주선 피폭, 장애, 후유증, 힐링 방법에 관한 것임을 알고 성화힐러를 정립하였다.

성화힐러의 성능을 확인하기 위해 다양한 성화힐러를 집중 시험하는데 아주 강력한 힐링 반응이 2일간 나타난다.

그러다 3일째부터 2차 후유증인 면역세포 감소로 콧물이 나오기 시작하고, 이어서 피폭장애 지역을 중심으로 몸살기가 돈다. 후유증이 어떻게 발전할지 알 수가 없어서 일단 성화힐러는 중단하고 수정힐링을 하면서 2일간 휴식을 취하자 몸살기가 서서히 사그라든다.

급한 불은 일단 잡은 것 같아 지금부터는 다나힐러를 주로 하고 성화힐러는 하루에 한 시간 이내로 아주 부드럽게 운용한다.

머리에서 흉부, 복부를 지나 사타구니로 관통되는 은하우주선을 맞고, 20여 일간 쉽지 않은 과정을 거쳐 지금은 회복기에 들어섰는데 아직도 콧물이 조금씩 스며 나오는 것이 면역력이 덜 회복된 듯하다.

이번에 맞은 은하우주선은 그 위치가 아주 나빠서 그대로 방치하면 치매, 녹내장의 위험이 있고, 또 흉부, 복부, 전립선 질환이 발생할 수도 있다.

그러한 무서운 질병을 예방할 수 있는 방법을 조금이나마 알 수 있는 길을 열어주신 주님께 감사와 찬미 기도를 드린다. 아멘.

3월 3일, 정상 회복…. 다행이다. 우리는 예전에 이상한 감기몸살로 고생한 경험이 몇 번 있었는데, 그것이 은하우주선 피폭장애 후유증이었던 듯하다.

이 경험을 바탕으로 새로운 힐러 개발을 시작하였는데 이름은 '홀로힐러(Holographic healer)' 다.

홀로힐러

홀로힐러(Holographic healer)란 '홀로그램 우주이론에 기초한 은하우주선 피폭장애 힐러' 를 의미한다.

여기에서 홀로그램 우주(Holographic space)란 미국 태생의 영국인 물리학자인 데이비드 봄이 처음 주장한 가설로 우주와 경험적 현상세계는 전체의 일부분일 뿐이며, 우리가 보는 부분의 모습은 홀로그램의 간섭무늬처럼 질서가 결여된 모습이고, 실제 의미를 가진 전체는 더 깊고 본질적인 차원의 현실에 존재한다는 이론이다.

위의 설명도 충분히 어렵다. 그러나 위의 설명까지는 자기 취향에 맞추어 억지춘향식으로 하면 그런대로 뭔가를 갖다 붙일 수 있다.

'나는 홀로그램 우주이론으로 은하우주선 피폭장애를 힐링시키는 홀로힐러를 만들고 싶다' 가 이번 연구의 목표이다.

홀로그램 우주이론에 의하면 이런 홀로힐러는 본질적인 차원의 현실에는 존재하지만, 우리가 경험하는 현상세계에서는 전체의 일부분만 알 수 있다.

그래서 내가 할 수 있는 일은 그런 홀로힐러의 일부분이라도 찾아내고, 그것을 가지고 은하우주선 피폭장애를 힐링시키는 방법을 알아내는 것이다.

우리가 쉽게 사용할 수 있는 홀로힐러의 일부분 중에서 누구에게나 가장 도움이 되는 것은 성화힐러이다.

성화힐러 중에서 제2번 성화 성모송은 홀로힐러의 주요 골격에 해당한다. 그래서 성모송 성화힐러만 가지고도 은하우주선 피폭장애를 어느 정도 힐링시킬 수 있다.

성모송 성화에는 4개의 힐링바늘, 즉 0, 1, 2, 3의 문양이 그려져 있고, 이들을 각각 홀힐-0, 홀힐-1, 홀힐-2, 홀힐-3이라고 부른다.

홀힐-0은 머리 중앙에 그려져 있고, 이 힐링바늘의 운동 궤적은 은하우주선 피폭 중심의 부근을 지나가면서 피폭장애를 힐링시킨다.

은하우주선 피폭지역에는 상황 파악이 거의 불가능한 장애가 어지럽게 형성되어 있다. 이런 지역에 파견되어 첫 번째로 힐링작업을 시작해야 하는 힐러는 아주 특별한 능력이 있어야 하며, 그것이 바로 0문양의 힐링바늘, 즉 홀힐-0이다.

피폭지역 주변에 홀힐-0을 하다 보면, 은하우주선의 피폭 궤적을 파악할 수 있게 되고, 그 이후에는 홀힐-1을 가동하는데, 이것은 1자 장침문양의 힐링바늘을 피폭 궤적에 관통시켜 꼽고 홀힐-0과 같은 방식으로 피폭지역 전체를 힐링시킨다.

피폭장애 지역은 시간이 지나면서 주변으로 서서히 확산이 되고, 때로는 가지치기를 하여 더 먼 곳까지 뻗어 나가기도 하는데, 이 가지치기가 한 방향으로 된 경우에는 홀힐-2를 가동하고, 2 방향 이상으로 된 경우에는 홀힐-3을 가동하여 해당 장애를 힐링시킨다.

홀힐-0~3은 홀로힐러의 일부분이지만 주요 골격에 해당되며, 이것만 잘 사용하면 은하우주선 피폭장애를 어느 정도 힐링시킬 수 있다.

성모송 성화에 있는 3자 문양이 그려져 있는 부분을 확대해 보면, 그 문양 안에 아주 많은 사람들이 줄을 이루고 앉아있는 모습을 볼 수 있다.

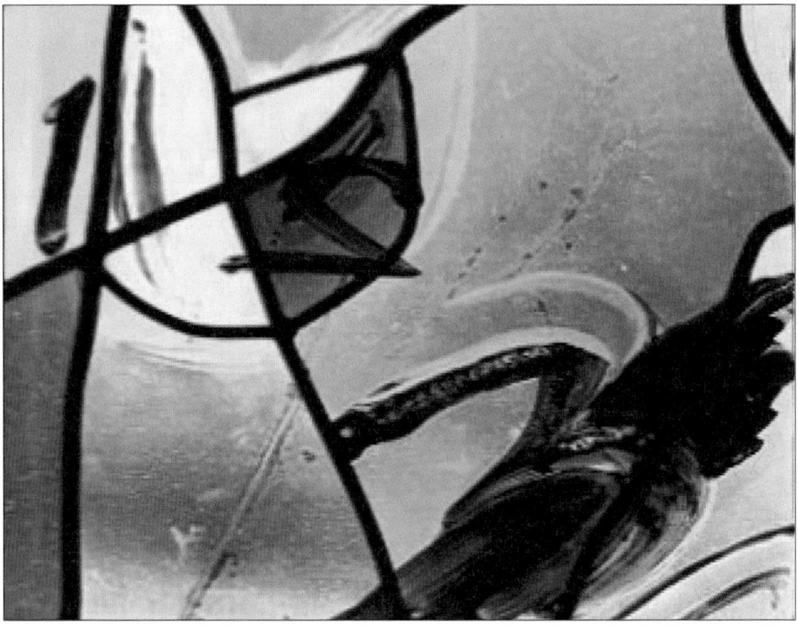

이 안에 그려져 있는 각 개인은 홀로힐러로 은하우주선 피폭장애를 힐링시키는 모습이고, 앉아있는 줄의 순서는 그 사람의 성취도를 나타낸다. 즉, 초보자들은 3자 문양의 꼬리 쪽에 옹기종기 모여 있는데, 어둠에 가려 잘 알아보기 힘들고 어느 정도 실력이 되어야 두 줄로 자리를 잡고 있는 뒷모습이 보인다.

맨 앞쪽에 최고의 고수들이 보이는데 이들은 거룩한 변모를 기다리고 있다.

몸이 움찔, 피부가 꼬물, 머리칼이 꿈틀, 눈꺼풀 주변에 홀로힐러를 사용하자 귀 주변으로 신물이 감돈다.

비강 점막에 홀힐을 하자 손과 팔이 움찔, 기해에 홀힐을 하자 트림이 살짝, 계속하자 오른쪽 옆구리 전에 피폭이 된 위치가 서늘, 계속하자 긴 트림, 이 트림이 올라오는 주변에 홀힐을 하자 콧바람이 따뜻해진다.

입안, 혀에서 미세한 떨림, 오른쪽 등에서 젖가슴 방향으로 둔한 통증, 아마도 예전 피폭 지역인 듯, 오른쪽 허벅지 안쪽으로 작은 화살이 지나가는 듯, 입술 주변에서 단맛이 나고…. 홀힐 일시 중단.

우리 몸을 피폭하는 은하우주선은 피부를 관통하여 들어오고 나갈 때에도 피부를 관통하고 나가는데, 이 우주선 입자의 크기가 너무 작아 우리의 몸은 관통 사실을 감지하기가 너무 어렵다. 그래서 우리의 피부 외측에 마음으로 끌림막을 설치하면, 우주선이 피부를 뚫고 들어올 때에 우주선에 끌려 마음도 따라 들어오고, 도룡동성당 스테인드글라스 성화 주변에는 몇단으로 보호층이 깔려 있다.

컨택트의 먹물연기로 문장을 만든다.

홀로힐러에서는 우리 안에 쓰여 있는 먹물글씨를 흩트려 먹물연기로 만들어 조금씩 조금씩 소멸시킨다.

설산기해 : 설산의 녹은 물이 기해로 흘러든다.

성모송 성화에서 성모님의 머리에 그려진 문양처럼 커다란 O자바늘을 오른쪽 눈 위에서 왼쪽 눈 위로, 다음에는 후두로 서서히 돌려 설산의 빙하를 녹여 내린다.

머릿속이 꼬물꼬물, 비강에서 뭐가 내려오는 느낌.

트림, 설산의 빙하가 녹아내리듯 머릿속과 비강에서 지방 덩어리가 녹아내리는 듯하다.

콧속이 메케하다. 움찔, 몸서림, 트림…, 눈꼬리가 욱신거린다.

몇 시간 앓는 소리가 절로 나온다.

음기가 왼쪽 가슴으로 스며들고, 왼쪽 늑골과 심장 사이가 아리며, 왼쪽 머리 귀 부근이 욱신거린다.

면역힐러를 가동하기 위하여 일단 낮잠을 2시간쯤 잔다.

입천장으로 아린기가 살처럼 2번 지나가고 상반신이 움찔….

[먹물굴렁]

소리 안 나는 피리 : 기공 수련을 하려면 우리의 몸에 피리의 구멍처럼 기를 통과시키는 혈자리가 열려 있어야 하는데, 보통 사람들은 이 구멍의 대부분이 막혀 있어서 '소리 안 나는 피리' 처럼 기공 수련을 제대로 할 수 없다는 것을 표현한 말이다. 그런데 홀로그래픽 우주론에 의하면 우리는 어차피 완벽한 우주의 본모습을 볼 수 없고, 대신 누구나 자신이 사는 세계에서 우주의 일부분을 경험하고 살고 있으므로 이러한 자기의 경험에 맞추어 피리를 불고 그게 잘 안 되면 북채로 삼아 굿거리장단을 치고 그 소리를 즐기면 된다.

2가지 종류의 기수련

- 강기공 : 무공 : 기치료 : 근육 ATP + 미토콘드리아 ATP
- 연기공 : 건강 : 힐링 : 미토콘드리아 ATP

임계원기 : 다나힐러의 원기가 일정 임계치를 넘어야 피폭장애를 힐링시키기 시작한다. 이 원기가 부족하여 힐링반응이 나타나지 않으면, 수정 등의 보조원기를 사용하여 도움을 받는다.

뿔침폴립힐러 : 손목 부근에서 뿔침힐러가 움찔하며 나타나고, 그 후 서서히 주변으로 번져 온몸으로 뿔침 움찔이 전파되며 나쁜 기운이 피부 바깥으로 빠져나간다.

노젓기비우기성화힐러

노젓기비우기성화힐러는 성화힐러를 골격으로 하고 거기에 비우기라는 살을 붙이고, 마지막으로 노젓기를 피부로 씌우는 것이며, 이것을 잘 공부하면 홀로힐러의 전체 모습을 어느 정도 짐작할 수 있게 된다.

우리가 어떤 형체를 만들 때에 먼저 골격을 튼튼하게 만들고, 거기에 살을 붙이면 골격은 그 안에 숨겨지고, 또 그 위에 피부를 씌우면 골격도 살도 모두 가려진다.

노젓기비우기성화힐러를 하고 있으면 언뜻 보면 이상한 안마(?)를 하고 있는 겉모습만 보이는데, 그 안에는 비우기라는 살이 있고, 더 안쪽에는 성화힐러라는 골격이 들어있다.

비우기 안마는 2004년 경에 필자가 개발한 건강법인데, 리듬 호흡과 노젓기 안마라는 두 가지 기본기를 바탕으로 만들어졌다.

리듬 호흡은 비우기라는 나쁜 기운을 비워내는 기법으로 발전되고, 노젓기 안마는 우리나라 전통 전마선의 노가 움직이는 모습으로 우리의 몸을 움직여 안마 효과를 내는 건강법이다

이 비우기 안마는 약 2년쯤 사용하다가 비우기 기법이 발전되어 성능이 향상되면서 그것만 주로 하게 되고 시간과 힘이 많이 드는 안마는 점점 안 하게 되었다.

이번에 홀로힐러를 개발하면서 성화힐러를 골격으로 비우기를 살로,

노젓기 안마는 우리나라 전통 전마선의 노가 움직이는 모습

그리고 노젓기를 피부로 하는 홀로힐러가 여러모로 쓸모가 있는 것을 알게 되었다.

홀로힐러는 은하우주선 피폭장애를 전문적으로 힐링시키기 위한 것인데, 우리의 몸에는 여러 개의 피폭장애 잔해가 완전히 힐링되지 않고 남아있어 틈만 나면 수시로 후유증이 나타난다.

이들 피폭장애 잔해를 다각적으로 힐링시키는 운동법으로는 노젓기 안마가 적합하다.

노젓기 안마는 처음 배울 때에는 하나의 노만 사용할 수 있는데, 몇 년 노젓기를 하다 보면 노의 개수를 여러 개로 늘려 움직일 수 있게 되고, 또 노의 크기도 다양하게, 또 움직이는 방향도 자유자재로 변화시킬 수 있게 되어 우리 몸 안에 다양한 형태로 남아있는 피폭장애 잔해들을 잘 힐링시킬 수 있게 된다.

다양한 피폭장애 잔해를 힐링시키려면 그 피폭 궤적에 잘 맞는 노를 골라 그 안에 심고 노젓기를 부드럽게 하면 이상이 생긴 세포들이 조금씩 조금씩 정상으로 회복된다. 다만 우리는 자기의 몸 안에 피폭장애 잔해가 어떻게 분포되어 있는지 알 수가 없어 거기에 맞는 노를 선택할 수가 없다.

그래서 처음에는 성화힐러를 하면서 피폭장애가 남긴 잔해를 찾아야 한다.

잔해의 조각이 몇 개 발견이 되면 이것을 연결시키고 예전의 병력과 비교하여 은하우주선 피폭 궤적을 유추해 보고, 그럴듯한 심증이 생기면 그곳에 적합한 노를 심고 노젓기를 한다.

이것을 한동안 하다 보면 다른 잔해 조각을 이용하여 다른 피폭 궤적을 유추할 수 있고 노의 개수를 늘려 다양한 노젓기를 할 수 있게 된다.

자기 안의 피폭장애가 대충 정리가 되면 다른 사람의 몸 안에 있는 은하우주선 피폭장애를 발굴하는 신나는 도전을 할 수 있게 된다.

비우기 회고

앞의 글에서 노젓기비우기성화힐러를 설명하면서 성화힐러를 골격으로 하고 거기에 비우기라는 살을 붙이고, 마지막으로 노젓기를 피부로 씌운 후에 이것을 잘 공부하면 홀로힐러의 전체 윤곽이 된다고 하였다.

여기에서 비우기의 역할을 알아보기 위하여 비우기의 역사를 회고해 보자.

비우기 안마는 2004년 경에 필자가 개발한 건강법인데 리듬 호흡과 노젓기 안마라는 두 가지 기본기를 바탕으로 만들어졌고, 리듬 호흡은 비우기라는 나쁜 기운을 비워내는 기법으로 발전되었는데, 여기에는 전통기공술의 도움이 큰 역할을 하였다.

필자는 독자적으로 비우기 안마를 창안하였지만 약 2년쯤 지나서 전통기공술을 20여 년간 수련한 거사의 지병을 치료하기 위하여 3번 비우기 안마를 해 준 적이 있다.

위의 이야기는 어찌 보면 말도 안 되는 이야기로 들린다. 비우기 안마를 창안하여 겨우 2년 정도 사용해 본 내가 전통기공술을 20년간 수련한 분의 지병을 치료한다는 것은 아이가 삼촌을 치료한다는 것과 같은 것이다.

그런데 그 분은 그동안 자기의 기공술로 많은 사람들을 치료하였다. 그 치료 과정에서 악한 기운이 몸 안에 쌓여 뭉쳐서 소프트볼 공만큼 커졌는데, 이것을 자기의 기공술로는 배출할 수가 없어 그 후로는 다른 사람을 치료하지 못했다고 한다.

홀로힐러는 은하우주선 피폭장애를 전문적으로 힐링시키기 위한 것인데 우리의 몸에는 여러 개의 피폭장애 잔해가 완전히 힐링되지 않고 남아있어 틈만 나면 수시로 후유증이 나타난다.

이들 피폭장애 잔해를 다각적으로 힐링시키는 운동법으로는 노젓기 안마가 적합하다.

노젓기 안마는 처음 배울 때에는 하나의 노만 사용할 수 있는데, 몇 년 노젓기를 하다 보면 노의 개수를 여러 개로 늘려 움직일 수 있게 되고, 또 노의 크기도 다양하게, 또 움직이는 방향도 자유자재로 변화시킬 수 있게 되어 우리 몸 안에 다양한 형태로 남아있는 피폭장애 잔해들을 잘 힐링시킬 수 있게 된다.

다양한 피폭장애 잔해를 힐링시키려면 그 피폭 궤적에 잘 맞는 노를 골라 그 안에 심고 노젓기를 부드럽게 하면 이상하게 생긴 세포들이 조금씩 조금씩 정상으로 회복된다. 다만 우리는 자기의 몸 안에 피폭장애 잔해가 어떻게 분포되어 있는지 알 수가 없어 거기에 맞는 노를 선택할 수가 없다.

그래서 처음에는 성화힐러를 하면서 피폭장애가 남긴 잔해를 찾아야 한다. 잔해의 조각이 몇 개 발견이 되면 이것을 연결시키고 예전의 병력과 비교하여 은하우주선 피폭 궤적을 유추해 보고 그럴듯한 심증이 생기면 그곳에 적합한 노를 심고 노젓기를 한다.

이것을 한동안 하다 보면 다른 잔해 조각을 이용하여 다른 피폭 궤적을 유추할 수 있고 노의 개수를 늘려 다양한 노젓기를 할 수 있게 된다.

자기 안의 피폭장애가 대충 정리가 되면 다른 사람의 몸 안에 있는 은하우주선 피폭장애를 발굴하는 신나는 도전을 할 수 있게 된다.

'힐링기공' 이상 노젓기

힐링기공은 자기 자신 또는 누군가를 힐링시키는, 아니면 힐링이 되도록 도와주는 기공이다.

기공은 아주 먼 옛날부터 특수 목적을 달성하기 위하여 아주 많은 사람들에 의하여 세대를 이어가며 비밀리에 개발 전승이 되었다.

이들 목적 중에는 수련자의 건강을 지키는 것도 포함이 되어있지만, 오로지 수련자의 건강을 지키는 것이 주목적으로 개발된 기공은 없는 것 같다.

힐링기공은 오로지 수련자의 건강을 지키는 것이 주목적이며, 이를 위해서 수련자에게 생긴 이상을 힐링시켜 정상으로 회복시키는 것을 주로 한다.

위의 설명은 일견 그럴듯하게 보이는데 조금만 깊이 들어가 보면 여러 가지 문제가 생긴다.

먼저 수련자에게 어떤 이상이 생겼는가를 어떻게 알 수 있는가(?)이다.

두 번째는 이런 이상을 어떻게 힐링시키는가(?)이다.

이러한 것을 어느 정도 효과가 나오도록 할 수 있으려면, 힐링기공에 대하여 상당한 실력이 있어야 한다. 힐링기공의 기초를 다지기 위하여 초보자는 먼저 비우기의 기본 기술 중 하나인 전마선 노젓기를 배우는 것이 가장 쉽다.

전마선 노젓기를 배우려면 실제로 전마선이 있는 곳에 가서 직접 노젓기를 해 보는 것이 가장 효과적인데, 일단 그 요령을 글로 적어보면 사진처럼 양손으로 노를 잡고 온몸의 체중을 자기 몸의 앞뒤로 실어 주며 배의 노를 좌우로 저어주면 된다.

사진에서 사공의 손을 보면 오른손은 노의 상단부를 잡고 있고, 왼손은 노에서 수직으로 설치된 작은 손잡이를 잡고 있다. 이것을 이용하여 노를 밀고 당길 때에 물속에 있는 노의 면이 180도 뒤집어져서 노를 밀 때나 당길 때나 항상 물을 뒤로 밀치고 배는 앞으로 가게 한다.

비우기의 노젓기에서는 우리 몸의 특정 부위를 노라고 생각하고 이것을 몸과 마음으로 부드럽게 저어주는 것이다. 여기에서 '마음으로' 란 말을 잘 이해하면 바로 고수가 될 수 있다. 그리고 점점 고수가 되면 '특정 부위'의 종류가 점점 더 다양화 되고, 머리카락이나 눈썹도 될 수 있고 콧구멍 속의 빈 공간도 노가 된다.

그 중에서 가장 힐링 효과가 좋은 노는 우리 안에 생긴 이상 그 자체이다.

우리는 자기 안에 어떤 이상이 어떻게 생겼는지를 잘 모르지만 노젓기와 같은 힐링기공을 한동안 하다 보면 어느 순간부터 그것을 느낄 수 있게 된다.

그러면 그때부터 자기 안에서 발견한 이상을 노 삼아 이상 노젓기를 하면 바로 힐링기공의 고수가 될 수 있다.

힐링기공은 가장 하기 쉬운 것부터 일단 하고 보는 것이 중요하다. 필자가 노젓기 동작을 건강법에 응용한 것은 2000년도 초부터인데, 그 당시에는 기공에 대하여 완전 초보였으며 선생님도 없이 혼자서 새로운 개념의 건강법을 개발한다고 생각하고 보름동안 장고에 장고를 거듭한 후에 선택한 방법이다.

다행스럽게도 노젓기 동작을 기본으로 만들어진 비우기 안마는 여러 가지 병증에도 원하는 효과가 나타나서 몇 년간 잘 사용하였는데, 그 후로 다른 건강법을 알게 되면서 시간과 노력이 많이 드는 노젓기는 잘 안 하게 되었다.

그러다 최근에 힐링기공을 개발하면서 이상 노젓기가 힐링기공의 기초가 된다는 것을 알게 되었고, 특히 힐링기공의 초보자에게는 이상 노젓기가 필수로 배워야 할 기본기술이 된다.

재활 힐링기공

요즈음 재활을 주제로 한 힐링기공을 연습해 본다.

힐링기공은 자기 자신, 또는 누군가를 힐링시키는 아니면 힐링이 되도록 도와주는 기공인데, 여기에는 우리의 망가진 몸과 맘을 재활시켜 쓸 만한 몸과 맘으로 되돌리는 것도 포함이 된다.

우리의 몸은 약 80조 개의 세포로 되어 있으며, 매일 수백만 개의 세포가 죽고, 또 비슷한 숫자의 세포가 새로 만들어지는데 이것은 일상적인 생로병사의 일환이어서 재활하고는 좀 다르다.

우리는 이 세상에서 살다 보면 어떤 일로 어느 날 불현듯이 몸이 불편해지고, 조금 지나면 맘도 불편해지는데 이런 것들을 다시 편안하게 만드는 것이 재활이고, 이것은 우리가 살면서 흔히 겪는 것이지만 좀 특별한 일들 중 하나이다.

그러나 이러한 불편한 몸과 맘이 좀 오랫동안 지속이 되고 나아가 좀 더 불편한 상황으로 이어지면 우리는 특별한 뭔가를 해야 하는데, 그런 것 중에서 가장 쓸 만한 것이 바로 재활 힐링기공이다.

재활 힐링기공의 요결은 도룡동성당 제 18번 성화 '삼위일체' 에 잘 묘사되어 있는데, 어쩌면 우리의 몸과 맘과 영혼에 생기는 불편한 것들을 모두 편안하게 하려면 삼위의 하느님에게 구원을 간구하고, 또 간구해야 하기 때문인 것 같다.

성화에 묘사된 재활 힐링기공의 요결을 실제로 실행하려면 한 손으로 발가락을 잡고 하는 몸 노젓기, 다른 한 손을 가슴 부위에 얹고 하는 맘 노젓기, 머리와 얼굴로 하는 영혼 노젓기를 '삼위일체' 가 되도록 꾸준히 노젓기하면 된다.

도룡동성당 제 18번 성화 '삼위일체'

어제 저녁에 연습하면서 나의 3가지 노젓기가 어느 순간 하나로 합쳐지는 듯한 신묘한 경험을 했다. 나는 나이가 어느 정도 먹어서 몸이 여기저기 조금씩 망가진 것을 알고 이것들만 재활시키면 된다고 생각했었는데, 이번에 '삼위일체' 노젓기를 하면서 내 맘도 영혼도 제법 많이 망가진 것을 알게 되었다.

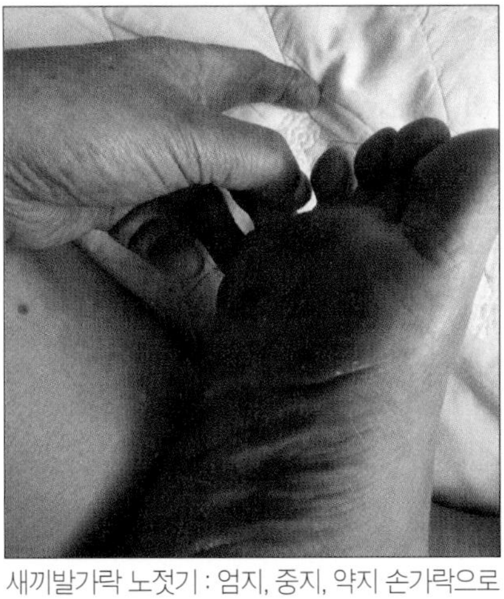

새끼발가락 노젓기 : 엄지, 중지, 약지 손가락으로 새끼발가락을 노젓기하는 모습

앞으로 '삼위일체' 재활 힐링기공을 좀 더 열심히 하여야겠다.

삼위일체 힐링기공

앞장에서 재활 힐링기공에 대한 글을 쓴 후에 그것을 연습해 보면서 재활 힐링기공을 열심히 하면 삼위일체 힐링기공을 할 수 있게 된다는 것을 알게 되었다.

몸을 힐링시키는 몸 노젓기, 맘을 힐링시키는 맘 노젓기, 그리고 영혼을 힐링시키는 영혼 노젓기는 언뜻 보면 서로 다른 노젓기처럼 보이지만, '자기' 라는 한 생명체를 힐링시키는 노젓기여서 서로 분리되지 않고 항상 '삼위일체' 를 이룬다.

이것을 좀 더 자세히 살펴보기 위하여 '삼위일체' 성화를 4부분으로 나누어 보면, 몸 노젓기에서는 몸의 일부를 노젓기하고, 맘 노젓기에서는 맘의 일부를 노젓기하며, 영혼 노젓기에서는 영혼의 일부를 노젓기하지만 결국에는 이런 노젓기들이 마지막 사진에 있는 삼위일체 노젓기가 되고 이것이 우리를 힐링시킨다.

따라서 몸과 맘과 영혼 노젓기를 따로 하든, 한꺼번에 하든 이런 것들이 삼위일체 노젓기로 되어 힐링 효과가 나타나게 한다.

성화에서 묘사된 것처럼 우리가 하는 몸, 맘, 그리고 영혼 노젓기는 아주 선명하게 보이도록 잘 할 수가 있으나 이것이 삼위일체 노젓기로 되기 위해서는 무지개를 건너야 하는데, 그 과정에서 우리의 노력이 희미해져 안타깝게도 우리가 원하는 힐링 효과가 잘 나오지 않는다.

삼위일체 노젓기가 묘사된 부분의 문양을 다시 잘 살펴보면 머리에 손바닥을 대고 안수를 하고 있는 모습이 그려져 있는데, 이 방법을 사용하면 삼위일체 노젓기를 좀 더 선명하게 할 수 있게 되고 원하는 힐링 효과를 좀 더 잘 얻을 수 있다.

삼위일체 노젓기는 몸, 맘, 영혼 노젓기를 충분히 하여 어느 정도 삼위일체를 이루고 난 후에 그것의 1% 정도만 하는 것이 좋다.

상기 내용들은 좀 더 상세한 설명이 필요하지만 필자도 잘 모르는 부분들이 많아 자칫 사족이 될 것 같아 생략한다.

삼위일체 노젓기를 4가지로 분리할 때에 사지, 몸통, 얼굴, 머리(뇌)의 4부분으로 나누는 것이 더 편리하다. 이때 어깨나 엉덩이는 사지의 일부로 간주하고 몸통은 주로 오장육부만 고려한다.

사족 힐링기공

앞장에서 삼위일체 힐링기공에 대한 글을 쓴 후에 그것을 연습해 보면서 삼위일체 힐링기공을 잘 하려면 삼위일체 힐링기공에 관한 사족을 뭐라도 써 보아야 한다는 것을 알게 되었다.

몸 노젓기로 엄지발가락을 노젓기하면 몸이 힐링된다. 그런데 우리의 몸에는 엄지발가락이 2개가 있어서 어떤 경우에 어떤 것을 하는 것이 더 효과가 좋을까(?)

그리고 엄지손가락을 노젓기하면 어떤 효과가 나오고 다른 발가락이나 손가락을 노젓기하면 또 어떤 결과가 있을까(?)

맘 노젓기는 우리의 가슴 어느 부위를 노젓기하는 것인데, 가슴에서 가장 소중한 심장 부위와 가장 특이한 검상 돌기를 우선적으로 노젓기하여야 한다.

검상돌기는 명치 안쪽에 들어있으며 평소에는 안쪽 깊숙한 곳에 있어서 만져도 알 수가 없는데 가끔 겉으로 솟아올라 만져보면 뾰족한 돌기를 느낄 수 있다.

이 검상돌기가 왜 겉으로 솟아오르는지는 잘 모르지만, 그 주변을 손바닥으로 부드럽게 노젓기하면 30분쯤 후에 다시 속으로 들어간다.

이것은 어쩌면 우리의 마음이 평소에는 안에 숨어 겉으로 드러나지 않다가 어떤 감정적인 원인이 생기면 겉으로 드러나고 다시 안정을 시키면 안으로 들어가는 것과 유사하다.

이렇게 마음이 드러나고 숨고 하는 것이 우리의 정신 건강에 어떤 영향을 미치기는 하는데 매우 미묘하여 많은 공부가 필요하다. 다만 필자는 마음이 겉으로 드러나는 것을 싫어하여 검상돌기가 위로 솟아오른 것을 발견하면 바로 그 위를 손으로 감싸주어 서서히 안으로 들어가게 한다.

영혼 노젓기를 묘사한 문양도 설명이 쉽지 않은데, 이것은 마치 영혼이라는 것이 일란성 쌍둥이여서 언뜻 보면 서로 비슷한 것 두 개가 서로 붙었다 떨어졌다 하는 것처럼 보인다.

우리의 맘과 영혼은 보이지 않지만 그런 것이 있다는 것은 가끔 느낄 수 있다.

맘과 영혼은 서로 다른 것이라는 것을 알 수 있다. 하지만 영과 혼은 정말로 다른 것인지 아니면 하나인데 우리가 살았을 때는 영이라고 부르고 죽었을 때는 혼이라고 부르는 것일지도 모른다.

'자기' 라는 한 생명체를 힐링시키는 노젓기여서 서로 분리되지 않고 항상 '삼위일체' 를 이룬다.

이것을 좀 더 자세히 살펴보기 위하여 '삼위일체' 성화를 4부분으로 나누어 보면, 몸 노젓기에서는 몸의 일부를 노젓기하고, 맘 노젓기에서는 맘의 일부를 노젓기하며, 영혼 노젓기에서는 영혼의 일부를 노젓기하지만 결국에는 이런 노젓기들이 사진의 맨 윗부분에 있는 삼위일체 노젓기가 되고 이것이 우리를 힐링시킨다.

따라서 몸과 맘과 영혼 노젓기를 따로 하든 한꺼번에 하든 이런 것들이 삼위일체 노젓기로 되어 힐링 효과가 나타나게 한다.

성화에서 묘사된 것처럼 우리가 하는 몸, 맘, 그리고 영혼 노젓기는 아주 선명하게 보이도록 잘 할 수가 있으나 이것이 삼위일체 노젓기로 되기 위해서는 무지개를 건너야 하는데 그 과정에서 우리의 노력이 희미해져 안타깝게도 우리가 원하는 힐링 효과가 잘 나오지 않는다.

삼위일체 노젓기가 묘사된 부분의 문양을 다시 잘 살펴보면 머리에 손바닥을 대고 안수를 하고 있는 모습이 그려져 있는데 이 방법을 사용하면 삼위일체 노젓기를 좀 더 선명하게 할 수 있게 되고 원하는 힐링 효과를 좀 더 잘 얻을 수 있다.

삼위일체 노젓기는 몸, 맘, 영혼 노젓기를 충분히 하여 어느 정도 삼위일체를 이루고 난 후에 그것의 1% 정도만 하는 것이 좋다.

상기 내용들은 좀 더 상세한 설명이 필요하지만 필자도 잘 모르는 부분들이 많아 자칫 사족이 될 것 같아 생략한다.

몸 노젓기 연습

몸 노젓기는 온몸 아무데나 마음 내키는 대로 노로 삼고 노젓기를 하면 되지만 좀 더 효율적으로 노젓기를 하려면 발가락을 중심으로 노젓기만 해도 온몸이 힐링된다.

초보자의 경우에는 어디가 불편한 곳이 있어도, 어디를 노젓기해야 되는지 알지 못한다. 어느 정도 고수가 되어도 한 번에 정위치를 찾을 수 없고, 정위치로 예상되는 곳을 몇 군데 시험해 보아야 최적의 위치를 찾을 수 있다.

따라서 어떠한 경우에도 발가락 노젓기만 하면 모든 종류의 몸 노젓기를 한 것과 같은 힐링 효과가 난다는 것은 아주 편리하고 신기한 일이다.

발가락 노젓기를 하는 순서는 몸에 이상이 감지되는 곳과 상응하는 곳을 따라가면 되지만 이것을 잘 알 수 없는 경우에는 새끼발가락, 약지발가락, 중지발가락, 검지발가락, 그리고 마지막으로 엄지발가락을 반복하여 돌아가며 노젓기한다.

하나의 발가락을 노젓기하는 시간은 몇 분부터 몇 십 분 정도이고, 전체 시간은 30분부터 1시간 정도인데 상태가 나쁠 때에는 조금 더 길게 한다.

어떤 발가락에서 나쁜 기운이 계속 나와 5분 이상 노젓기를 해야 하는 경우에는 그 발가락에 상응하는 장기나 신체 부위에 뭔가 이상이 생겨서 재활 힐링이 필요하다고 판단하면 된다.

새끼발가락은 신장에 상응하고 약지발가락은 폐에, 중지발가락은 심장에, 검지발가락은 간에, 그리고 엄지발가락은 위장에 상응하며 어떤 발가락을 노젓기할 때에 그곳에서 나쁜 기운이 많이 나오면 그와 상응하는 장기, 또는 그 장기와 연결이 된 신체 부위에 이상이 생겨 재활 힐링이 필요하다고 진단하면 된다.

우리는 누구나 자기 자신의 몸 어디에 어떤 이상 증상이 있는지 대충 짐작을 한다.

필자의 경우엔 고혈압으로 약 6년간 고생을 했는데, 최근에 은하우주선 피폭장애를 연구하다가 필자가 예전에 오른쪽 팔에 은하우주선을 피폭 받고 그것이 앞가슴을 지나 왼쪽 팔로 관통되고, 그 후유증으로 폐의 기능이 약화되고, 그 여파로 고혈압이 생긴 것을 알게 되었다. 관통 부위를 이상 노젓기로 어느 정도 힐링시키자 고혈압은 정상으로 회복되었다.

그러나 이상 노젓기만으로는 완전 회복이 안 되어 재활 힐링이 필요하다고 판단되어 발가락 노젓기를 하는데 폐에 상응하는 약지발가락에서 나쁜 기운이 많이 나와 약지발가락을 노젓기할 때는 다른 곳보다 몇 배나 많은 시간이 소요되어야 좋은 기운으로 회복이 된다.

발가락 노젓기의 좋은 점은 그 외에도 많이 있는데, 처음 할 때에는 발가락 사이가 살짝 아픈데 조금만 지나도 아픈 것이 사라진다. 이어서 나쁜 기운이 계속 나오면 노젓기를 거의 멈추고 손가락을 발가락 사이에 가만히 대고 있어도 계속 힐링이 된다.

또 양손을 모두 이용하여 양발가락을 동시에 노젓기하면 힐링 효과가 배가된다. 이떤 병증에 상응하는 발가락이 무엇인지 알면 그곳에서 이상이 느껴질 때에 약을 먹거나 병원에 가는 대신에 편안한 곳에 앉아 해당 발가락을 한동안 노젓기하면 이상 증상이 사라진다.

힐링기공의 원리

2012년 노벨화학상 이후 지속적으로 연구되어 온 G단백질수용체에 의한 G단백질 활성 원리의 패러다임을 바꾸는 이론을 제시했다면서, 앞으로 G단백질수용체에 작용하는 의약품 개발의 새로운 전략이 될 것이라 한다.

이것은 우리가 현재 사용하는 약들이 제대로 원하는 효과를 내지 못하고 있다는 의미인데 힐링기공에서는 우리 몸이 스스로를 잘 힐링시키도록 스스로 변화시킨다.

우리 몸의 어떤 부위에 이상이 생기면 그 정보는 모두 신경망을 통하여 뇌간으로 전달이 되고, 그 상황에 맞추어 어떤 호르몬이 만들어지고, 그것이 해당 부위로 이동하여 그 주변 세포를 활성화시키고 필요한 조치를 하게 한다. 그런데 그 조치는 생명체의 생존에 필요한 것이긴 한데 그것이 우리를 꼭 힐링을 시키는 것은 아니다.

즉, 즉각 해결이 어려운 경우에는 이상이 생긴 부위 주변을 봉쇄하여 문제가 확대되는 것을 저지하기도 한다. 이러한 경우에는 우리 스스로 판단하여 봉쇄 조치를 풀고 적절한 조치를 취해야 힐링이 된다.

맨 앞에 인용한 대로 현재의 신약 개발 방향은 문제가 된 세포에 좀 더 잘 적용되는 어떤 물질을 개발하는 것인데 필자의 생각으로는 우리의 몸의 방어 체계를 잘 이용하여 스스로 힐링시키는 기능을 회복하는 것이 먼저이어야 한다.

우리나라의 전통의학 중에 수지침이 있는데, 이 내용을 조금 개선하면 힐링기공으로 사용할 수 있을 것이다.

수지침의 원리는 우리 몸의 어디에 병증이 생기면 그 사람의 손에 있는 해당 치료혈을 작은 침으로 자극하여 치료가 되게 하는 것인데, 힐링기공에서는 작은 침 대신에 우리의 손가락과 손톱, 즉 지조를 사용하여 침처럼 자극을 주는 지조침을 사용한다.

지조침은 침처럼 온몸 어디라도 자극을 줄 수 있다.

수지지조침은 수지에 지조침을 놓는 것인데, 수지침처럼 안전 간편하고 또 추가로 특별한 효능이 있다.

우리의 수지는 우리의 방어 체계에서 특별한 역할을 하는데, 그것은 우리 몸에 생긴 이상 신호의 일부가 수지 및 족지, 즉 사지에 저장 보관이 된다는 것이다.

우리의 사지에 저장 보관된 정보는 추후에 발생하는 이상 신호를 처리할 때에 참고 자료로 사용이 되는데, 그 정보가 저장 보관이 되는 위치에 작은 침이나 지조침으로 자극을 하면 원하는 힐링 효과가 나온다.

뇌 진화를 살펴보면 고등생물은 크게 3단계로 나눌 수 있다. 1단계가 균형감각과 호흡, 심장박동 등 생존에 필요한 생명활동을 조절하는 역할이고, 2단계는 감정을 이루는 부분이다. 3단계는 인지 기능을 관장하는 대뇌피질이다.

이중 1단계는 파충류의 뇌이고, 2단계는 포유류의 뇌, 3단계는 인간의 뇌이다. 뇌 진화 단계에서 알 수 있듯 발생학적 측면에서 인간 뇌는 차이를 보인다.

우리의 건강은 생명 활동과 1차적인 연관이 있어서 우리의 건강은 파충류의 뇌, 즉 뇌간의 활동과 직접적인 관련이 있다. 따라서 우리의 몸에 생기는 이상 신호는 바로 뇌간으로 보내지며, 여기에서 1차 처리된 결과는 여러 관련 부서, 즉 문제가 생긴 곳, 2단계 뇌(소뇌), 3단계 뇌(대뇌피질), 기록보관소(사지, 즉 수지와 족지)로 보내져서 다음 단계 조치가 취해진다.

여기에서 주목해야 할 것은 기록보관소인 사지인데 이곳에 이상이 생긴 부위를 노젓기를 하거나 지조침을 놓으면 관련 부위가 서서히 힐링이 되면서 결국에는 정상으로 회복이 된다. 이것이 바로 '힐링기공의 원리' 이다.

일지힐러 : 일지일휘

여기에서 힐러는 힐링기공을 하는 사람을 뜻하고, 일지는 하나의 손가락 또는 발가락을 의미한다. 따라서 일지힐러란 하나의 손가락 또는 발가락을 이용하여 힐링기공을 하는 사람이 된다.

최근에 힐링기공에 대한 글을 쓰면서 손가락과 발가락이 우리의 건강에 큰 영향을 미치는 것을 알게 되었고, 일지만 잘 이용해도 힐링기공을 할 수 있다는 것을 알게 되었다.

우리의 몸에는 20개의 손가락 또는 발가락이 있는데, 일단 그중에 하나만 잘 훈련시켜 힐링기공을 할 수 있다면 나머지는 아주 쉽게 훈련시켜 사용할 수 있을 것이다.

힐링기공에서 수지 또는 족지를 사용하는 이유는 여러 가지가 있다. 수지와 족지는 우리가 수억 년부터 수천만 년 전에 파충류 시절부터 사용하여 온 것으로 이것을 잘 사용하는 것이 생명 활동에 아주 지대한 역할을 하였다. 따라서 지금도 아주 특별한 뭔가를 할 수 있을 터인데 안타깝게도 우리는 영장류의 왕이 되어 으스대고 살면서 그 소중한 능력을 잊어버리고 무엇인지 모르면서 살고 있다.

따라서 일지를 잘 훈련시켜 힐링기공을 할 수 있게 되면, 그 기공은 우리의 생명 활동에 크게 도움이 될 것이다.

우리가 전에 배운 홀로힐러에 의하면 우리는 완벽한 일지힐러를 할 수는 없지만 조금만 노력하면 일지힐러와 비슷한 뭔가를 할 수 있다.

이러한 일지힐러는 우리의 주변을 잘 살펴보면 찾을 수 있는데, 최근에 방영된 중국 무협 드라마 '장야'에서 여주인공 상상이 보여준 호천신휘가 있다.

드라마를 잘 보면 상상이 호천신휘를 할 수 있는 것은 마음이 순수해서라는 이유가 나오는데, 우리가 일지힐러를 잘 하려면 순수하고 지극한 정성을 들이면 어느 정도는 가능할 것이다.

〈장야〉에서 상상의 호천신휘

드라마에서 호천신휘는 신비한 효력을 발휘하는데 주인공 '녕결'을 도와 최강의 무예 고수를 쓰러뜨려 원수를 갚게 한다.

다만 이 호천신휘는 드라마에서 나오는 가

상의 기술이어서 우리에게는 직접적인 도움을 주지 못하지만 우리가 일지힐러를 연마하는 데 참고를 할 수가 있고, 어쩌면 일지힐러도 호천신휘처럼 신비한 효력을 발휘하여 우리의 건강에 도움이 될 수 있을 것이다.

드라마에서 호천신휘는 특수 효과로 제작한 영상일 뿐이어서 실제로는 우리가 아무리 애써도 반딧불이 정도의 빛도 나오게 할 수 없지만 기공의 고수들은 손가락에서 모종의 기를 발출할 수가 있다고 한다.

필자는 기공 수련을 하지는 않았지만 지난 20여 년간 노젓기나 지조침을 놓으면서 가끔은 내 손가락 끝에서도 뭔가가 빠져나가는 것을 느끼기도 하는데, 이것도 기의 일종이 빠져나가는 것 일지도 모르겠다.

이번에 일지힐러를 개발하면서 손가락 끝에 마음을 집중하고 있으면 약 5분쯤 지나면서 미약하지만 일지일휘의 번개가 치는 것을 느낀다.

어쩌면 나도 조만간에 일지힐러를 할 수 있을 것도 같다.

일지힐러의 원리

앞에서 힐링기공을 할 때에 수지 또는 족지를 사용하는 이유는 여러 가지가 있다고 하고 충분한 설명을 하지 않았는데 다른 이유들을 이 장에서 설명한다.

'힐링기공' 에서 사지는 과거 우리 몸에서 발생하는 이상 신호에 관한 기록이 보관된 곳이고, 이 기록들을 지우는 것이 힐링기공이라고 했는데 이 지우는 방법에 따라 다른 결과가 나온다.

우리 몸에 이상이 생기면 거기에 상응하는 기록보관소인 사지의 어느 부분에도 이상이 생겨서 주변 세포와 조직에 변형이 일어난다. 이 변형은 세월이 지나면서 점점 더 심각해지는데 문제는 아주 느리게 진행되어 우리는 그 변화를 알아차리지 못한다.

이 글을 읽는 분도 자기의 사지 여기저기를 손가락으로 더듬어 잘 살펴보면 뭔가 이상한 것을 느낄 수 있을 것이다.

특히 우리 손이나 발의 좌우를 겉으로 보면 비슷하지만 손가락으로 더듬어 비교해 보면 서로 차이가 나는 것들을 좀 더 확실하게 알 수 있다.

더듬어 보는 중에 어느 부분이 뭉툭하니 튀어나와 있으면 그곳에 뭔가 이상이 있다고 의심해 보고 그 위치에 한동안 손가락을 대고 있으면 그 안에서 뭔가가 움직이는 느낌이 오는데, 이때쯤부터 몸 안의 상응 부위에서도 뭔가 이상한 반응이 나타나기 시작한다.

이러한 반응은 바로 신체 해당 부위에서 힐링 효과가 나타나면서 나오는 신체 반응이어서 원하는 것인데 문제는 이때에 잠복해 있던 여러 가지 명현현상이 슬그머니 고개를 내민다는 것이다.

이러한 명현현상은 잘 처리할 수만 있으면 숨겨진 문제도 함께 해결하는 것이어서 금상첨화인데, 그렇지 못하면 긁어 부스럼이 되어 한동안 고생해야 된다.

설명이 아주 길어졌지만 이러한 복잡한 문제를 일으키지 않는 좀 부드러운 힐링 방법이 있는데, 이것이 바로 일지힐러이다.

일지힐러는 자기의 몸에서 뭔가 문제가 있다고 느끼는 부위와 상응하는 손가락 또는 발가락 하나에 마음과 정성을 한동안 담아주고 기다리면 그곳에서 뭔가가 빠져나가는 느낌이 드는데, 그러면 일단 일지힐러

에 성공한 것이다.

이러한 성공으로 자기의 몸과 맘이 얼마나 많이 힐링이 되었는지는 처음에는 잘 알 수가 없지만 일단 뭔가 느낌이 있으면, "아, 드디어 나도 일지힐러가 되었구나" 하고 친구에게 자랑해도 된다. 그리고 틈틈이 시간이 날 때마다 손가락이나 발가락을 바꾸어가며 일지힐러를 하다 보면 언젠가는 건강해진 자신의 모습을 볼 수 있을 것이다.

태아의 일지힐러

힐링기공을 할 때에 수지 또는 족지를 사용하는 이유 중에서 가장 근본적인 이유는 우리가 어머니의 뱃속에 태아로 있을 때 이미 일지힐러를 배웠기 때문이다.

태아의 성장 과정을 검색해 보면 사진의 글이 나오는데 거기에 파란색으로 표시된 부분, 즉 "수정 12주 후에는 주요 내장이 만들어지고 손가락, 발가락, 손톱, 발톱이 생긴다"고 하는데, 이것은 우리의 주요 내장과 손가락, 발가락, 손톱, 발톱이 같은 시기에 만들어져서 서로 동기동창이라는 것이다.

태아가 더 자라면서 이 동기동창들은 비록 다른 곳으로 흩어지지만 이들은 톡(?)을 하면서 서로 연락을 하고 평생을 살면서 희로애락과 대소사를 함께 한다. 동기동창 중에서도 같은 반 짝꿍끼리는 특별히 더 친하게 지내는데 위는 엄지, 간은 검지, 심장은 중지, 폐는 약지, 그리고 신장은 소지와 짝꿍이다.

그래서 위에 이상이 생기면 엄지가 챙겨주고, 간, 심장, 폐 및 신장이 뭔가로 힘들어 할 때에 각각 검지, 중지, 약지 및 소지로 일지힐러를 하면 모두모두 행복해진다.

태아 때에 배운 기술, 무덤까지 일지힐러….

이왕 나온 김에 태아 성장 과정 자료에서 "8주 후에는 팔다리와 주요 관절이 완성되고 태아 상태가 된다"는 말을 조금 더 살펴보면 주요 관절과 팔다리가 동기동창이라는 의미이다. 그래서 수지침의 원리를 나타내는 그림에 손이나 발 안에 우리 몸의 주요 관절 그림이 들어있는 것이고, 이 그림을 참조해서 우리 몸의 어디가 불편할 때에 어디에 수지침을 놓으면 효과가 있는지 알 수가 있다.

물론 수지침 대신에 지조침이나 일지힐러를 해 주어도 좋은 힐링 효과가 나온다.

한 가지 더 덤으로 팁을 보태면, 우리가 골수에 이상이 생기면 면역력이 떨어져 감기에 걸리거나 대상포진 같은 것이 생기는데, 이때에 팔목

태아의 성장

자궁내막에 착상한 배는 급속히 발달해서 8주 후에는 팔다리와 주요 관절이 완성되고 태아 상태가 된다. 태아는 자궁 안의 양수라는 투명한 액체가 차 있는 주머니 속에서 자란다. 임신 초기에는 난황낭에서 보낸 영양으로 성장하지만 태반이 형성되면 태반에서 영양을 받아 성장한다. 태반과 태아는 제대(탯줄)로 이어져 있다. 이것을 통해 모체는 영양소와 산소를 태아에 보내고 태아는 이산화탄소와 노폐물을 모체로 보낸다.

수정 12주 후에는 주요 내장이 만들어지고 손가락, 발가락, 손톱, 발톱이 생긴다. 16주에는 활발히 움직이고, 22주부터 임부가 태동을 느낄 수 있다. 7주가 지나고 출산이 가까워지면 태아는 자궁 밖에서도 살 수 있다. 이 무렵 태아의 표면은 태지라는 막으로 싸여 있다. 태지는 태아의 피부를 보호하고 출산 때 산도를 잘 지나갈 수 있도록 돕는다.

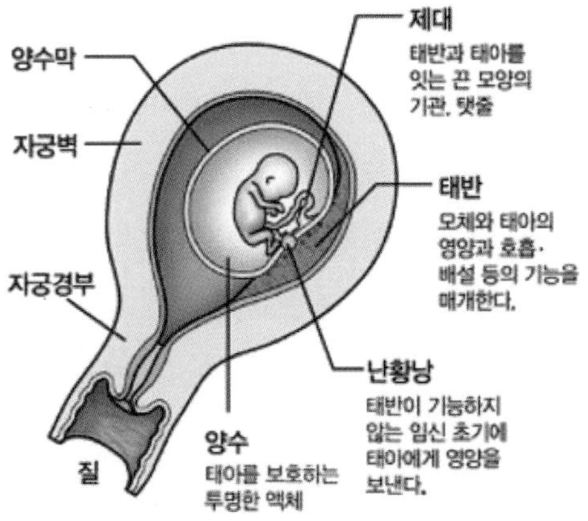

을 다른 손으로 감싸고 있으면 골수가 아주 조금씩 깨끗해지고 면역력도 회복이 된다. 이것은 손목과 골수와 피부가 8주 이전의 초기 동기동창이라는 의미이다.

태아 시절의 동창명부를 하나 잘 만들면 그것을 활용해 좀 더 유용한 힐링기공을 할 수 있을 것 같다.

일지수지신 힐러

일지수지신(一指手肢身) 힐러란 일지힐러에 성공한 후에 거기에서 조금만 더 연습하면 하나의 손가락에서 시작하여 5개의 손가락이 힐러가 되고, 그러면 일수힐러가 되고, 거기에서 팔 전체로 발전하면 사지 중의 하나인 일지힐러가 되며, 거기에서 사지로 발전하고, 이어서 온몸, 즉 일신이 모두 힐러가 된다.

일단 일지힐러에 성공하면 누구나 조만간에 일신힐러가 될 수 있으며, 그 후에는 자기의 취향에 맞는 뭔가를 잘 할 수 있어서 뭐시기의 고수가 될 수 있을 것이다.

앞에서 일지힐러에 성공하면 누구나 조만간 일신힐러가 될 수 있다고 하였는데 그 조만간은 사람에 따라 그 기간이 천차만별할 것이다.

필자는 운이 좋아서 일지힐러에서 일신힐러까지 가는데 며칠밖에 안 걸렸지만, 이것은 내가 온몸의 나쁜 기운을 손끝으로 빠져나가게 하는 능력이 생겼다는 것이고, 실제로 내 몸 안에 있는 나쁜 기운들을 얼마나 효과적으로 배출시켜 힐링에 성공할지는 아직 알 수가 없다.

필자는 20여 년 전에 태극권을 6개월 정도 배운 적이 있는데 배우기 시작해서 3개월 쯤 지나서 태극권 24식을 아주 부드럽게 흉내 낼 수 있었는데, 그 후로 3개월을 계속 부드럽게만 하자 관장님이 아침 수련에 나오지를 않고, 그래서 그만 중단을 해야 했다.

그 당시에 관장님은 내가 부드럽게 동작을 하는 것은 좋은데, 누구와 붙어 상대를 이기려면 군데군데 강한 힘을 발휘하는 것이 필요하다고 강조하고, 그 요령을 가르쳐 주는데도 내가 계속 부드럽게만 하자 가르치기를 포기한 것이었다.

지금은 태극권 24식을 하는 동작은 거의 잊었지만 어쩌면 예전에 태극권을 배운 경험이 있어 일신힐러를 쉽게 터득한 것 같다.

예전에 태극권 24식을 아주 부드럽게 하는 것을 배운 것은 바로 일신힐러의 기초를 마스터한 것에 해당한다. 즉, 온몸의 모든 부분을 아주 부드럽게 움직여 몸속 어디에서나 나쁜 기운이 있으면 원하는 대로 모두 배출시킬 수 있다는 것이다.

즉, 몸의 어느 부분에서 사지로…, 거기에서 손이나 발로…, 손(발)가락 끝으로…, 허공으로 배출할 수 있는 것이다.

필자가 처음 태극권을 배울 때에 부드럽게만 한 이유는 이것으로 누군가와 대결할 때에 제압하는 도구로 사용하기 싫어서였다.

요즈음 일지일신힐러를 하면서 태극권의 기술을 다시 사용하는 이유는 이것으로 '내 몸 안에 있는 적' 을 아주 효과적으로 제압할 수 있기 때문이다.

일신힐러의 생명수의 강

일신(一身)힐러를 잘 하려면 최소한 태극권 24식 정도는 할 줄 알아야 한다. 그러나 태극권 24식을 새로 배우려면 도장에 나가 몇 개월은 고생하여야 한다. 다른 방법은 온몸 노젓기를 배우면 된다.

태극권이나 노젓기를 하는데 이것을 아주 부드럽게 할 수 있어야 일신힐러를 잘 할 수 있다. 여기에는 하나의 비결이 있는데 어떤 동작을 할 때에 몸보다 마음이 한두어, 서너, 너댓 발짝 앞서야 동작이 부드, 부드, 부드러워진다

'우리 안의 적' 을 몰아내기 위해서는 부드러움의 묘미를 터득해야 한다. 즉, 마음을 잘 써야 한다는 것이다.

우리의 마음으로는 자기의 몸 안에 적이 있다는 것을 인정하기가 어렵다. 그래서 우리는 평소에 우리 안의 적을 몰아내야 몸이 편해진다는 생각을 안 하고 사는데 먼저 그런 생각을 고쳐야 한다.

자 그럼 지금부터 '우리 안의 적' 이 우리에게 해를 끼치는데 이것을 모두 찾아서 몰아내 보자. 지금까지 필자가 연구한 바로는 '우리 안의 적' 을 몰아내는 가장 효과적인 방법은 일신힐러를 잘 하는 것이다.

그럼 자기가 일신힐러의 고수라고 생각하고 '우리 안의 적' 을 몰아내 보자.

1) 먼저 지금 현재 자기를 제일 불편하게 하는 부위에 상응하는 손가락을 선정하고 그곳부터 일지힐러를 시작한다.

2) 그 일지에 힐링 반응이 나타나기 시작하면, 인접 손가락에도 힐러를 작동시킨다.

3) 계속하여 5지에서 모두 힐링 반응이 나오게 한 후에 일수힐러를 가동시킨다.

4) 일수힐러가 잘 가동되면 팔목, 팔꿈치, 팔뚝, 어깨까지 힐러를 가동시켜 일지힐러를 완성시킨다.

5) 이어서 다른 팔도 순서대로 일지힐러를 하고, 양쪽 다리도 힐러가 되게 하여 사지힐러를 완성한다.

6) 이 후부터는 태극권이나 노젓기를 부드럽게 하여 몸 안의 적을 몸통 > 사지 > 손이나 발 > 손가락이나 발가락 끝 > 허공의 순서로 살살 몰아 배출시킨다.

'몸 안의 적' 은 물속의 물고기처럼 누가 잡으려고 하면 날렵하게 도망가서 쉽게 잡을 수가 없다.

따라서 보이지 않는 '우리 안의 적' 을 잡을 수 있는 손을 가진 사람은 아주 대단한 뭔가의 고수일 것이다.

보이지 않는 '몸 안의 적' 을 손으로 잡기 어렵다면 이것이 몸 밖으로 나가게 유도해야 하며, 그 방법이 위에 기술한 절차를 따라 '몸 안의 적' 이 스스로 빠져 나갈 수 있는 생명수의 강을 만드는 것이다. 아주 부드럽게…, 부드럽게…, 부드럽게 빠져 나갈 수 있는 아주 작은 '일신힐러의 생명수의 강' 을 만드는 것이다.

'일신힐러의 생명수의 강' 사진은 도룡동성당의 제 1번 성화 '주님의 기도' 이다.

도룡동성당의 제 1번 성화인 〈주님의 기도〉

이 성화에 그려진 두 줄기 생명수의 강은 미간에서 시작하여 코 안, 입, 목, 가슴, 복부를 관통하고 성화 하단으로 빠져 나가는데 이것은 우리 몸 안의 나쁜 기운이 흘러흘러 빠져 나가는 생명수의 강이다.

성화에서 생명수의 강 주변에 그려진 세부 문양의 의미는 주님의 기도에 나오는 기도문의 구절들에 해당하는데, 입 주변의 허수아비 같은 문양은 "저희에게 잘못한 이를 저희가 용서하오니 저희 죄를 용서하시고…" 이고, 코 안의 3개의 동그라미는 "저희를 유혹에 빠지지 않게 하시고" 이며, 명치 부근의 내원 삼각형은 "악에서 구하소서"를 의미한다.

위의 기도문을 보면 '우리 안의 적' 은 저희에게 잘못한 이, 죄, 유혹, 그리고 악과 같은 물고기들인데, '일신힐러의 생명수의 강' 을 잘 만들어 주면 스스로 몸 밖으로 빠져 나간다.

성화를 잘 묵상하면 우리 안에 하느님이 마련해 주신 '일신힐러의 생명수의 강' 이 있어서 '우리 안의 적' 들이 스스로 빠져 나간다.

그래도 남아서 우리를 괴롭히는 적이 있으면, 일신힐러를 부드럽게 해서 스스로 빠져 나가도록 기도해야 한다.

생명수의 강에서 노니는 물고기를 바다로 그냥 내보내기 아까운 사람은 그 물고기들을 그물이나 낚시로 잡아 일용할 양식으로 삼아도 된다.

즉, 매일 생명수의 강에 배를 띄워놓고 일신힐러의 노젓기를 하며 그물이나 낚시로 물고기들을 잡아 일용할 양식으로 삼는 것이다.

P.S.

이 글을 올린 후에 다시 읽어보니, '우리 안의 적' 이 있는 것은 당연한 것 같다. 왜냐하면 물고기가 노닐지 않는 강이 생명수의 강이 될 수 없기 때문이다. 그래서 노젓기를 배우고 일지일신힐러로 물고기도 잡아 일용할 양식으로 삼는 것이 바로 힐링을 즐기는 멋진 힐러인 것 같다.

일신힐러의 태극 노젓기

일신힐러를 잘 하려면 최소한 태극권 24식이나 노젓기 정도는 할 줄 알아야 한다고 했는데, 이 두 가지를 합체하여 태극 노젓기라는 것을 만들어 보자.

태극 노젓기의 2차원 홀로그램은 제 1번 성화 '주님의 기도' 하단에 그려져 있다. 11차원의 태극 노젓기는 하늘나라의 건강법이어서 우리는 어느 누구도 그 실체를 알 수가 없다.

그래서 시몬 조광호 신부님이 그린 태극 노젓기의 2차원 홀로그램을 보고 잘 묵상하여 우리가 이용할 수 있는 4차원 홀로그램인 일신힐러의 태극 노젓기로 만들어야 한다.

누군가가 한 번 만든 태극 노젓기는 다른 사람도 비슷하게 따라하거

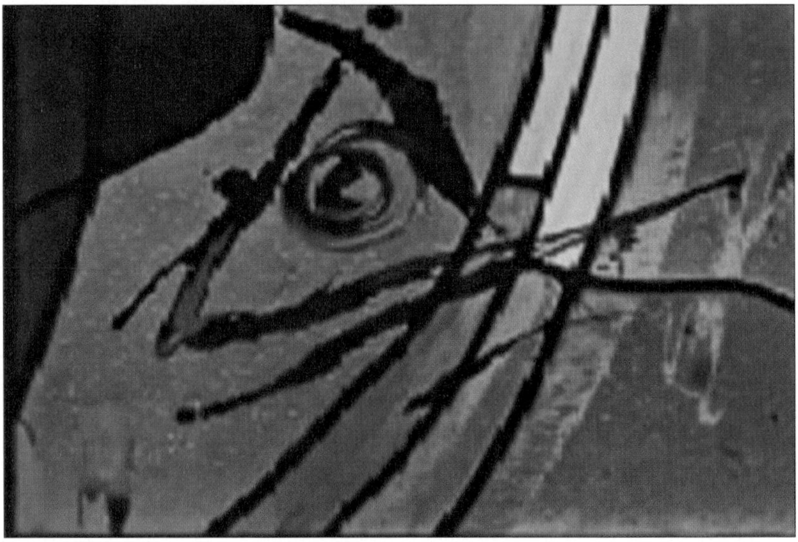

태극노젓기의 홀로그램

나 좀 더 그럴듯하게 다시 만들어도 된다. 물론 자기의 취향에 맞게 새로운 이름을 붙여도 된다.

일신힐러의 태극 노젓기를 동영상으로 만들었는데 아쉽게도 카스에서는 작동이 안 된다.

일신힐러의 웜홀

일신힐러의 웜홀은 하늘나라의 건강법을 살짝 엿볼 수 있는 통로이다. 웜홀의 2차원 홀로그램은 제 1번 성화 '주님의 기도' 목 부위에 그려져 있다.

이 웜홀의 4차원 홀로그램을 우리의 목구멍 안쪽 벽에 투영할 수 있는데, 아쉽게도 목 내부를 촬영할 수 있는 내시경이 없어서 영상자료를 만들지 못한다.

대신에 이 웜홀을 통하여 예수님이 5천 명의 군중에게 빵 5개와 물고기 2마리를 나누어 주어 배불리 먹이고, 그 부스러기를 모으니 12바구니에 가득 찼다는 '오병이어'의 현장으로 가서 현장 체험을 할 수가 있다.

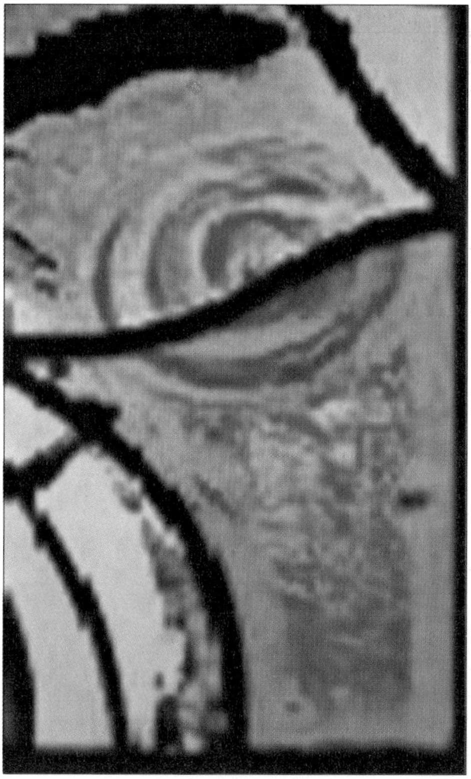
일신힐러의 웜홀

이것은 웜홀의 또 다른 2차원 홀로그램인 제 5번 성화 '오병이어'를 잘 묵상하면 된다.

이 성화를 보면 한 사람이 오병이어를 입안에 모두 담고 먹는 모습이 그려져 있다. 이것은 5천 명의 군중이 모두 오병이어를 입안에 가득 담고 배부르게 먹는다는 의미인데 이것은 이 세상에서는 불가능한 일이지만 하늘나라에서는 가능하고, 그러면 우리도 웜홀을 통해 오병이어의 현장으로 가서 예수님이 주시는 오병이어를 받아 한 입 가득 넣고 이빨로 아그작 아그작 배부르게 먹을 수 있다.

이러한 체험은 우리가 11차원의 하늘나라로 잠깐 가서 오병이어를 받아먹고 오는 것이어서 4차원 영상 자료를 만들 수는 없다. 그러나 입안이나 목구멍 안 쪽을 이리저리 움직여 천상의 오병이어를 먹는 모습을 연출할 수 있고, 이러한 움직임을 통하여 하늘나라의 건강법을 엿볼 수

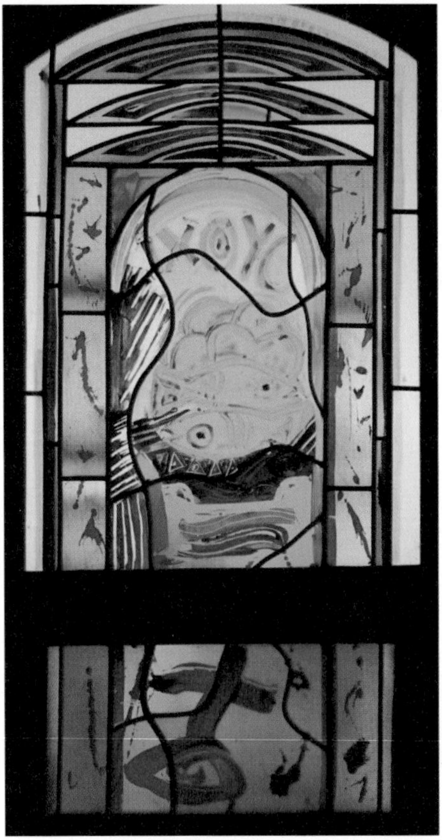
제 5번 성화 '오병이어'

있다.

이러한 일신힐러의 웜홀 체험은 태극 노젓기를 하면서 함께 하면 더 큰 힐링 효과가 나온다.

이것은 3번째 사진처럼 오병이어를 태극 노젓기로 죽같이 만들어서 웜홀로 삼키는 모습을 실제로 연출하면 이루어진다. 이 사진에서 이빨 모습을 한 작은 내원삼각형 하나하나가 바로 태극 노젓기이다. 즉, 천상의 오병이어를 아그작 아그작 씹으려면 좀 고단수의 기술이지만 자기의 이빨로 태극 노젓기를 하여야 한다.

오병이어를 태극 노젓기로 죽같이 만들어서 웜홀로 삼키는 모습

배아힐러의 3210

은하우주선 피폭 궤적

배아힐러의 3210은 웜홀 너머에 있는 하늘나라의 건강법에 대한 2차원 홀로그램이다.

이 2차원 홀로그램은 제 2번 성화 '성모송' 에 그려져 있다.

여기에서 3210은 우리의 배아가 수정란이 된 후 3주, 2주, 1주, 그리고 0주차를 의미한다. 즉, 이때는 배아의 심장이 만들어지기 전이어서 우리와 다른 차원의 세계인 모태와 같은 차원의 세상을 살아간다.

제 3주차에 배아는 영광스러운 모습으로 변모(마태 17, 1-9)를 통하여 새로운 심장을 가진 태아가 되어 새로운 차원의 세상을 살게 된다.

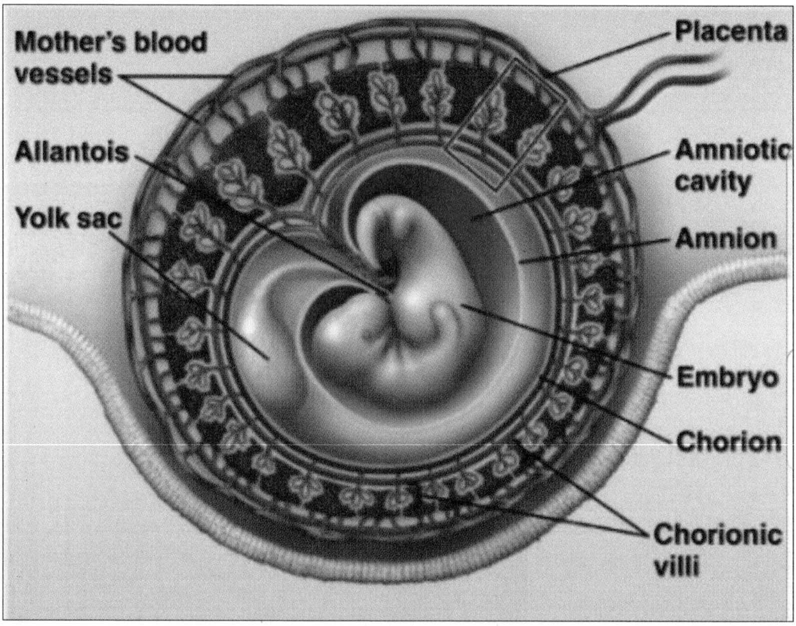

배아

이것에 관한 2차원 홀로그램은 성모송 성화의 목 부분에 그려진 3자 문양의 주변에 아주 작은 그림으로 묘사되어 있다.

앞장에서 소개한 주님의 기도 성화에 나오는 웜홀을 통하여 다른 차원의 세상으로 들어갈 수 있는데, 그 세상이 바로 성모송이 그려진 성화 안이고, 이 안에는 우리가 배아일 때의 모습에 관한 2차원 홀로그램이 그려져 있다.

성모송 성화의 3자 문양 주변에 배아 3주차의 홀로그램이 그려져 있고, 2자 문양 주변에는 2주차의 홀로그램이, 1자 문양 주변에는 1주차의

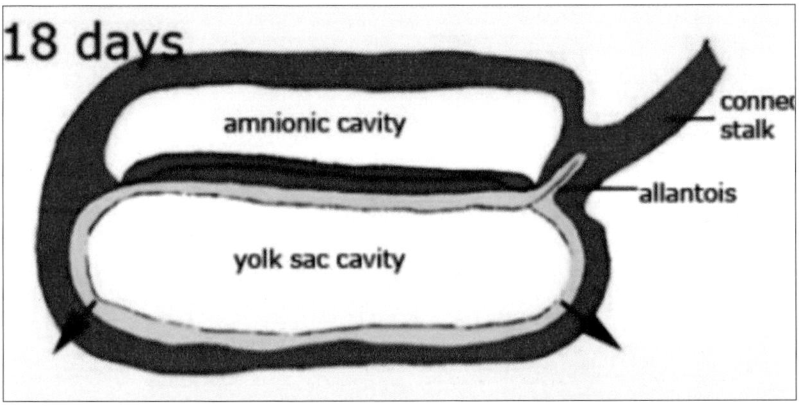

2주차의 배아

홀로그램이, 그리고 0자 문양 주변에는 0주차의 홀로그램이 그려져 있다.

2주차의 배아는 2개의 주머니 모습인데 하나는 양막낭이 되고 다른 하나는 배아에게 필요한 영양분을 비축한 난황낭이라는 것이 된다.

배아 12일차에 이 양막낭과 난황낭이 붙어서 배아가 형성되고, 14일차에 외배엽, 중배엽, 내배엽으로 발달된다.

외배엽은 피부, 뇌, 신경계 등 외부조직으로 발달하고, 중배엽은 근육, 골격, 순환계로 발달, 내배엽은 소화기관, 호흡기관, 방광 등 장기로 발달한다.

배아 0~1주차의 모습은 사진을 참조하면 된다.

성모송 성화에 배아시절의 홀로그램이 그려져 있는 것은 이 2차원 홀로그램을 이용하여 배아시절의 모습을 엿볼 수 있는 4차원 홀로그램을 만들 수 있고, 이것을 이용하여 우리의 근본적인 건강상태를 진단하고 필요시에 힐링시킬 수 있다는 것이다.

이 배아힐러의 3210을 구체적인 힐링법으로 만드는 것은 웜홀을 통해서 모태 속으로 들어가고, 이어서 영광스러운 모습으로 변모를 역으로

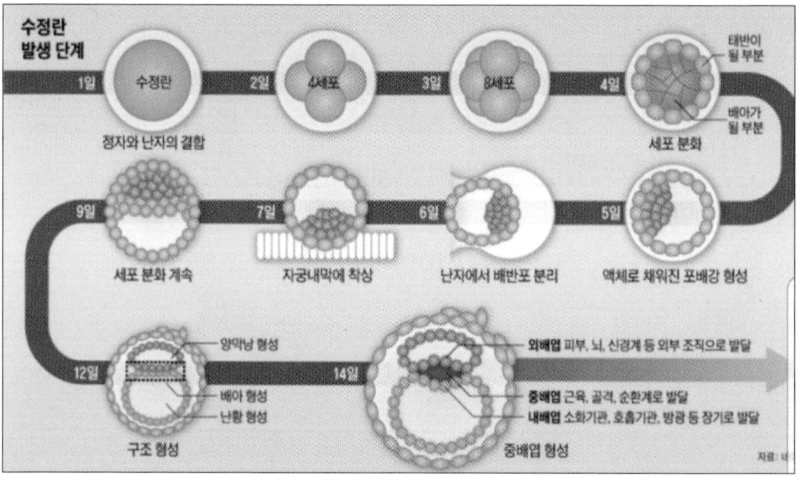

배아 0~1주차

하여 3주차의 배아가 되고, 이어서 2주차, 1주차, 0주차의 배아로 되돌아가는 4차원 홀로그램을 완성하면 된다.

'그런데…? 어떻게… 하지?'

성모송 성화를 잘 묵상하고 우리의 상상력을 모두 동원하여 일지일휘처럼 배아힐러의 홀로그램을 만들어 보자.

성모송 성화를 잘 묵상하면 3210의 문양들이 다양한 모습으로 홀로그램을 만들어 내고 있는 것을 알 수 있다.

3자 문양은 하단 우측에 검청색의 뒤집어진 3자에서 시작하여 오른쪽 위로 올라가며 흩어진 붉은색 3자가 되었다, 목 부위에서 여러 개의 검정색 3과 푸른색 3이 덧칠이 되고, 그 위로 희고 푸른색의 3자가 증발하는 수증기처럼 하늘로 올라간다. 이 홀로그램은 우리 몸 안의 나쁜 기운을 다양한 모습의 3자로 변신시켜 우리의 머리 위로 배출하는 모습을 나타낸다.

3210의 신비

성모송 성화에는 은하우주선 피폭장애로 생기는 치매, 중풍 등의 불치병 또는 난치병을 방지하는 힐링법이 그려져 있다.

이 힐링법을 터득하려면 이 성화 안에 그려진 3210 문양에 숨겨진 신비를 풀어야 한다.

먼저 이 성모송 성화에는 은하우주선이 우리 몸을 관통하는 모습이 두 군데에 그려져 있다.

이중 목부위에 관통한 우주선은 목 주변에 무시무시한 장애를 유발하는 것으로 그려져 있는데 이것을 힐링시키려면 321의 문양에 숨겨진 힐링법을 사용하여야 한다.

또 머리를 관통한 우주선은 치매나 중풍의 원인이 되는데, 이것을 힐링시키려면 0의 문양에 숨겨진 힐링법을 사용한다.

은하우주선 피폭은 수억에서 수십억 광년 떨어진 먼 우주의 어떤 은하에서 초신성 폭발로 생기는 우주선이 우리의 지구 표면에 피폭되어 우리의 몸을 관통하는 것을 말하는데, 우리는 약 5년에 1회 꼴로 은하우주선을 맞는다.

그러나 대부분의 경우에 우리는 관통 사실을 감지하지 못하고 지내는데, 몇 달, 몇 년, 몇 십 년의 시간이 지나면서 그 우주선이 관통된 궤적 주변의 세포와 조직에 고약한 장애가 생기고 각종 난치병이나 불치병으로 발전한다.

은하우주선이 우리의 몸을 관통하면서 신경망을 손상시키는 경우에는 갑자기 어떤 장애가 생기는데 이런 경우에 병원에 가보아도 의사는 은하우주선 피폭장애에 관해 아는 것이 없어서 다른 원인이나 원인불명으로 진단하고 대증 치료만 한다.

그러나 대증 치료만으로는 제대로 치료를 하지 못하는 경우가 많고 결국에는 치료가 잘 되지 않아 이리저리 병원을 옮겨 다니다가 난치병이나 불치병으로 발전한다.

그래서 몇 년이 지나면 은하우주선이 관통한 궤적 주변에는 성모송 성화의 목 부분에 그려진 것처럼 무시무시한 장애가 만들어진다.

이러한 장애를 힐링시키려면 덩어리진 장애를 일단 잘게 쪼개서 몸 밖으로 배출시켜야 하는데, 이것이 성화에는 여러 종류의 3자 문양으로 표현되어 있다.

즉, 하단 좌측에 검청색의 뒤집어진 3자, 오른쪽 위로 올라가며 흩어진 붉은색 3자, 목 부위에서 여러 개의 검정색 3과 푸른색 3, 그 위로 희고 푸른색의 3자가 증발하는 수증기처럼 하늘로 올라가는데 이것은 은하우주선 피폭으로 생긴 우리 몸 안의 나쁜 기운을 다양한 모습의 3자로 변신시켜 우리의 몸 밖으로 배출하는 모습을 나타낸 것이다.

장애 덩어리가 '영광스러운 모습으로 변모' 를 하고 분해된 후에 몸 안으로 들어가는 검청색 3과 붉은색 3의 나쁜 기운은 일지힐러로 손가락 끝으로 배출하면 되는데 목 위 얼굴로 올라가는 나쁜 기운은 2자와 1자 문양의 홀로그램 통로를 이용하고 피부나 머리카락을 통해 배출시킨다.

여기에서 2자 문양이 좌우 반대로 뒤집어져 있는 것은 나쁜 기운이 눈높이까지 올라오면 그 다음부터는 시신경을 따라 이동하는데 좌측에 이상이 생기면 우측으로 나쁜 기운을 보내고, 반대로 우측에 이상이 생기면 좌측으로 나쁜 기운을 보내는 시교차를 따라서 하라는 의미이다.

1자 문양은 2자 문양 뒤쪽에 검붉은 비스듬한 1자와 코 부위에 붉은색 1자, 그리고 그 옆에 얼굴을 살짝 벗어나서 검정색 1자가 있는데, 3자를 통해 얼굴로 올라온 나쁜 기운을 2자에서 시교차를 하고 1자를 따라 반대편으로 보내고, 마지막 1자는 머리카락을 통해서 나쁜 기운을 허공으로 배출시키라는 의미이다.

가장 이용하기 어려운 것은 0자 문양의 홀로그램인데, 이것은 블랙홀처럼 주변의 나쁜 기운을 홀안으로 모두 빨아들여서 황금색의 '거룩한 모습으로 변모' 시킨 뒤에 이것을 다시 머리 위 허공으로 투사시켜야 한

다.

일지힐러의 3210의 신비를 터득하면 누구나 은하우주선 피폭장애를 힐링시킬 수 있는데, 이 과정에서 제일 먼저 해야 할 것은 덩어리진 나쁜 기운을 작게 또는 다른 성질을 가진 존재로 변모시키는 것이다.

이 방법은 하는 사람에 따라 여러 가지가 있겠지만 가장 기본적인 것은 손가락 끝에 작은 불을 밝히는 순수한 마음과 지극정성이 필수이다.

손가락 끝에 작은 불을 밝히는 순수한 마음과 지극정성

오지힐러의 신비

두 팔과 두 다리를 합하여 사지라고 부르는데 거기에 모가지를 합하면 오지가 되고, 이 오지를 통하여 몸 안의 나쁜 기운을 배출시키는 건강법을 하는 사람을 오지힐러라고 한다.

은하우주선에 피폭된 후에 제대로 힐링시키지 못하고 나쁜 기운이 뭉쳐 덩어리가 되면 각종 병증으로 발전하게 되는데 이러한 경우에는 오지힐러를 해야 건강을 되찾을 수 있다.

필자가 4년 전 어느 날 잠을 자는 중에 왼쪽 새끼발가락 1치 위에 은하우주선을 피폭 받고, 아침에 일어났는데 걸을 수가 없어서 몇 주간 자가치료를 한 이 후로 은하우주선 피폭장애를 힐링시키는 건강법에 관심을 가졌다. 이번에 올린 '오지힐러' 는 피폭장애를 힐링시키는 데 제법 효과가 있는 것 같다.

은하우주선에 피폭이 되면 관통 부위를 따라 우주선이 지나간 궤적 주변의 세포와 조직이 활성화가 되고 일부는 손상이 되는데, 적절한 힐링을 하지 못하면 이러한 이상 부위는 시간이 지나면서 주변으로 확대되어 장애 지역을 형성한다.

이러한 장애가 병증으로 나타나는 것은 피폭 위치에 따라 달라서 몇 초, 몇 분, 몇 시간, 며칠, 몇 주, 몇 달, 몇 년, 몇 십 년 등 아주 다양한데, 대체적으로 잠복기간이 짧으면 치료가 어렵고, 잠복기간이 길거나 치료기간이 오랠수록 힐링이 더 어렵게 된다.

필자의 경우에는 나이 40세 때에 왼쪽 어깻죽지에 은하우주선을 피폭 받고 사십견이 생겨 몇 달간 고생하였고, 그 후로 이 부위에 수시로 가려움증이 생겨 고생을 하였는데, 이번에 오지힐러를 하면서 어쩌면 완쾌될지도 모른다는 희망을 가져 본다.

또 약 10년 전에 앞가슴을 좌우로 관통하는 은하우주선 피폭장애로 폐의 기능이 약화되고, 이어서 고혈압으로 발전하여 몇 년간 고생하다 여러 가지 힐러를 개발하면서 병증은 잡았지만 후유증이 남아 은근히 걱정하였는데 이것도 오지힐러로 해결되기를 기대한다.

오지힐러의 신비는 장애지역이 어디이든 오지를 다 이용하여 힐링을

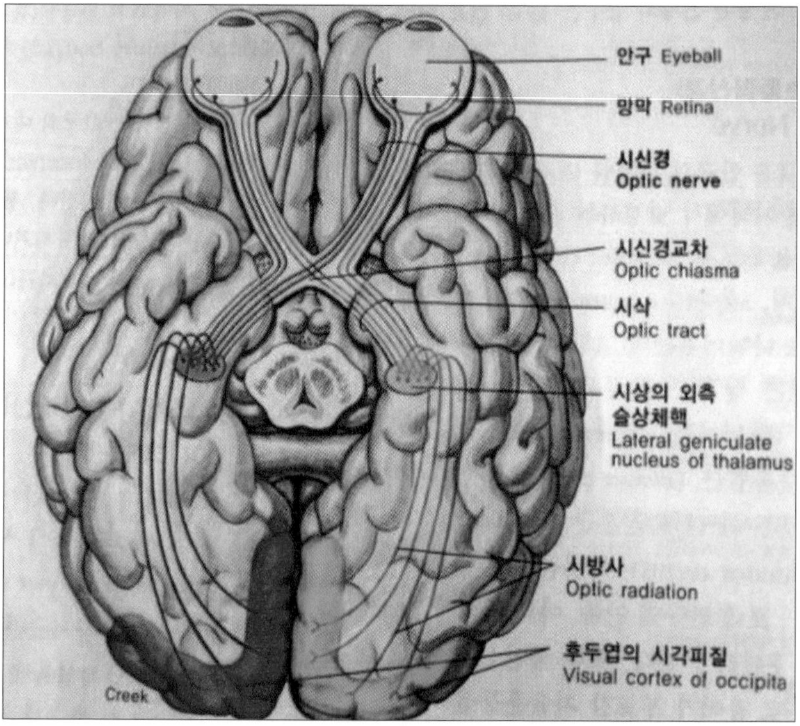

시신경교차

하는데 방법은 장애지역에서 분해되어 온몸으로 확산 배출되는 나쁜 기운을 오지의 신경망을 통하여 외부로 배출시키는 것이다.

이때에 두 팔과 두 다리로 오는 나쁜 기운은 손가락과 발가락 끝의 손톱과 발톱을 통하여 배출시키면 되고, 모가지로 오는 나쁜 기운은 얼굴의 눈 부위까지 올라온 후에 시신경교차로 좌우가 서로 엇갈리는 시신경을 따라 좌우로 엇갈리게 하여 후두부로 이동시킨 뒤에 머리카락을 통하여 외부로 배출시킨다.

오지 힐링기공

좀 하는 오지힐러가 되려면 오지 힐링기공을 조금은 할 줄 알아야 한다.

오지는 두 팔과 두 다리의 사지에 모가지를 합하여 부르는 이름인데 이 오지에 힐링시키는 기운이 자기가 원하는 대로 자유롭게 이리저리 돌아가게 하는 것이 오지 힐링기공이다.

전통기공에서는 미리 정해진 통로를 통하여 어떤 기운을 이동시킨다. 따라서 전통기공을 배우려면 먼저 미리 정해진 통로에 대하여 잘 알고 있는 좋은 선생님을 만나 그 분의 지도를 받아야 한다.

그러나 오지 힐링기공에서는 '힐링 효과가 있는/ 어떤 기운을/ 자기 마음대로/ 이리저리 돌리는 것' 이어서 기본적인 요령만 조금 알면 누구나 스스로 터득할 수 있다.

위의 내용은 몇 단계로 나눌 수가 있다.

1) 어떤 기운을 어떻게 돌리기 요령

우리의 몸에 어떤 기운을 돌리는 요령은 아주 쉽고도 어렵다.

쉬운 이유는 우리의 몸 안에 있는 어떤 기운이든 조금 연습하면 결국에는 우리가 마음먹는 대로 돌게 된다는 것이다. 어려운 이유는 그 기운이 나쁜 기운일 때에는 건강을 해칠 수도 있다는 것이다.

따라서 어떤 기운 중에서 힐링 효과가 있는 기운을 골라서 돌릴 수 있으면 된다.

2) 힐링 효과가 있는 기운을 고르는 요령

우리의 몸과 맘 안에는 수많은 종류의 기운이 있는데 그중에서 뭔가를 골라서 돌리는 것은 지극히 어렵다.

따라서 우리의 몸과 맘 안을 돌아다니는 기운을 힐링 효과가 나오도록 요령 있게 바꾸는 것이 중요하다.

3) 자기의 기운을 힐링 효과가 나오게 바꾸는 요령

우리의 몸과 맘은 수많은 요소로 이루어져 있고, 각각의 요소도 그 상태가 천차만별이어서 거기에서 나오는 기운도 아주 다양하다.

이러한 다양한 기운이 매순간 우리 안을 돌아다니는데 이것을 힐링 효과가 나오는 기운으로 바꾸는 것은 지극히 어렵다. 하지만 아래의 기본 요령을 알면 누구나 할 수 있다.

4) 오지 힐링기공 기본 요령

① 오지의 끝 부분(손톱, 발톱, 머리카락)을 모두 열어 거기를 통과하

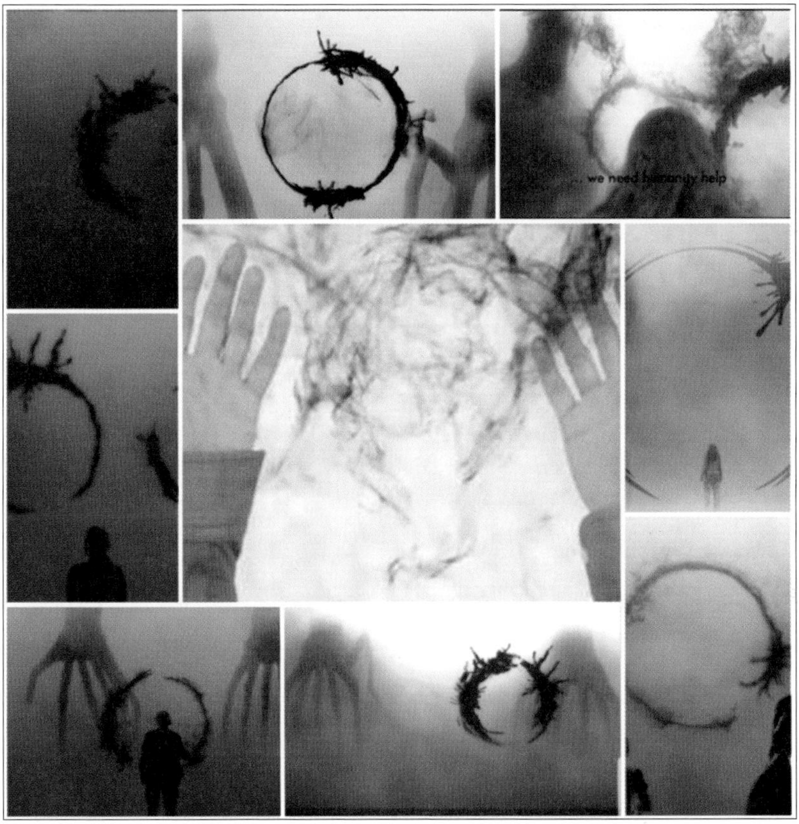

는 나쁜 기운이 허공으로 날아가게 한다.(영화 '컨택트'의 헵타포드 언어에서 오지힐러와 손짓이 유사함)

② 현재 가장 불편한 부분이나 힐링시키고 싶은 곳을 선정하고 마음을 은근하게 기울여 힐링 효과가 나오길 기다린다.

이 두 가지 기본 요령을 적절히 활용하여 잘 연습하면 누구나 좀 하는 오지힐러가 될 수 있다.

Hi 힐링기공

Hi 힐링기공은 Human intelligence(인간지능) 힐링기공을 줄인 말인데, 우리가 하고 싶은 대로 힐링기공을 하는 것을 의미한다.

앞장에서 올린 오지 힐링기공에서는 힐링시키는 기운을 자기의 오지에서 원하는 대로 자유롭게 이리저리 돌아가게 하였는데, 이것을 확대하여 Hi 힐링기공에서는 힐링시키는 기운이 자기의 심신영혼, 즉 맘과 몸, 그리고 영과 혼이 머무는 곳 어디든지 자유롭게 돌아다니게 하는 것이 Hi 힐링기공이다.

모든 사람은 자기의 이름, 얼굴, 지문, DNA처럼, 그 사람 고유의 심, 신, 영, 혼을 가지고 있다고 한다.

우리가 이 세상을 살다 보면 여러 가지 원인으로 심신영혼이 손상되는데 건강하게 살려면 손상된 심신영혼을 항상 힐링시키는 것이 필요하다.

Hi 힐링기공에서는 심신영혼에 관한 정의를 다음과 같이 한다.

1) 우리의 몸인 신은 물질 입자로 구성이 되어 있고, 심, 영 그리고 혼은 물질은 없고 오로지 파동으로만 되어 있다.

2) 우리가 맘이라고도 부르는 심은 몸 안에서 움직이는 파동이고, 영은 몸 가까이에서 움직이는 파동이며, 혼은 몸에서 아주 먼 하늘나라까

지 갈 수 있는 파동이다.

우리가 죽으면 몸에서 심영혼의 어떠한 파동도 나오지 않는다.

우리가 살아 활동을 하면서 몸의 어느 부분에 어떤 문제가 생기면, 그 즉시 말초 신경 계통에서 심파가 만들어져 그 정보를 중추신경 계통(사진의 1~4번 내원삼각형)으로 보내고, 1번에서는 무조건반사 심파가, 2번에서는 조건반사 심파가 만들어져 온몸으로 그 정보가 전달이 되며, 다음에는 3번에서 조건반사 영파가 만들어져 우리 몸 주변으로 정보가 전달되고, 마지막으로 4번에서 조건반사 혼파가 만들어져 아주 먼 거리까지 송신이 된다.

도룡동성당 제3번 성화 '예수님의 세례'의 뒷목 부분에 그려진 문양

즉, 도룡동성당 제3번 성화 '예수님의 세례'의 뒷목 부분에 그려진 문양은 우리의 실시간 건강 상태를 알 수 있는 정보 전달 체계이다. 이것은 장병두 옹의 맥진법에도 실증이 된 사실이다.

우리는 평소에 몸과 맘, 즉, 심파와 신만 주로 사용하므로 영파와 혼파를 사용하는 법을 잘 모른다.

필자의 경우에도 특별한 경우에 아주 가끔 영파를 사용하는데 혼파는 거의 사용하지를 않아 사용법이나 효과를 잘 모른다.

도룡동성당 제 3번 성화 '예수님의 세례' 의 목 부위에 그려져 있는 심신영혼의 정보 전달 체계를 상징하는 문양을 공부하면서 Hi 힐러에 대한 글을 쓰게 되었는데, 이 기회에 영파와 혼파에 담긴 신비도 함께 탐구해 볼까 한다.

'예수님의 세례' 성화에 심신영혼의 정보 전달 체계를 상징하는 문양이 그려져 있는 이유는 우리가 세례를 받으면 우리의 기도를 심파에 실어 우리의 몸과 맘 안 어디든, 영파에 실어 이 세상 어디든, 그리고 혼파에 실어 하느님이 계시는 하늘나라까지 보낼 수 있는 자격이 생기기 때문이다.

Hi 힐링기공의 이해

Hi 힐링기공에 대한 글을 올리면서 심신영혼에 관한 정의를 다시 하였는데, 이 글을 읽는 분들은 새로 한 정의가 기존의 개념과 크게 다르지 않고 어느 면에서는 좀 더 일리가 있다고 긍정적으로 생각해 주길 바란다.

우리 몸의 어딘가에 무슨 일이 생기면 말초신경계통에서 그 조건에 해당하는 신호(조건 심파)가 생성되고 신경망을 통하여 중추신경계통으로 전달이 되며 거기에서 들어온 조건 신호(심파)를 분석 평가하여 4단계의 조치를 취한다.

상기한 조치는 의학적으로는 무조건반사와 조건반사의 2단계 조치만 있는데 Hi 힐링기공에서는 조건반사를 하는 사안들을 좀 더 세분하여 전체적으로 4단계 조치로 구분한다.

이것은 중추신경계통에서 조건 신호를 분석하고 사안의 경중을 따져 3가지 종류의 조건반사 신호를 만들어 내는데 그 신호가 몸 안의 신경망을 통하여 관련 부위로 가는 것으로 조치가 완료되는 경우에는 조건반사 심파라고 하고, 그 신호가 우리의 몸을 벗어나 이 세상 어디 어디까지 전파가 되면 조건반사 영파라고 부르며, 이 세상을 벗어나 하늘나라까지 미치면 조건반사 혼파라고 부른다.

Hi 힐러가 조건반사 신호를 심층 세분하는 이유는 사안에 따라 다양한 대응을 할 수 있기 때문이다.

우리는 평생을 살면서 어떤 사안에 부딪혔을 때에 대부분의 경우에 무조건반사 심파나 조건반사 심파 정도의 대응만으로도 무난하게 사태를 수습할 수가 있고, 혹시 그걸로 해결이 안 될 때에도 영파를 할 줄 아는 분의 도움을 받아 위기에서 벗어날 수 있다.

그러나 때로는 운이 아주 나쁜 사람들이 있어서 사태를 더욱 악화시키는 경우에는 혼파를 할 줄 아는 분에게 도움을 받을 수 있도록 하느님께 간절히 기도드려야 한다.

필자도 지금까지 실력이 영파를 하는 정도여서 도움을 필요로 하는 분들을 근근이 도와주곤 했지만 혼파는 해 볼 엄두를 내지 못하였다.

그런데 이번에 Hi 힐링기공에 관한 글을 올리면서 나도 어쩌면 혼파도 할 수 있을 것도 같다는 생각이 든다.

도룡동성당 제 3번 성화 '예수님의 세례' 나 제 9번 성화 '성모 전구' 에 Hi 힐링기공의 핵심 요결이 담겨 있다는 것을 알게 된 것은 엄청난 은총이고, 이것에 관한 글을 쓰면서 Hi 힐링기공을 저절로 터득할 수 있었던 것도 커다란 행복이다.

도룡동 성당 스테인드글라스 제 9번 성화 '성모 전구' : 영파를 간구하는 우리의 기도가 성모님의 전구로 이루어짐

이 글을 읽는 분들도 Hi 힐링기공을 할 줄 알게 되는 분이 많이 많이 생기기를 기도드린다. 아멘.

실전 Hi 힐링기공 : 안수혈과 아시혈

〈Hi 힐링기공의 이해〉에 대한 글을 올리고 있는데 항문 근처의 말초신경에서 뭔가가 이상한지 약한 통증 신호(조건 심파)가 온다.

이런 경우에 무조건반사 심파가 나에게 즉시 하라고 시키는 일은 통증이 느껴지는 부위 주변에 있는 안수혈에 자기의 손을 가져다 대고 거기서 나오는 심파의 내용을 자세히 알아보라는 것이다.

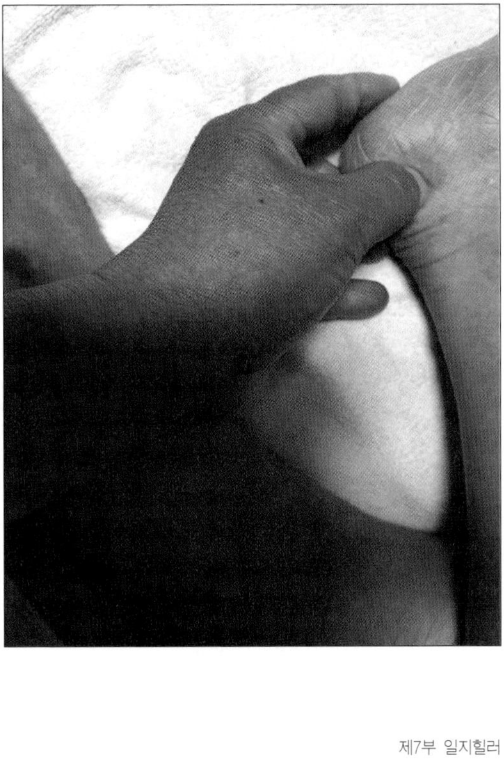

약 5분가량 안수 진단을 해 본 느낌은 치질(?)이 도질려는 전조 증상이니 조건반사로 뭔가(?)를 하라고 한다.

항문 근처에서 이상 신호가 오면 발꿈치 주변에서 아시혈이 나타난다.

그래서 사진처럼 발꿈치 주변에서 찾은 아시혈에 지조침을 해 주면서 조건반사 심파가

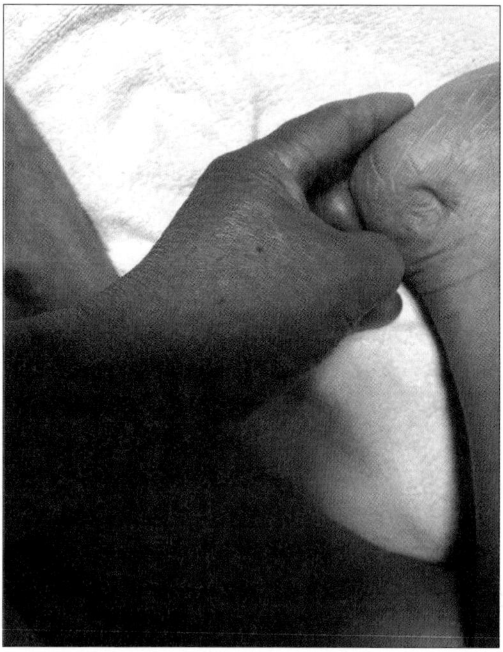

나오게 되고, 그곳에서 힐링 효과가 나올 때까지 기다린다.

안수혈과 아시혈에서 나오는 나쁜 기운에 맞추어 힘을 주다 보니 2번 사진처럼 손톱자국이 깊이 생긴다.

이것은 심파만으로는 해결이 안 되고 뭔가(?) 영파의 도움이 필요한 사안이라는 신호이다.

안수혈과 아시혈의 손은 그대로 유지하고 속으로 성모송을 암송하면서 제 9번 성화에 나오는 '성모 전구' 를 간구한다. (제 1단계 영파는 아주 쉽다.)

30분이 지나면서 힐링 반응으로 뱃속에서 긴 트림이 몇 분 간격으로 올라오고 안수혈과 아시혈을 잇는 다리뼈에서 영파가 나오면서 간헐적으로 '움찔 / 뒤틀 / 불끈' 거리는 것이 느껴지고 암송하고 있는 성모송도 조금 더 간절해진다. (제 2단계 영파도 비교적 쉽다.)

1시간쯤 지나자 안수혈 부근이 편안해져서 일단 1차 Hi 힐링을 마무리하였다.

상기한 내용은 실전 상황이기는 하지만 필자의 심리와 일상의 스트레스 레벨이 안정된 초록불 상황이어서 Hi 힐링기공이 지극히 순조롭게 효과를 나타낸 것이다.

심리와 일상에 어려운 일이 있어 스트레스 레벨에 빨간불이 켜지면 Hi 힐링기공을 해도 힐링 효과를 기대할 수 없다. 스트레스 레벨에 노란불이 켜져 있을 때에는 편안히 쉬거나 명상을 하면서 파란불이 들어오기를 기다려야 한다.

빨간불이 켜져 있을 때에는 일지힐러를 하고 노란불로 바뀌면 오지힐러를 하여 나쁜 기운을 허공 중에 날리면 좀 더 쉽게 파란불로 바뀐다.

바쁘고 복잡한 일상에 시달리는 현대인들에게 스트레스 레벨이 초록불로 유지되는 시간이 하루에 얼마나 될까(?)

나의 과거를 돌이켜 보면 비교적 행복한 일상을 즐기고 스트레스 레벨도 초록불이 더 많이 켜지는 환경이었지만 아쉽게도 그 당시에는 Hi 힐링기공을 알지 못하여 내 안에 나쁜 기운이 쌓이는 것을 막지 못하였다.

과거에 쌓인 나쁜 기운들이 수시로 명현현상이 되어 슬그머니 고개를 내민다.

Hi 힐링기공의 도전 : 명현현상

(본문 인용) 과거에 쌓인 나쁜 기운들이 수시로 명현현상이 되어 슬그머니 고개를 내민다. (인용 끝)

앞의 앞장의 '실전 Hi 힐링기공' 에 대한 글을 쓰면서 마지막에 명현현상에 대하여 잠시 언급하였는데 Hi 힐링기공으로 이것을 힐링시킬 방법이 있는지 한 번 알아보자.

명현현상은 자기가 예전에 아팠다가 나았던 어떤 병이 한참 후에 어떤 계기가 주어지면 슬그머니 다시 고개를 내미는 현상을 말한다.

사람은 누구나 살아가면서 어떤 원인('성자의 수난' 처럼 우리가 피할 수 없는 것도 있다)으로 병에 걸려 고생을 하고, 의사나 약 또는 각종 요법의 도움으로 치료를 하는데 대부분의 경우에 몸이 좀 편안해지면 완치가 되었다고 생각하고 추가로 힐링을 하여 좀 더 완벽한 건강 상태를 만들려고 하지 않는다.

즉, 병의 뿌리가 우리 몸 안에 그대로 잠복하여 있게 남겨 두는데, 이 뿌리는 어떤 계기가 주어지면 다시 자라나서 명현현상을 일으킨다.

명현현상을 나타나게 하는 어떤 계기는 우리의 몸과 맘의 스트레스 레벨에 빨간불이 켜지게 만든다. 즉, 명현현상이 나타나는 때는 항상 빨간불의 상태이어서 이런 때에는 Hi 힐링기공을 시도해도 힐링 효과가 거의 안 나오고 거기에 이런저런 명현현상까지 가세하면 가끔은 큰 어려움에 빠질 수도 있다.

따라서 우리의 스트레스 레벨에 초록불이 켜져 있을 때에 우리의 몸과 맘 한쪽 구석에 잠복해 있다가 명현현상을 일으키는 뿌리들을 조금씩이라도 찾아서 힐링시킬 수 있다면 나중에 어떤 계기가 와도 그 뿌리는 고개를 들지 않을 것이고 이렇게 되면 언제 어떤 계기로 명현현상이 나타나 우리를 괴롭힐지…, 하는 걱정을 조금은 덜 해도 될 것이다.

문제는 초록불이 켜진 백주대낮(자기의 몸과 맘 안에 숨겨진 뭐시기…?는 눈을 감아야 더 잘 보인다)에 어떻게 명현의 뿌리를 찾아 뽑아내느냐(?)이다.

한 가지 방법은 어떤 사연이 생겼을 때에 하는 Hi 힐링기공의 순서를 거꾸로 하는 것이다.

안수혈은 우리 심신영혼의 어떤 곳에도 생길 수 있어서 어떤 사연이 터져야만 나타나는데 과거에 있었던 어떤 사연들을 우리가 다 기억해낼 수가 없어서 안 속에 숨겨진 안수혈 자리를 찾아서 Hi 힐링기공의 안수혈로 사용하는 것은 아주 어렵다.

그러나 아시혈은 대부분의 경우에 손이나 발, 또는 머리의 한정된 공간에 나타나며 적절한 방법으로 치료가 되고 나면 일부만 안쪽으로 숨어서 과거의 흔적으로 남는데 이것은 언제라도 다시 발굴 정리할 수 있고 필요하면 유적지로 남겨 놓아 역사의 교훈으로 삼을 수도 있다.

Hi 힐링기공의 도전 : 주체와 객체

Hi 힐링기공의 도전 과제로 멀리 떨어진 곳에서 일어나고 있는 어떤 사안에 모종의 어려움이 생겼을 때에 이것을 원격 힐링시킬 방법이 있는지 한 번 알아보자.

'멀리 떨어진 곳에서 일어나고 있는 어떤 사안' 은 그것 자체로 4차원의 홀로그램이다.

자기가 보고 있는 앞에서 누군가가 곤란한 일을 당하려고 할 때에 고함을 쳐서 경고를 하면 위험을 모면할 수도 있다.

이것을 좀 더 세분하여 생각해 보면 내가 보는 앞에서 일어나는 4차원 홀로그램 안에 어떤 사람의 4차원 홀로그램이 있는데, 그 안에 있는 사람은 주변의 상황을 보지 못하여 위험한 일이 생기려고 한다는 것을 알지 못한다.

즉, 모든 4차원 홀로그램은 자기가 인지하는 시공간 안에서 이루어지는 어떤 사안이고 그것을 벗어난 시공간은 다른 차원이 되고, 그 모든 것을 인지하는 사람도 그 사람 관점에서 보면 4차원의 홀로그램을 사는 것이다.(도룡동성당 제 6번 성화 '지복직관 : 최고의 복은 하느님을 직접 보는 것인데, 어떻게 하면 볼 수 있는가? 자기가 직관의 주체가 되라!)

즉, '주체와 객체' 가 어떻게 되는가에 따라 자기가 살고 있는 4차원 홀로그램이 달라지는데, 이때에 주체가 적절한 방법을 사용하여 자기의

4차원 홀로그램을 조정하면 객체의 4차원 홀로그램에서 일어나는 어떤 사안을 원격 힐링시킬 수도 있다.

주체와 객체의 문제는 좀 더 복잡한 상황을 연출하고 원격 힐링시키는 데 이용할 수 있다.

예를 들어 축구팀의 감독은 주체가 되어 그라운드에서 경기를 하는 모든 선수들의 4차원 홀로그램을 관찰하면서 특정 선수에게 사인을 보내거나 후보선수로 교체하거나 하는 다양한 방법을 사용하여 경기의 흐름을 바꾸는 원격 힐링을 하여 승리를 쟁취하려고 힘을 다한다.

도룡동성당 제 6번 성화인 '지복직관'(至福直觀; Visio beatifica; beatific Vision)

이 세상에서 일어나는 모든 사안은 주체와 객체가 등장하고 주체가 객체의 여러 특성을 잘 알고 활용할 수 있으면, 그 사안을 자기가 원하는 대로 흘러가게 할 수 있다.

다만 대부분의 사안은 주체와 객체가 여러 명이 있고 서로 다른 특성과 목적을 가지고 있어서 경쟁관계에 놓이게 되고 서로 자기가 원하는 것을 쟁취하려고 싸우게 된다.

따라서 어떤 사안에서 승리를 하려면 대적관계에 있는 다른 주체와 객체의 모든 것을 잘 파악해서 적절하게 활용하여 상황을 유리하게 이끌어야 한다.

이상의 주체와 객체에 관한 논의를 Hi 힐링기공의 관점에서 살펴보자.

우리의 몸에 뭔가 문제가 생기면 대부분의 경우에 그 문제의 전문가를 찾아간다. 그러면 그 전문가는 사안의 주체가 되고 우리는 그 전문가에게 비용을 지불해야 하는 객체가 된다.

그 사안이 우리가 스스로 해결할 수 없을 때에는 어쩔 수 없이 그렇게 해야 한다. 그러나 Hi 힐링기공에서는 가능하면 모든 사안에 대하여 Hi 힐러가 주체가 되어 사안을 해결하는 것을 원칙으로 한다.

물론 Hi 힐러가 잘 모르는 사안이 벌어졌을 때에는 선배 Hi 힐러에게 도움을 받을 수 있으나, 이때에도 도움은 최소한으로 받고 실력을 키워 하루 속히 스스로 주체가 되어 사안을 해결해야 한다.

필자의 경우에는 건강상의 대부분의 사안을 스스로 주체가 되어 해결한다.

최근 6년 동안 병원에 간 경우는 치과와 고혈압약을 처방받으러 내과에 간 것이 전부이다.

고혈압의 경우에 병원에서는 치료를 하는 방법이 없다고 하며 병증을 완화시키는 약만을 처방해 주는 것이 고작이었다. 즉, 병원에서 의사도 현대 의학의 한계로 절반만 주체 노릇하는데 나머지 절반의 주체를 내가 직접 하기로 했다.

그래서 내 몸의 상태에 맞추어 고혈압약을 하루에 반절씩 줄여 먹기를 한동안 하다가 더 줄여도 될 것 같아 2일에 반절씩 또 한동안 먹었는데, 마침 금년 초에 나에게 6년 전에 생긴 고혈압의 원인이 은하우주선 피폭장애라는 것을 알게 되고 이것을 필자가 최근에 개발한 여러 가지 종류의 힐링기공으로 힐링을 시키자 고혈압 증상이 거의 사라졌다.

거의 사라졌다는 말은 아직도 뿌리가 남아있다는 의미인데, 앞으로도 한동안 주체가 되어 Hi 힐링기공을 열심히 하면 이 뿌리도 완전히 뽑을 수 있을 것이다.

큰사랑 Hi 힐러

도룡동성당 제 4번 성화 '나는 참포도 나무다' 에는 예수님의 큰사랑이 담겨 있다. 이 성화의 내용은 요한복음 제 15장을 묵상하면 알 수 있으므로 자세한 설명은 생략하고, 이 성화에 담겨 있는 큰사랑 Hi 힐러의 모습을 눈여겨보자.

이 성화에는 두 사람이 등장한다. 하나는 온몸에 큰사랑을 뒤집어쓰고 있는 우리의 모습이고, 다른 한 분은 우리에게 큰사랑을 전해 주시는 예수님인데 성화에는 우리와 큰사랑으로 연결된 부분만 최하단에 겨우 보인다.

우리는 어머니 뱃속에서 이와 비슷한 모습으로 10달을 지내면서 어머니의 큰사랑을 받았다. 그리고 이 세상에 태어나 살면서 예수님의 큰사랑 안에 머무르는 큰사랑 Hi 힐러가 된다.

도룡동성당 제 4번 성화 '나는 참포도 나무다'

상기 내용의 일부를 4차원 홀로그램으로 만들어 보자.

우리는 어머니의 자궁에 착상하여 아래 사진의 모습으로 큰 사랑을 받으며 우리의 모든 부분이 10달에 걸쳐 차례로 만들어지고 발달하여 성숙한 모습으로 변모를 한다.

그리고 이 세상에 태어나서는 예수님의 큰사랑 안에서 우리의 모든 것, 즉 심신영혼이 만들어지고 발달하여 성숙한 모습으로 변모를 하고 마지막에는 하늘나라에서 다시 태어나 하느님의 큰사랑 안에 머문다.

그때까지 저의 글을 아껴주시고 틈틈이 읽어 주시길 기도드린다. 아멘!

오늘 새벽에 위의 글을 카스에 올리고 그 내용을 다시 묵상하면서 새벽 운동을 하는데, 신기하게도 온몸 여기저기에서 말초신경계통이 열리면서 뭔가를 신호로 보내는데, 그 개수가 점점 늘어나고 전에 느낌이 없던 곳도 새로 열린다.

이것은 내 몸의 여러 부분을 동시에 다중 힐링시키는 것을 의미하는데, 어쩌면 오늘 올린 성화 안에 숨겨진 신비가 그 모습을 나를 통해 드러낸 것 같다.

신기하여 다시 성화를 살펴보니 성화에 그려진 포도송이가 아홉이나 된다. 즉, 큰사랑은 우리를 구중 Hi 힐러로 만들어 준다.

올인 노젓기

제 6장에서 도룡동성당 제 6번 성화 '지복직관' 을 묵상하여 '주체와 객체' 라는 주제의 4차원 홀로그램을 만들었는데 이번 장에서는 '대우 노젓기' 라는 주제의 4차원 홀로그램을 만들까 한다.

며칠 전에 딸의 다리에 생긴 이상을 힐링시키러 서울에 갔을 때에 딸의 친구를 만나 이야기를 하는 중에 그분이 학생 시절에 어떤 도사님에게서 기치료를 받은 경험을 말하는데, 나도 어쩌면 그 도사님의 수법을 참조하여 조금 새로운 홀로그램을 만들 수 있다는 생각이 들어 며칠 묵상하며 만든 것이 대우 노젓기이다.

들은 말에 의하면, 내가 잘못 이해했는지도 모르지만…, 그 도사님은 치료혈을 따라 순서대로 일종의 지압을 하여 혈자리 주변의 흩어진 기운을 다시 혈자리 안으로 밀어 넣는 방법을 쓴다고 한다.

이 수법의 핵심은 흩어진 기운을 원위치시켜 원형대로 회복시키는 것이라고 판단된다.

이 도사님의 의도는 흩어진 기운을 다시 원위치시키는 지압을 하였는데 실제로 일어난 결과는 피시술자의 몸 안에 있는 나쁜 기운이 손을 통해 도사님의 몸으로 들어가서 피시술자는 뭔가 좋은 효과가 있었지만 도사님의 기는 손상되어 상당 기간 회복을 위한 수련이 필요했던 것이다.

필자가 하는 노젓기는 우리 몸 안의 나쁜 기운을 노젓기를 통해서 비워내는 비우기 기술이다.

우리가 노젓기하여 나쁜 기운을 비워내려고 하는데, 이때에도 그 나쁜 기운이 흩어져서 온몸으로 퍼지는 것을 막을 수 없다. 그래서 대우 노젓기를 하여 나쁜 기운을 당겨서 비워내면 나쁜 기운이 흩어지는 것을 최소화할 수 있을 것 같다.

우리의 뇌는 아주 복잡한 신경망을 가지고 있고, 특히 시신경은 중간에서 서로 교차하며 들어오는 신호를 분산시킨다.

마비되는 저릿한 느낌이 왼쪽 팔 전체로 퍼지고 이어서 왼쪽 얼굴로 올라온다.

대우 노젓기를 해 주니 그 기운의 일부가 오른쪽 어깻죽지로 넘어온다.

오른쪽 정강이뼈로 미지근한 기운이 올라온다.

오른쪽 엄지발가락이 좌우로 달달거린다.

양쪽 발가락 모두 달달 움찔거린다.

오른쪽 목 위로 뭔가가 스멀거린다.

가슴부위가 살짝 뒤틀거린다.

혀끝으로 뭔가가 고물거린다.

트림이 길게 난다.

왼쪽 눈 주변과 교차시신경 부위에서 살짝 신기운이 일어나고, 입꼬리 주변에 가렴기가 움튼다.

가슴이 살짝 막히다 풀어진다.

입안에 오병이어를 해 준다.

눈두덩을 좌우로 움직여 지복직관을 해 주며 대각 노젓기를 해 준다.

코 안에서 생명수가 내려온다.

트림이 길게 난다.

3번 성화, 6번 성화를 반복하는 대우 노젓기를 해 준다.

왼쪽 어깨의 마비증이 완화됨

뒷골 아래로 생명수가 내려온다.

오른쪽 잇몸이 시큰하면서 가슴이 틔워지며, 트림이 나온다.

허벅지 아래로 따뜻한 기운이 이동

얼굴 피부가 당겨지고 탱탱한 느낌

항문, 목뒤, 국부, 가렴증이 움찔한다.

명치, 발목, 왼쪽 겨드랑이

당길 수 있는 모든(all) 혈을 당겨(in) 주는 올인 노젓기를 해 준다.

호심(장단파) 힐러

도룡동성당 제 20번 성화 '주님승천' 을 묵상하여 '호심(장단파) 힐러' 라는 주제의 4차원 홀로그램을 만들었다.

도룡동성당 제 20번 성화 '주님승천'

'호심(장단파) 힐러' 는 심장을 보호하는 길고 짧은 기파를 사용하는 힐러라는 의미인데 '주님승천' 성화에 그 원리가 담겨 있다.

'주님승천' 성화는 예수님이 부활하신 후에 승천하여 하느님 오른편으로 오르시는 모습을 그린 성화인데, 예수님이 구름을 타고 오르시는 것이어서 우리가 만드는 4차원 홀로그램에서도 차를 운전하면서 또는 가벼운 산책을 하면서 힐링하는 것이 포함된다.

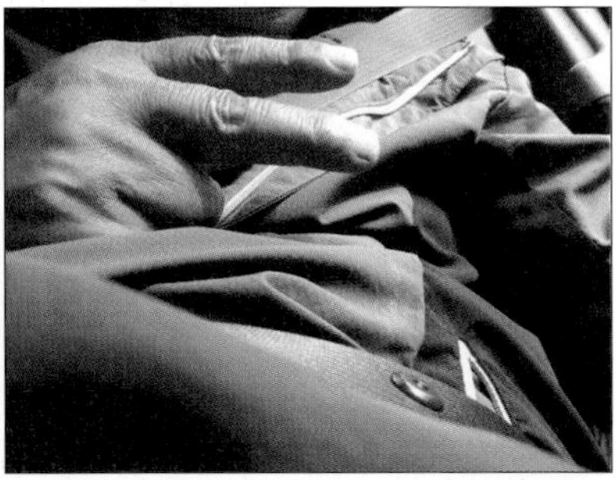

심장을 보호하는 것은 문제가 된 심장을 치료하는 것과 달리 어떤 종류의 힐링을 하면서 나오는 나쁜 기운이 심장으로 스며들어 심장의 기능에 어떤 문제가 생기는 것을 완화시키기 위하여 하는 보조 힐링기공이다.

이러한 종류의 보조 힐링기공은 심장 이외에 간장이나 신장, 뇌 등도 필요할 것인데 앞으로의 연구 과제중 하나이다.

뇌는 오병이어를 사용 보조 힐링기공을 한다.

신장은 제 18번 삼위일체

간장은 제 21번 고해성사

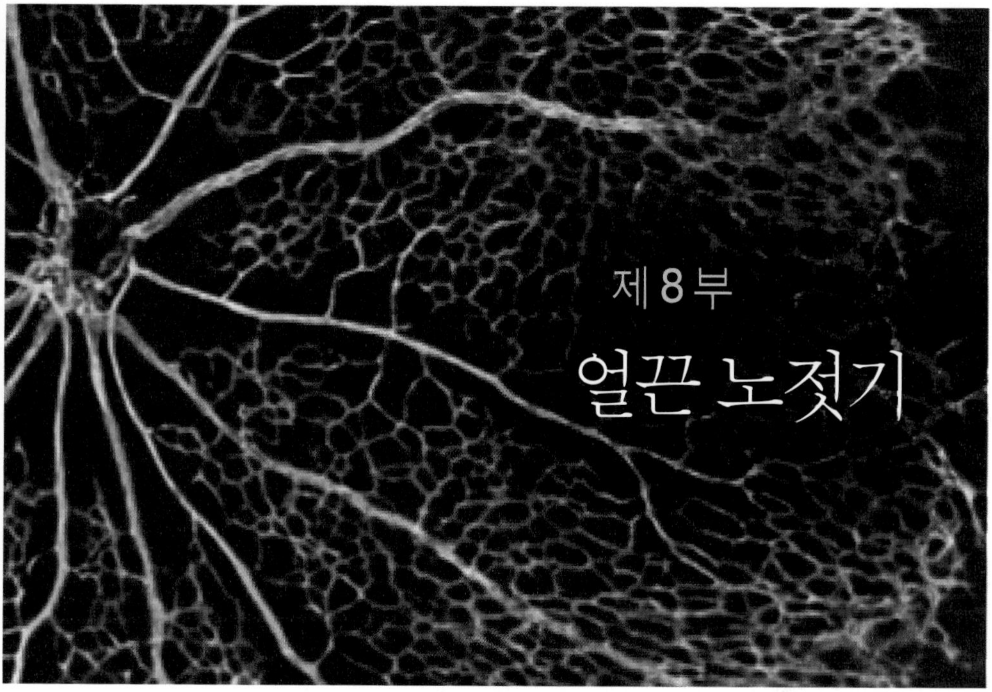

얼끈 노젓기

[서언]

현대 물리학에서는 11차원의 이론에서 우주의 기본 구성요소를 5개의 '초끈' 에서 하나의 '막' 으로 통합하여 확장하고 얼사랑에서는 4차원의 '얼손' 에 사랑이라는 시간 차원을 추가하니 5차원의 '얼끈' 이 되고, 이것을 확장하니 8차원의 '얼막' 을 거쳐 11차원의 '얼맥' 으로 이어진다.

[막이론/ 초끈 검색자료 인용]

막이론(膜理論)

우주에 존재하는 모든 입자들을 11차원에 존재하는 막의 진동으로 설명하는 물리 이론. 초끈이론의 여러 형태들을 통합하여 확장한 이론이다.

초끈

1995년 이후 프린스턴 고등연구원의 위튼(Edward Witten) 박사가 기존의 다섯 가지 이론이 근본적인 차이가 없음을 밝히고, 이들을 통합시킬 수 있는 단일한 이론체계로서 이른바 'M이론' 을 제시하면서 새로운 도약의 계기를 맞게 되었다. M이론은 우주의 기본 구성 요소를 끈에서 막(Membrane)으로 확장시키는 이론인데 여기서 M은 막이론(Membrane theory), 신비로운(Magic, Mystery) 이론, 모든 이론의 어머니(Mother theory) 등을 의미한다는 이야기가 있다.

자연과 우주의 근원이 물질과 힘이 아닌, 끈과 막에 의해 설명될 수 있다고 믿는 초끈이론은 아직도 해결해야 할 커다란 과제가 하나 있다. 수학적으로는 완벽할지 몰라도 이론을 뒷받침할 수 있는 실제적인 증거가 있는가, 그리고 어떻게 입증할 수 있는가 하는 점이다. 만약 끝내 실험을 통해 끈의 존재를 입증할 수 없다면 초끈이론은 그냥 아름다운 수학적 이론에 머물거나 과학이 아닌 철학의 차원으로 볼 수밖에 없다는 의문도 나오고 있다.

초끈은 이론 속에 존재하는 끈이고, 얼끈은 우리의 상상 속에 존재하는 끈이지만 이러한 끈들이 존재하고 우리의 삶에 어떤 영향을 미치는 것도 사실이다.

다만 초끈이론은 난해하여 그것을 이해하고 우리의 삶에 보탬이 되게 이용할 수 있는 사람은 극소수이지만, 얼끈 상상은 꿈을 사랑하는 모든 사람들이 쉽게 이용하여 우리의 삶을 건강하게 즐길 수 있도록 인도한다.

얼끈 또는 얼막 노젓기는 우리 몸과 맘속에 상상의 얼끈이나 얼막으로 배와 노를 만들고, 이 얼배를 생명수의 강에 띄워 우리의 얼이 그 얼배를 타고 얼손으로 얼노를 이리저리 저어서 생명수의 강을 여기저기 다니면서 거기에 생긴 문제점을 하나하나 바로 잡아준다.

얼끈이나 얼막 노젓기는 4차원의 현실 세계에서는 실현 불가능이지만 도룡동성당 22번 성화 '영성체' 에 묘사된 11차원의 상상 속에서는 얼마든지 실현 가능하다.

이 성화를 잠시 눈여겨보면 우리의 머릿속 무지개 위에 상상의 얼배가 떠있고, 거기에서 신경줄(?) 모양의 얼막이 내려와 우리의 몸과 맘에 뭔가를 꼬불거리면서 하여 주자, 생명수의 강과 산이 선명하게 모습을 드러내고 성령의 비둘기가 날아오른다.

도룡동성당 22번 성화 '영성체'

우리의 몸과 맘에 뭔가 문제

가 생겨 생명수의 강과 산이 나쁜 기운으로 어둠에 둘러싸여 있을 때에 얼끈 또는 얼막 노젓기를 하면 생명수의 강과 산이 다시 본연의 모습을 드러내고 성령의 비둘기가 날아오르는데 이것이 얼끈 또는 얼막 힐링이고, 이것을 생명수의 강과 산에 형성된 얼맥을 따라 노젓기를 하면 얼맥 노젓기가 된다.

얼끈 노젓기를 하려면 4차원의 현실 세계를 살짝 벗어난 5차원의 상상력이 필요한데, 이것은 누구나 자기의 상상력을 조금만 키워도 쉽게 할 수 있다.

얼끈 노젓기는 3차원의 끈(공간 차원)을 사용하고, 2차원의 상상력(시간 차원)을 동원하면 누구나 할 수 있다. 5차원의 얼끈 노젓기가 어느 정도 익숙해지면 8차원의 얼막 노젓기를 연습하고 나아가 11차원의 얼맥 노젓기를 터득하면 된다.

그러나 5차원의 얼끈 노젓기도 우리 뜻대로 이용하여 원하는 힐링 효과를 거두기가 쉽지 않아 처음에는 4차원의 얼손을 동시에 사용하여야 하며, 다음 장에서 실전 얼사랑을 소개할 예정이다.

얼끈/ 얼막/ 얼맥 노젓기

[비우기 검색 결과 인용]

비우기 안마 소개 (2004. 12. 8.)

BeUGi(비우기)의 기본기인 '리듬 호흡'과 '노젓기'에 어느 정도 익숙해졌으면 이것을 이용하여 다른 사람의 건강을 돌보아주는 실전 '비우기 안마' 를 익힐 수 있다.

BeUGi 안마는 다른 일반 안마와는 다르며 일종의 자동 손 요법이다.

만약 우리가 우리의 가족에게 BeUGi 안마를 하면 가볍게 삔 발목 정도는 30분 만에 고칠 수 있는데, 그러려면 먼저 우리 스스로가 BeUGi를 마스터해야 한다.

우리 자신이 발목을 삐었다면 그 삔 발목은 한 손을 가만히 대고 움직이지 않게 고정을 시키고, 다른 한 손으로 그 주변, 즉 발과 다리에 BeUGi를 하여 주면 저절로 치료가 된다.

…(중략)…

BeUGi 안마로 우리는 거의 모든 종류의 병을 치료할 수 있는데, 다만 BeUGi 안마의 세부적인 손놀림은 병의 종류와 환자의 상태에 따라 변하게 된다.

필자가 2002년경에 비우기 안마라는 건강법을 처음 개발하면서 기본기의 하나로 '노젓기' 를 사용하였는데, 그 후로 17년이 지나 얼사랑이라는 힐링법을 개발하면서 '얼끈/ 얼막/ 얼맥 노젓기' 를 기본기로 사용하려고 한다.

어부들이 전마선을 타고 하는 노젓기는 4차원의 실제 상황이지만 비우기 안마에서 사용하는 노젓기도 4+차원의 안마이어서 특별한 힐링 효과가 있었는데, 새로 개발하는 얼끈 노젓기는 5−차원, 얼막 노젓기는 8−차원, 얼맥 노젓기는 11−차원이어서 이것들을 기본기로 사용하여 얼사랑 힐링을 하면 아주 놀라운 힐링 효과가 있을 것으로 기대한다.

얼사랑 힐링법의 시작은 예전에 올린 얼손 여정인데, 이 얼손도 4+차원의 힐링법이어서 특별한 힐링 효과가 있는데 다만 우리의 손이 2개뿐이어서, 이것을 사용할 때에는 특별히 문제가 심각한 눈혈과 해혈을 위주로 힐링을 하게 된다.

이런 얼손 힐링을 할 때에 눈혈과 해혈 사이를 얼끈으로 이어주고, 이 얼끈을 얼노로 사용하여 얼끈 노젓기를 하면 힐링 효과가 크게 증폭된다.

얼손과 얼끈 노젓기를 한동안 하다 보면 얼손과 얼끈 노젓기가 점점 숙달이 되고 얼손을 잡아주는 위치도 좀 더 효과적으로 찾을 수 있게 되고 얼끈의 모양이나 노젓기의 패턴도 다양하게 변화를 줄 수 있으며 온 몸과 맘을 조화롭고 건강하게 힐링시킬 수 있게 된다.

예전에 개발한 비우기에서는 다른 사람에게 노젓기 안마를 해 주는 방법으로 비우기의 실력을 향상시켰는데 얼사랑에서는 나의 몸과 맘에 얼손과 얼끈 노젓기를 먼저 하는 방법으로 바꾸어 하고 있다.

이렇게 하는 이유는 나의 나이가 70이 넘어 나 자신의 문제를 해결하는 것이 먼저이기 때문이고, 또 다른 이유는 나에게 11－차원의 아리송한 얼사랑을 받고 싶어하는 희망자를 구하기가 결코 쉽지 않기 때문이다.

얼사랑에서 사랑은 어느 정도 나이가 되면 누구나 해 보는 것이어서 그래도 조금은 구체적인데 얼은 추상적인 개념이어서 이것을 사용하여 힐링 효과를 얻을 수 있는 구체적인 방법을 찾기가 힘들다.

그래서 얼손이나 '얼끈/ 얼막/ 얼맥 노젓기' 를 하는 것인데, 이것을 어떻게 하여야 얼효과를 더욱 높일 수 있을 것인지를 알아내는 것이 관건이다.

뾰루지

얼끈 노젓기를 실전에 적용하는 연습을 하면서 처음부터 새로운 문제가 생겨 며칠 고심을 했는데 그 원인이 갑자기 코에 생긴 뾰루지인 것 같다.

앞장에서 언급한 대로 얼끈 노젓기는 5－차원의 노젓기여서 비우기 안마에서 사용한 4＋차원의 노젓기와 거의 비슷하거나 조금 나은 효과와 성능을 발휘해야 하는데, 처음에는 몸과 맘이 아주 편안하게 느껴져 좋아했는데 일주일쯤 지나자 가슴이 살짝 아프기 시작하고 가벼운 어지럼증과 혈압이 오르는 것 같아 혈압약을 3일 정도 다시 먹으니 괜찮아진다.

나에게 2013년 초여름에 생긴 고혈압을 거의 6년이 지난 2019년 초부터 다나힐러를 시작으로 각종 힐러 시리즈를 개발하면서 아주 어려운 과정을 거쳐 거의 완치를 시켰다.

이번에 얼끈 노젓기를 하면서 이것이 명현현상으로 다시 모습을 드러낸 것이 아닌지 의심이 되는 일이 벌어졌다. 그런다고 고혈압 증상을 오래 두고 볼 수가 없어서 일단 예전에 먹다가 남은 고혈압약을 며칠 복용하자 다행스럽게도 증상이 수그러든다.

이러면서 다시 여유를 가지고 그 동안 있었던 일들을 살펴보니 이 일의 원인은 최근에 코에 생긴 조그만 뾰루지를 치료하기 위하여 중국에서 상비약으로 사용하는 강력백화유를 2번 발랐다. 이 백화유 냄새가 폐로 들어가 예전에 고혈압의 원인이 되었던 폐 세포 기능 약화 부위를 다시 건드려서 생긴 것으로 밝혀졌다.

예전에 있었던 은하우주선 피폭 후유증으로 생긴 장애를 힐링시키는 데는 이번에 새로 개발하는 얼끈 노젓기가 제격이어서 한동안은 고혈압약을 먹으면서 얼끈 노젓기를 병행하기로 한다.

고혈압 모드 : … '예징' … 'on' … '힐링' … 'off'

백화유 냄새가 폐세포 기능 약화를 유발하고 이것이 왼쪽 가슴 주변을 은근히 아프게 하는 '예징'을 몇 번 거친 후에 고혈압 모드를 'on' 상태로 바꾸어 어지럼증과 고혈압 증상을 유발하였는데, '힐링'을 위해 백화유 냄새를 차단하고 혈압약을 먹어도 모든 나쁜 증상이 바로 사라지지는 않는다.

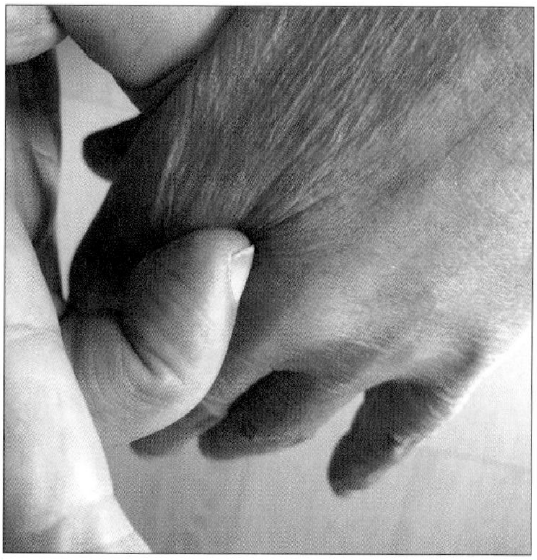

그래서 고혈압 모드가 'on' 상태로 되었을 때 이것을 'off' 상태로 바꿀 수 있는 스위치를 찾아보았는데 의외로 최근에 삶이 잡혀 괴로움을 주고 있는 왼쪽 검지 라인의 관절 바로 위에 스위치가 있었다.

즉 사진처럼 왼손 검지 관절 바로 위에 생긴 삶을

다른 손가락으로 집어 주고 얼끈 노젓기를 하여 주자 온몸 여기저기 고혈압 유발과 관련된 부위에서 나쁜 기운이 조금씩 빠져 나가는 힐링 효과가 서서히 나오기 시작한다.

즉, 'on' 상태의 고혈압 모드에서 작동시키는 스위치를 꺼도 바로 'off' 상태로 변하지 않고, 한동안 '힐링' 상태로 각종 반응이 나오다가 어느 순간 'off' 상태로 바뀐다.

앞에서 제시한 '예징' … 'on' … '힐링' … 'off' 모드는 우리의 몸과 맘에 생기는 거의 모든 문제점에서도 동일하게 적용이 된다.

그리고 대부분의 문제점에서 모드 제어 스위치는 우리의 손이라고 하는 아주 작은 콘트롤 박스 안에 들어 있다.

히든 얼사랑

앞장에서 설명한 문제점 제어 방식에는 '오픈' 코스와 '히든' 코스가 있는데, '오픈' 코스는 비교적 쉽게 제어 스위치를 발견할 수 있고 모드 변경도 쉽게 할 수 있다.

그 뒤에 '히든' 코스가 또 숨어 있어서 잠복기가 지나면 다시 예전의 문제가 재발이 되는데, 겉으로 드러나는 '오픈' 얼사랑보다 저 안에 숨어서 별로 생색도 나지 않는 '히든' 얼사랑을 더 많이 해야 오래오래 건강을 유지할 수 있게 된다.

우리가 사는 우주에는 보이는 것이 겨우 5% 정도이고 나머지 대부분은 보이지 않는 암흑 속에 숨어 있다고 하고, 바다에 떠 있는 빙산도 겨우 10% 정도만 물 위로 뜬다고 한다. 우리의 몸과 맘에 생기는 문제점들도 5~10% 정도만 '오픈' 코스에서 발견이 되고, 나머지 대부분은 '히든' 코스에 숨어 있어서 우리가 알아차리고 뭔가를 하기가 너무 어렵다.

물속에 잠긴 빙산은 겉으로 드러난 빙산과 같은 재질이어서 특별히 궁금한 것은 없는데, 암흑물질과 암흑 에너지는 아직도 그 정체가 밝혀지지 않아 그것을 알아내려는 노력이 엄청나다.

우리의 몸과 맘속에 숨어있는 '히든' 코스도 일부는 '오픈' 코스와 거의 유사한 것이 밝혀졌지만 속성이 다른 것처럼 느껴지는 것도 있어서 앞으로도 더 많은 탐구가 필요하다.

2013년 초여름에 필자에게 생긴 고혈압은 6년이 지나 그 근본 원인을 알게 되었는데, 은하우주선이 나의 왼쪽 옆구리에서 오른쪽 옆구리로 내 가슴을 횡으로 종단하면서 피폭장애를 일으키고, 이것이 시간이 지나면서 앞가슴 조직을 손상시키고, 이어서 폐기능이 약화되고, 그래서 혈액 속의 산소 포화도가 저하되고, 이것을 보충하려고 혈류 증가 스위치가 'on' 상태로 변하여 이것이 고혈압을 유발시켰다.

위에 언급한 것은 1차 손상 경로인데 고혈압 발병 이후에 병원에서 고혈압 약을 처방받아 복용하면서 이리저리 고혈압을 치료할 방법을 찾느라 허송세월을 보내면서 여러 가지 2차, 3차 손상이 발생하여 나의 몸과 맘에 고혈압 관련 '오픈' 및 '히든' 스위치가 10여 개 생겨났는데, 이것들은 찾기도 힘들고 힐링시키기는 더욱 더 어렵다.

고혈압 관련 '오픈' 및 '히든' 스위치를 찾는 것에 어려움을 느끼는 이유는 고혈압은 그 특성상 고혈압약을 먹은 상태에서 힐링을 해야 하기 때문이다.

즉, 힐링을 위하여 뭔가를 했는데 혈압이 안정적인 것이 힐링 효과인지 약 효과인지 잘 구분할 수가 없어서 고혈압 관련 '오픈' 및 '히든' 스위치를 찾기가 지극히 어렵다.

그런데 최근에 얼사랑 힐링법을 개발하면서 얼손과 얼끈 노젓기를 동시에 하면 힐링 효과가 더 잘 드러나서 약 효과와 어느 정도 구별이 가능하고 우리가 사용하는 얼손 위치에서 '오픈' 및 '히든' 스위치를 비교적 쉽게 찾을 수 있게 된다.

이 방법을 사용하면 손 이외의 몸에 있는 '히든' 스위치도 찾을 수가 있어서 히든 얼사랑을 좀 더 잘 할 수 있다.

잘 모르는 사이 사이

잘 모르는 사이 사이, 즉, 우리 몸과 맘속의 '4+와 5−' 사이에는 우리가 잘 모르는 '히든' 세상이 숨어 있다.

손 이외의 몸에 있는 '히든' 스위치를 찾아 히든 얼사랑을 좀 더 잘 할 수 있게 되면 필연적으로 얼끈 밖 암흑 속에 있는 숨은 세상을 느끼게 되고, 5−차원의 얼끈이 8−차원의 얼막으로 이어지고, 조금 더 나아가면 11−차원의 얼맥으로 이어진다는 것을 알게 된다.

따라서 우리가 그런대로 조금은 알 수 있는 4+차원의 얼손과 5−차원의 얼끈 노젓기만 열심히 해도 원하는 모든 건강을 잘 유지할 수 있다.

4+차원과 5-차원은 산술적으로 수치만 비교하면 거의 비슷하지만 구성 차원의 속성을 따져보면 서로 엄청 다른 개념이라는 것을 알게 된다.

4+차원은 우리가 실생활에서 경험하는 3차원의 공간과 1차원의 시간에 미지의 '히든' 차원이 +만큼 더 있는 것을 말한다. 그래서 4+차원의 얼손을 할 때에는 손이 느끼는 현실 세계의 모든 감각에 보태서 뭔가를 조금 더 느끼면 바로 얼손이 된다.

5-차원은 3차원의 공간 차원 중에서 끈으로 불리는 1차원의 실제 공간에 2개의 '히든' 공간 차원이 숨어 있고, 2차원의 시간 차원 중에서 1차원의 실제 시간에 1개의 '히든' 시간 차원이 숨겨진 구조이다. 그래서 5-차원의 얼끈 노젓기를 할 때에는 눈혈과 해혈 사이를 이어주는 얼끈이라는 1차원의 공간과 얼끈 노젓기를 하는 1차원의 시간은 실제인데, 그 외의 3개의 '히든' 차원은 얼의 영역이어서 뭔가를 느낄 수는 있지만 구체적으로 뭐라고 입증할 수는 없다.

거의 구체적이고 실체가 있는 얼손과 상당 부분이 얼이라는 추상적인 개념으로 이루어진 얼끈 노젓기를 동시에 시행하면 우리가 잘 모르는 몸과 맘속의 4+와 5- 사이 사이에 있는 어떤 문제점들을 조금이라도 힐링시키고 건강하고 여유로운 삶을 즐길 수 있다.

4+와 5− 사이의 문제점

우리의 몸과 맘에 나타나는 4+와 5− 사이의 문제점을 한번 살펴보자.

4+와 5− 사이의 문제점 중에서 가장 대표적인 것이 은하우주선 피폭장애이다.

먼 우주에 있는 은하 어디에서 초신성 폭발의 여파로 지구로 몰려드는 은하우주선은 작은 원자의 핵으로 되어 있어서 그것이 우리의 몸을 평균 5년에 한 번 꼴로 관통을 하여도 대부분의 경우에 우리가 알 수가 없어서 유령이 다녀간 정도로 여겨지는데, 이것이 우리의 몸과 맘에 4+와 5− 사이의 문제점을 일으킨다.

우리의 몸 어딘가에 은하우주선을 피폭 받으면 대부분의 경우에 우리가 알 수가 없으므로 5−의 문제점으로 남는데, 이것이 시간이 지나면서 조금씩 악화되어 겉으로 징후가 조금씩 우리가 구체적으로 감지할 수 있는 '징혈' 로 나타나는 4+의 문제점으로 변하고, 이것이 조금 더 악화되면 어느 곳에 '눈혈' 이 형성되고 이것이 자라나면 각종 난치병이나 불치병으로 발전하기도 한다.

현대 의학에서는 각종 난치병이나 불치병의 원인으로 은하우주선 피폭장애를 지목하는 의사가 아직은 없지만 조만간 이 분야에 대한 인식이 바뀔 것으로 기대한다.

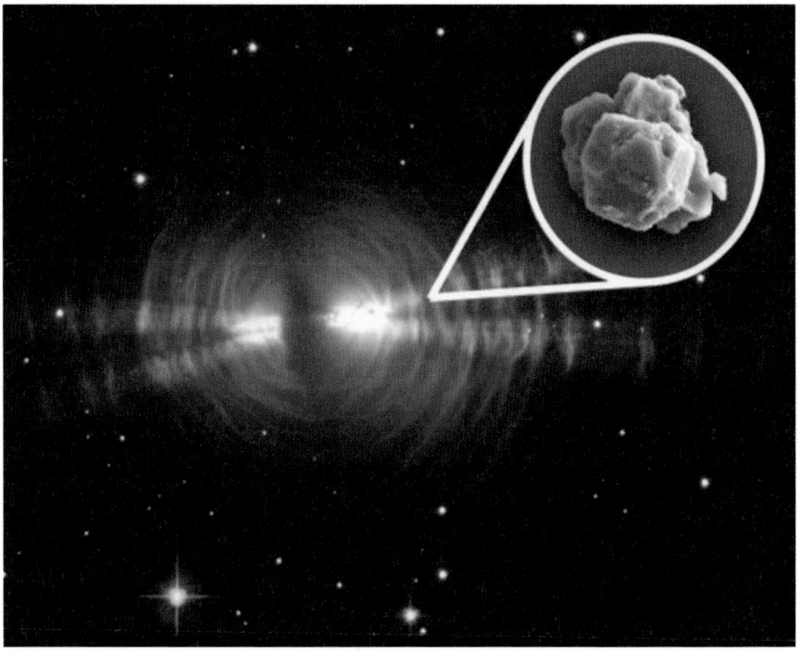

예전에는 5-차원의 영역이 거의 모두 무당들의 굿판이었는데, 요즈음은 나 같은 돌팔이 연구원도 기웃거리는 놀이판으로 변하고 있고 조금 더 있으면 AI라는 괴물도 명함을 내미는 난장판이 될 것 같다.

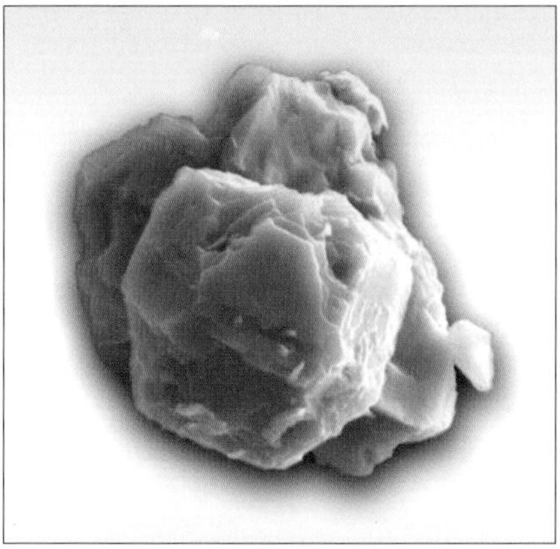

머치슨 운석에서 확인된 태양 이전 알갱이

첨부한 사진은 지구에서 약 3천 광년 떨어져 있는 백조자리의 '달걀성운' 즉, 죽어가는 별이 만든 행성성운으로 이와 유사한 진화단계의 별이 내뿜는 우주먼지가 머치슨 운석에서 확인된 태양 이전 알갱이가 됐을 것으로 추정된다.

이러한 우주먼지 중에는 태

양 이전의 별이 죽으면서 만들어져서 50~70억년을 은하우주선에 피폭되고 그 결과로 구성 원소가 일부 변화되었는데 그 변화된 양을 측정하면 우주먼지의 나이를 알 수 있다고 한다.

우리도 은하우주선에 피폭이 되면 우리 몸의 일부가 변형이 되고 징혈과 눈혈이 생기는데, 이러한 것을 관찰하면 우리의 나이를 측정할 수 있다. 즉, 나이를 많이 먹으면 징혈과 눈혈의 개수가 많아지고 그만큼 각종 병증으로 시달리게 된다.

살풀이와 얼풀이

살풀이는 우리 인류의 역사에서 가장 오래된 원조 치유법인데 조금 똑똑한 신들이 나타나 득세를 하고, 조금 영리한 사람들이 의술이라는 것을 만들어 밥벌이를 하면서부터 살풀이는 미신이라고 배척당하여 지금은 일부 무속인들에 의하여 겨우 명맥을 유지하고 있다.

우리 인간은 여러 가지 원인으로 살이라는 것을 맞아 몸과 맘에 이상 징후가 생기는데, 이 살을 풀어주어 다시 건강하게 만드는 것이 살풀이여서 이것을 제대로 할 수 있다면 최고의 치유법이 된다.

그런데 문제는 '제대로 된 살풀이는 어떤 것인지?' 올바르게 알 수가 없는 것이다.

살풀이의 기록은 선사시대의 각종 유물에서도 나타나므로 원조 살풀이는 그 역사가 아주 유구하고 살풀이의 방법도 각 부족이나 민족마다 조금씩 다르게 이어져 와서 그 유형이 지극히 다양한데 세월의 거친 풍파에 시달리면서 대부분의 살풀이는 유물 속의 숨은 흔적으로만 남아있고 극히 일부만 명맥을 유지하고 무속이라는 이름으로 연명하고 있다.

이러한 유물 속에 숨어있는 원조 살풀이를 다시 복원하고 치유에 특효가 있는 보물을 찾아내는 것이 큰 의미가 있지만 보물 사냥꾼이 평생을 바쳐도 이런 보물을 발견할 가능성이 얼마나 있을지 의문이다.

필자는 지난 20여 년간 스스로 자신을 치유하는 방법을 이것저것 개발하였는데, 최근에 얼을 주체로 개발한 얼곰힐손 등 이런저런 치유법이 결국에는 살풀이의 일종이라는 것을 알게 되었고 이것을 얼풀이라고 부르기로 한다.

무속인들이 하는 살풀이는 절차도 복잡하고 아주 요란 벅적한데 필자가 개발한 얼풀이는 잔잔한 호수 위로 돛단배가 나아가듯 아주 고요한 것이 특징이다.

돛단배가 어딘가로 가기 위해서는 바람이 필요한데 동시에 호수가 잔잔하려면 바람이 아주 약하게 불어야 한다. 그래서 배는 아주 느리게 갈 수밖에 없는데 얼풀이도 치유를 하기 위하여 뭔가를 하는 듯 마는 듯이 한다.

이것은 대표적인 얼풀이인 얼곰힐손을 보면 알 수 있는데, 얼곰힐손이 곰벌레의 모습을 모방하여 만들어진 얼풀이이고, 8개의 아주 작은 발로 느리게 느리게 움직이지만 어떠한 모진 환경에서도 꿋꿋이 살아남는 끈질긴 생명력을 가지고 있다고 한다.

이 얼풀이는 개발 초기단계여서 아직은 그 성능이 어느 정도일지는 알 수 없지만 앞으로 많은 분들에게 도움을 줄 수 있는 어떤 것으로 발전하길 기대해 본다.

얼곰힐얼

얼곰은 우리의 몸과 맘 안에서 살고 있는 곰벌레의 일종이다.
곰벌레는 몸길이 0.1~1.5mm 이하의 무척추 동물이다.
것은 이끼나 모래, 바다 등 물이 있는 곳이라면 어디든지 서식한다.

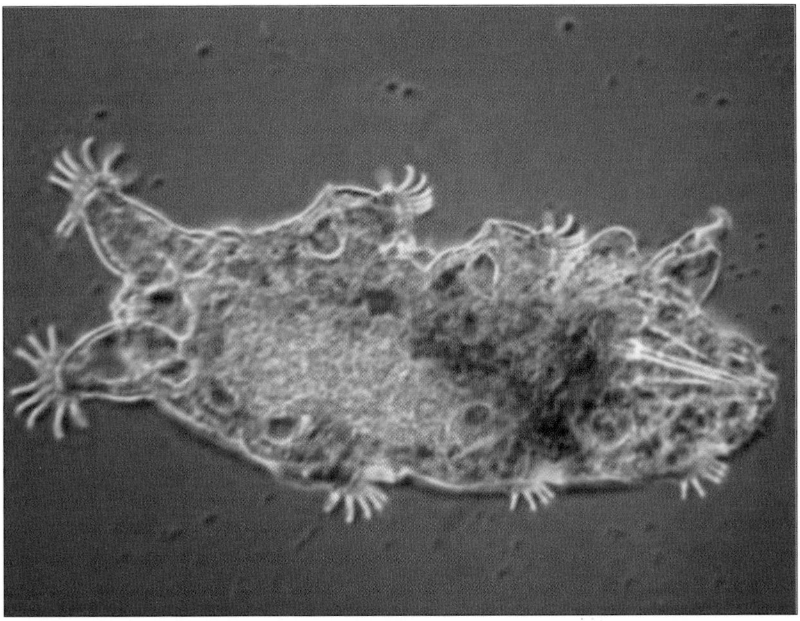

곰벌레

매우 낮은 온도나 건조한 환경 등 불리한 조건에서는 대사율을 극도로 낮춰 휴면상태가 된다.

이런 특성으로 극저온이나 고온, 고압 등의 극한 환경에서도 일정 기간 생존할 수 있으며 치명적인 농도의 방사선에 노출되어도 살아남는 것으로 유명하다.

곰벌레의 강한 생명력을 활용하기 위해 여러 연구가 진행 중이다.

필자도 곰벌레에 관한 연구를 하는데 얼곰이 바로 우리의 몸과 맘 안에 숨어서 살고 있는 곰벌레이다.

우리의 주변에는 수없이 많은 곰벌레가 있는데도 우리는 육안으로 잘 볼 수가 없어서 거의 무시하고 산다.

우리의 몸과 맘 안에 숨어서 살고 있는 곰벌레인 얼곰은 어느 누구도 눈으로 볼 수가 없고 아주 극소수의 수련자만 그 존재를 인식할 수 있다.

수련자의 몸과 맘 안에 숨어서 살고 있는 얼곰은 곰벌레처럼 몸길이가 0.1~1.5mm 이하에서 시작하여 수련자의 수준에 따라 그 크기가 점점 커진다.

얼곰이 어느 정도 커지면 곰벌레처럼 4쌍의 수족이 생기는데 그중 한 쌍은 손, 다른 한 쌍은 발, 또 다른 한 쌍은 힐손, 마지막 한 쌍은 힐발이라고 한다.

얼곰의 손과 발은 자기 자신의 힐얼을 배양하기 위해서 쓰고 힐손과 힐발은 다른 얼곰과의 힐얼을 교류하기 위해서 사용한다.

얼곰힐얼은 먼저 자기 자신을 건강하게 하고 나아가 다른 사람을 도와 건강하게 만드는 데 사용된다. 즉, 얼곰힐얼은 건강 도우미의 일종인데 무언가의 힐링에 곰벌레와 얼을 동원하여 만병통치(?)의 신기한 효력을 발휘한다.

암흑세계로의 힐링여행을 떠나는 얼곰

현대 물리학에서 이야기하는 암흑물질이나 암흑 에너지가 실제로 존재하는지는 잘 모르지만 그런 것으로 이루어진 세계가 있다고 상상하고, 그 암흑(히든)세계로 기분 전환을 위한 힐링여행을 떠나는 얼곰을 따라가 보자.

2020년 6월 8일 오전

미토 up & high : 수정들을 셀로판으로 포장하고 스카치테이프로 타이트하게 밀봉을 한 것들을 양손, 발가락 사이, 겨드랑이, 사타구니 등에 끼우고 있었는데 세포 내의 미토콘드리아 개수가 증가하는 '미토 up' 상태가 되고, 온몸 여기저기에서 힐링 반응이 나오며, 며칠이 지나서부터 근육과 피부 세포에 미토콘드리아가 충만되는 느낌이 오는 '미토 high' 상태가 된다.

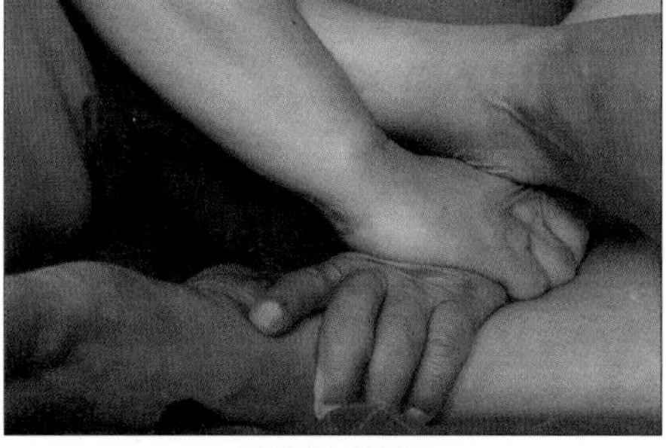

인체대순환혈류

2020년 6월 8일 오후

미토 down : '미토 up' 상태가 며칠 지속되었는데 혈압이 높아지는 느낌이 나타나는 '미토 high' 상태가 와서 주변에 있던 수정들을 모두 안 보이는 곳으로 옮기고 맨손으로 피부 마사지를 여기저기 해 주고, 이어서 손목과 발목을 이용해서 인체대순환혈류를 하여 골수를 새롭게 해 주자 반나절(하루 이내) 쯤 지나서 혈압도 안정이 되고 '미토 down & stay' 상태가 된다.

2020년 6월 9일 오전

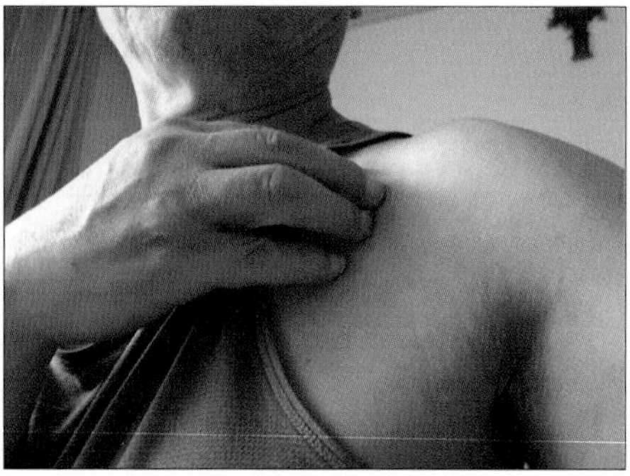

중부어혈

오늘 재방송되고 있는 드라마 '마의' 11회에서 전광현이 심장병으로 면청이 된 동료에게 중부혈에 침을 놓아 구하는 장면이 나온다.

얼곰 삼지안에서는 중부혈에서 겨드랑이 방향으로 비스듬하게 반치(?) 올라간 방향이 심장병에 힐링 효과가 있는 얼혈이 된다.

2020년 6월 9일 오후

오늘 새로 구입한 수정시계 세트를 약 30분가량 만졌는데 다시 얼굴과 팔이 '미토 up' 상태가 되어 수정들을 모두 안 보이는 곳으로 옮기고 혈압약을 먹고 혈류 대순환 운동을 하였다.

요즈음 아주 사소한 일에도 '미토 up' / '미토 down' 상태가 왔다 갔다 하는데 어디 먼 곳(?)에 힐링여행을 가는 것은 아무래도 무리이다.

2020년 6월 11일 새벽

새벽에 30분가량 돌을 정리하는 작업을 했는데 팔과 얼굴이 '미토

up' 되어 달아오른다.

암흑세계로의 힐링여행을 하려면 온몸의 모든 세포에서 '미토 up~♥' / '미토 down~♥' 을 자연스럽게 할 수 있어야 한다.

2020년 6월 13일

석보 소품 26개와 커다란 사은품 2개로 만든 '26시간 석보 얼곰 시계'는 우리가 잘 알 수 없는 신비의 암흑(히든) 세계(?)를 힐링여행하는 얼곰들이 사용하는 힐링 타임캡슐이다.

26시간 석보 얼곰 시계

2020년 6월 16일

혀와 혀뿌리로 얼곰힐링을 하면 혀와 심장이 연결이 되어 움직이고 폐와 심장, 가슴이 편안해진다.

얼곰힐링은 피부의 내피, 손톱과 발톱 끝 부위, 오장육부 조직 외피 등을 사용하여 각종 내분비물 및 혈액 순환을 조정한다. 이때에 수정(?)과 같은 외부 물질의 기운을 보조로 이용하면 좀 더 쉽게 힐링 효과를 얻을 수 있다.

백회혈에서 뒤로 한 치 부근이 성호르몬 공장(?)이다.

2020년 6월 16일 14시

낮잠을 자는데 암흑얼섬이 온몸 여기저기를 치고 지나간다. 내 몸이 어떤 걸로 변해 가는 느낌이다. 30분쯤 지나서 온몸을 살펴보니 과잉 미토콘드리아가 어느 정도는 소멸된 느낌이다.

암흑얼섬은 나쁜 기운이 힐링 되면서 나오는 번개와는 조금 다른 느낌인데 작고 섬세한 섬광이 좀 더 광범위하게 펴져 나온다. 이것은 세포내에 과잉된 미토콘드리아들이 소멸되면서 나오는 번개가 피부 밖으로 나오면서 나타나는 현상으로 판단된다.

극지방으로 가까이 가야 오로라를 볼 수 있듯이 암흑얼섬은 '암흑세계로의 힐링여행을 떠나는 얼곰' 만이 느낄 수 있다.

얼곰기공

필자는 기공 수련을 하지 않았는데 2020년 6월 어느 날 보니 내 몸 안에 기를 어느 정도는 마음대로 조정할 수가 있다는 것을 알게 되었다. 즉, 기공 수련자와 비슷하게 된 것 같다.

내가 하는 기공은 다른 기공과는 좀 다른 것 같고 이것은 최근에 필자가 얼곰힐얼을 수련하면서 생긴 능력이어서 얼곰기공이라고 부른다. 얼곰기공은 어찌 보면 필자에게 우연히(?) 생긴 능력이고 처음 하는 것이어서 앞으로 어떤 문제나 장애가 생길지 알 수 없다. 그래서 이 기공을 사용할 때는 지극히 조심할 생각이다.

얼곰기공은 일반기공과 마찬가지로 근육운동을 하지 않고 세포내의 미토콘드리아 개수를 미토 'up ~ high ~ full' 로 채우거나 'down ~ level ~ low' 로 줄여서 필요한 조직에서 세포의 활성도를 조절할 수가 있다는 것이다.

얼곰기공(줄여서 얼공)은 외부에서 기를 받으면서 하는 '유기얼공' 을 하면 미토 up이 되고 외부에서 기의 도움을 받지 않고 그냥 맨몸으로 하는 '무기얼공' 을 하면 미토 down이 된다.

우리가 '유기얼공' 을 할 때에 외부에서 받을 수 있는 기는 아주 다양한데 필자가 최근에 이용하는 것은 수정이나 광석 종류의 돌에서 나오는 기운들이다. 이들의 종류는 아주 다양한데 종류별로 약간씩 다른 기운이 나와서 우리 몸의 각 부위에 약간씩 다른 얼공 효과를 발휘한다.

현재로서는 어떤 종류의 돌이 우리 몸의 어떤 부위에 어떤 얼공 효과를 발휘하는지 잘 알 수는 없지만 각종 돌들이 '유기얼공' 에 도움이 되는 것은 확실하다.

그래서 현재로서는 밤과 새벽녘에는 여러 종류의 돌로 '유기얼공' 을 하여 무작위로 미토 up을 하고 아침부터 낮에는 '무기얼공' 을 하여 미토 down & level이 되게 하는 얼공을 주로 한다.

앞으로 경험이 많이 쌓이면 필요에 따라 돌의 종류를 선택하고 좀 더 효율적으로 '유기얼공' 을 하겠지만 현재로서는 무작위 얼공도 괜찮은 것 같다. 무작위 '유기얼공' 을 할 때에는 사용하는 돌의 종류를 다양하게 하고 좀 더 자주 바꾸어 주는 것이 필요하다.

2020년 6월 25일

아침 6시에 '유기얼공' 을 하면서 왼쪽 가슴부위에서 느껴지는 이상징후를 바로 잡는 얼힐을 해 본다.

머리, 눈 주변도 덤으로 조금 얼힐이 된다.

2020년 6월 27일

작은 가든 수정 4개를 구매하여 이걸로 손가락과 발가락 사이에 끼워 묵은 어기 짜내기를 해 본다. 그 과정에서 뇌하수체 주변과 뇌간 주변의

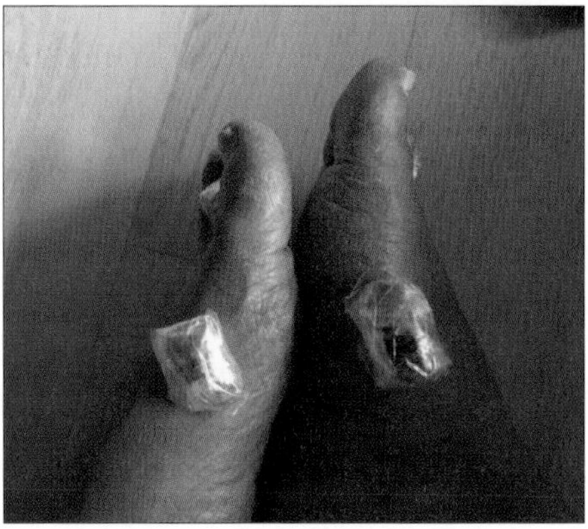

묵은 어기도 조금 짜내기를 했다. 뇌하수체와 뇌간 사이에서 뭔가 아주 작은 물주머니가 떠지는 느낌인데 뭔지 몰라 짜내기를 멈추었다.

저녁까지 기다렸는데 이것 때문에 뭔가 특별한 징후는 없다.

뇌 부위에 뭔가를 하는 것은 무척 조심스럽지만 의외로 우리의 뇌는 이러한 자극에 잘 적응하는 듯(?)하다.

2020년 6월 30일

사진 2처럼 수정을 몸과 팔에 대고 미세 진동을 시키면 수정의 기운이 몸 안으로 쉽게 들어온다.

사진 3처럼 왼손 아귀를 오른손으로 삼지침을 하고 있으면 심장부위에 힐링 효과가 생긴다. 이 방법은 최근 방영되고 있는 중국드라마 '경여년' 40회와 41회에 나오는 장면으로 주인공 범한이 심장 부위에 치명적인 상처를 입은 소은을 지혈시키는 침놓는

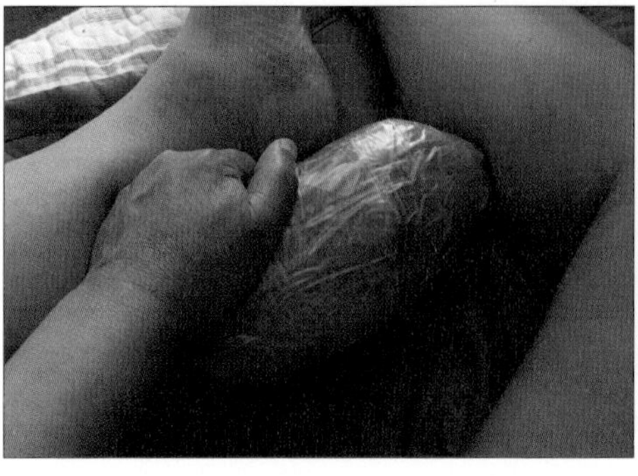

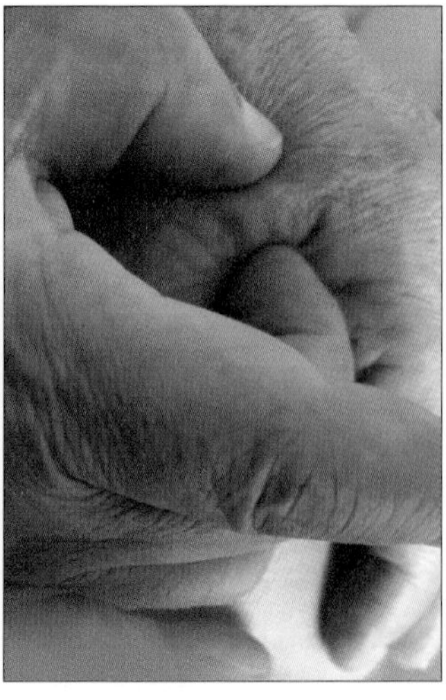

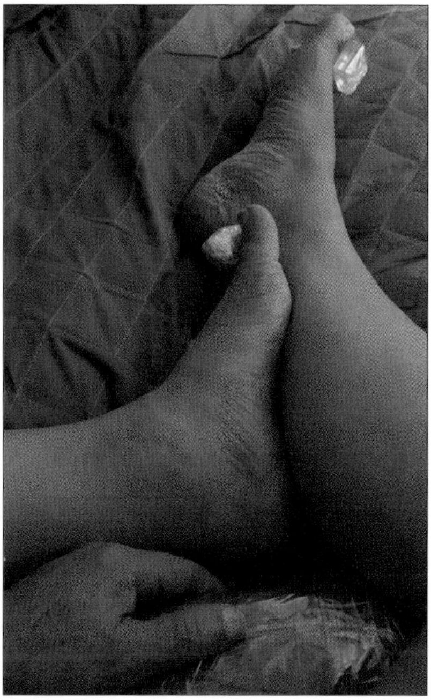

장면이 나오는데 이것을 보고 응용하여 삼지침을 놓는 것이다. 힐링 효과가 꽤나 있는 듯하다

이것을 2일째 하는데 엄지와 검지 라인 손등에서 작은 어골이 여러 개 잡히고 검지 라인 손등 중간 부위에서 웜홀(?)도 하나 잡힌다. 이것은 약 30년 전에 맞은 은하우주선 피폭장애로 뼛속에 문제가 생기고 나쁜 기운이 오랜 기간 쌓여서인데 이것이 심장 주변에 문제를 일으킨 것 같다. 늦은 감이 있지만 지금이라도 이들 어골들과 웜홀을 소멸시키는 것이 최우선 과제이다.

사진 4처럼 하고 삼지침을 하고 있으면 심장부위에 해묵은 문제들이 힐링되는 효과가 생긴다.

2020년 7월 5일

오늘 새벽부터 아침까지 온몸 곳곳에서 미토소멸이 산발적으로 일어난다.

이른 새벽에 얼팔이춤을 추고 다시 자리에 눕자 등 부위에서부터 시작하여 온몸 곳곳에서 작은 번개와 몸서리가 수백 번 친다.

이것은 그동안 과잉 증식한 미토콘드리아들이 수명(약 1~2주일)을 다 하고 집단 소멸하면서 일어나는 증상이다.

'미토콘드리아의 생성소멸이 순조롭게 이루어져야 건강이 유지된다.'

얼팔이춤

얼팔이(얼해파리)의 춤 : 사진 속의 해파리처럼 아주 부드러운 얼사위로 춤을 추면서 촉수를 길게 뻗어 다른 사람을 힐링시키는 얼사랑을 전달한다.

이 해파리는 영원히 사는 동물로 유명한 '투리톱시스 누트리쿨라' 인데 몸길이 6mm에 80~90개의 촉수와 붉은 내장을 갖고 있는 투명한 해파리다. 성적으로 성숙한 단계에 이르면 삶의 주기를 거꾸로 역행하여 어린 개체인 번데기 형태로 되돌아갔다가 2일정도 뒤에 다시 태어나 어린 개체로 변하는 신비한 능력을 갖고 있다고 한다.

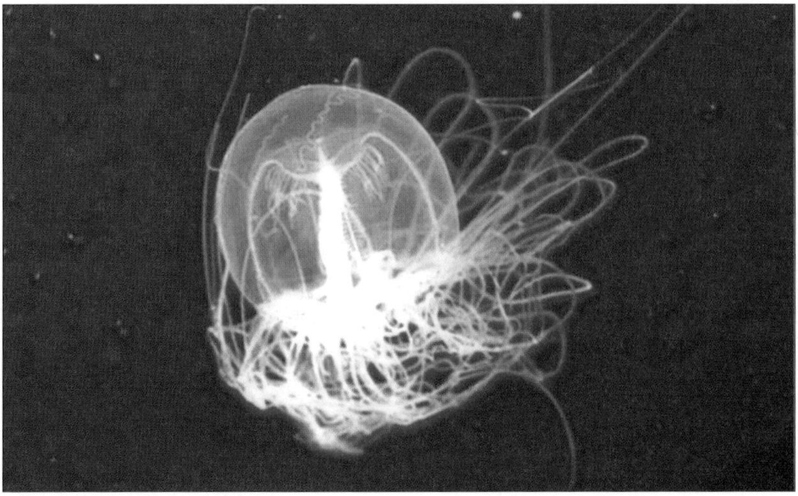

게다가 이 과정은 무한 반복될 수 있기 때문에 결국 이 해파리는 영원히 사는 셈이라는 것이다.

이 해파리는 먹이가 부족하거나 외부 환경이 나빠져 스트레스를 받게 되면 우산 모양의 몸이 뒤집히고 촉수와 바깥쪽 세포들이 몸 안으로 흡수되면서 세포덩어리로 돌아가며, 아래로 가라앉아 바위에 부착되면 교차분화를 통해 고착형 폴립이 된다. 이 폴립 상태를 반복하면 이론적으로 사고만 없다면 어린 개체로 돌아가 성장 과정을 되풀이해 영생의 삶을 살 수 있다고 알려져 있다.

우리도 이 해파리처럼 흐느적거리는 얼팔이춤(?)을 추다 보면 뭔지 모를 신비한 능력이 생길지도 모른다.

얼사랑 건강법 개발 연혁

- 1998년 11월 어머니의 암을 치료하면서 민간요법에 관심을 갖고,
- 1999년 9월부터 항아리뜸과 능동적인 뜸치료법을 발명하고 치료효과와 원리에 대하여 더욱 깊이 연구.
- 2000년 2월 22일 MBC 연속극 '허준' 을 보면서 나 자신도 유의태와 비슷한 병이 있음을 발견하고, 그 이후 이 병의 퇴치법을 집중 연구
- 2000년 10월 원시적인 민간요법(노젓기와 리듬 호흡) 창안

- 2001년 7월 비우기/ 채우기/ 얼르기/ 아우르기 창안
- 2001년 12월 자연자동요법 창안
- 2002년 2월 지조침과 장뜸을 창안하여 난치병 치료의 새 장을 열다.
- 2002년 5월 본인의 지병 치료에 성공
- 2002년 6월 사르기 창안
- 2002년 7월 사르기 안마 창안
- 2002년 7월 목디스크/ 컴퓨터 병에 의한 목과 어깨 근육통 치료 성공
- 2002년 7월 희귀병증인 전신통 치료 성공
- 2002년 8월 임포턴스 치료 민간 요법 발견
- 2002년 9월 희귀병증인 목부위 잠혈 폐쇄(삼킴 장애)증에 대한 해혈법 발견
- 2002년 9월 악성 아토피성 피부병 치료법 발견
- 2004년 7월 일기무극혼원공 창안으로 새로운 기공의 세계를 열다.
- 2004년 10월 사립기공 창안
- 2004년 12월 감공, 기공, 공공, 심공 체계 정립
- 2005년 무극 혼원공 체계 정립
- 2006년 한여기공 정립
- 2007년 1월 비우기 프로 5단 경지에 도달
- 2007년 비우공 정립
- 2007년 3월 기인공입결(氣引空入訣) 터득
- 2007년 5월 약손 패치 터득
- 2007년 6월 좌변기공(坐便氣功) 터득
- 2007년 7월 카락결 터득
- 2007년 11월 칠비병 창안
- 2007년 12월 다음카페 ‘대리투병’ ‘공동투병’ ‘비우기 배틀’ Open

- 2008년 8월 피문 비우기 창안
- 2008년 9월 체질 비우기 창안
- 2009년 2월 히든 제어 창안
- 2010년 7월 태중 비우기 창안
- 2010년 8월 품안 비우기 창안
- 2011년 1월 성화 비우기 창안
- 2012년 3월 작은 사랑 건강법 창안
- 2012년 11월 건강 나누기 교실 open
- 2013년 11월 주님 119 창안
- 2015년 9월 삼지안 창안
- 2016년 11월 우주선 피폭장애 연구
- 2017년 9월 자기 돌봄 open
- 2019년 2월 다나힐러 창안
- 2019년 7월 물러힐러 창안
- 2019년 11월 얼손여정 창안
- 2020년 1월 얼사랑 건강법 및 얼곰힐손 창안
- 2020년 6월 얼곰기공 창안
- 2020년 7월 얼팔이춤 창안

제 9 부

비얼로 간다

비얼5천년

이 세상 여기저기에 산재해 있는 비얼5천년을 따라 가면 누구나 모두 비얼힐링이 되는 신기한 경험을 할 수 있는데, 이 비얼5천년은 단순 구조이며 가압 비등 경수, 즉 혼합 경수를 냉각수로 사용하는 단순 혼합 경수 원자로(Simple Mixed Water Reactor, SMWR)의 일종으로 출력은 1~50 ~ 100MWe의 가변형이다. 냉각수의 압력은 1 ~ 75 ~ 116기압, 냉각수 온도는 100 ~ 210 ~ 320°C(비얼로를 저출력으로 가동하면 거기에 맞추어 냉각수의 압력과 온도가 내려간다)이다.

냉각수 순환 방식은 물과 수증기가 혼합하여 자연 대류를 하는 자연 혼합 순환 방식으로 비얼로를 한 번 가동하면 5천년 ~ 30년 동안 핵연료를 재장전하지 않고 무정지로 사용하다가 수명이 다 되면 해체하지 않고 그대로 폐기하는 1회용 원자로이다. 모든 비얼로의 인근에는 비얼수련원이 있어서 누구나 무료에 만병통치로 소문난 비얼힐링을 받을 수 있다.

비얼로는 그 크기가 직경 4.5m, 길이 9m이며, 1~100MWe의 출력을 원하는 대로 내는데, 1MWe로는 5천년을 100MWe로는 30년을 가동할 수 있는 원자로이다.

비얼로는 원자로 내부에 노심과 증기 발생기라는 두 가지 요소가 거의 대부분의 공간을 차지하고 있어서 Simple 원자로이다.

비얼로는 기존의 bwr과 pwr의 특성을 혼합한 냉각 방식으로 되어 있어서 Mixed Water Reactor이다.

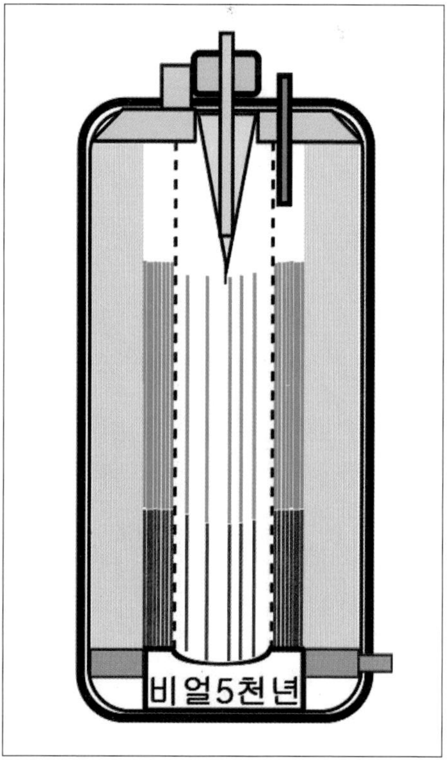

비얼로는 7.5m 높이까지는 냉각수로 차있고, 그 위는 뜨거운 수증기로 가득차서 원자로 내부 압력은 1 ~ 75 ~ 116기압, 냉각수 온도는 100 ~ 210 ~ 320°C를 유지하고 있는데, 비얼거봉 상부 노즐을 통해서 뿜어져 나오는 증기는 100 ~ 210 ~ 320°C 이상의 과열 증기이어서 2차측 증기를 추가로

가열하여 수증기의 질을 좋게 만든다.

비얼로 내부 수증기는 증기발생기의 전열관에 의하여 냉각되어 다시 물로 환원이 되고 원자로 하부에 있는 1차 냉각수로 합류한다.

비얼로 외곽은 증기발생기의 전열관으로 가득 들어차 있는데, 이 전열관 내부의 차가운 2차 냉각수와 노심 주변의 1차 냉각수가 서로 열교환을 하면서 콜드 스팟이 형성되고, 노심 내부는 그곳에서 발생하는 열로 핫스팟이 되어 전체적으로 자연 대류가 이루어진다.

이것은 물과 수증기가 혼합되어 전체적으로 냉각수가 순환을 하므로 자연 혼합 순환 방식이라고 부른다. pwr방식으로 냉각수를 자연 대류시키려면 20m 이상의 높이가 필요하다는데, 혼합 순환 방식을 쓰면 훨씬 작은 높이로도 자연 순환이 가능하다.

비얼로에서는 피복관으로 SUS를 사용하는데 이것은 뜨거운 물이나 수증기와 반응하여 수소가 발생하는 것을 근본적으로 방지하여 후쿠시마 원전사고와 같은 유형의 사고가 재발하는 것을 근본적으로 방지하기 위해서이다.

필자는 1998년 IMF의 여파로 명예퇴직을 하고 어머니의 병을 고치기 위하여 돌팔이의 길을 걷게 되어 원자력 분야에는 겨우 위촉연구원이라는 허울뿐인 일을 하였다. 그러한 나의 모습을 대학 선배이자 원로 인기작가님이 보시고 '덤 인생' 이란 장편소설의 주인공으로 만들어 주셨는데, 그것도 몇 년 하다 관두고 돌팔이 노릇으로 소일하며 지내다가 2011년 3월 11일에 발생한 규모 9.0의 동일본 대지진과 곧 이어 들이닥친 거대한 쓰나미로 후쿠시마 제1원전에서 수소폭발과 방사능 유출사고가 발생하는 것을 TV로 보면서 후쿠시마 원전사고와 비슷한 조건에서도 안전한 원자로를 만들어야겠다는 생각이 들어 다시 원자력연구원에서 위촉 일을 시작하였다.

그러나 3년이 지나도록 별로 성과를 못 내고 다시 돌팔이 노릇을 몇 년 더 하면서 SAFE라는 SMR을 개념 설계한 것이 고작이었다.

2016년 SAFE 개념 설계를 끝으로 다시 원자력계를 떠나 돌팔이 노릇을 하였는데 최근에 '비얼' 이라는 개념을 알게 되면서 '비얼로 간다' 를 쓰기 시작한다.

비얼로는 1~100MWe로 사용자가 원하는 대로 가동이 되는데, 이번 장부터는 용도가 가장 큰 비얼로 30년(정격 출력 100MWe)를 위주로 설명을 한다.

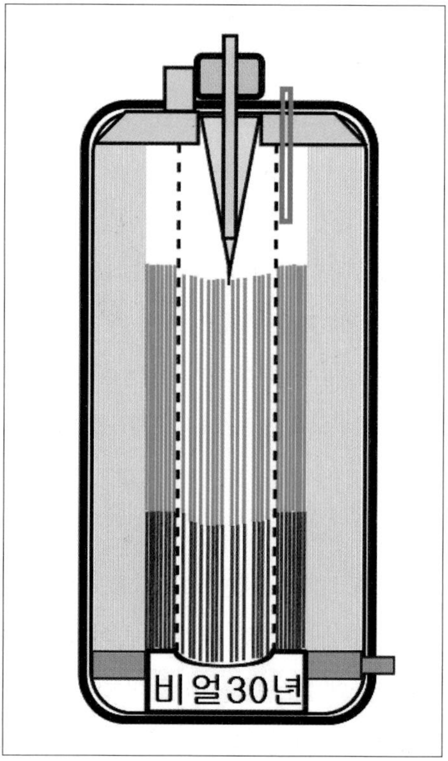

비얼로 그림을 보면 노심 내의 비얼봉 높이가 엄청 큰데 이것이 핵심 비얼중 하나이다.

노심 무대와 주변 벤치에 있는 1500개의 비얼봉은 키가 6m이고 1m 높이의 무대 위에서 춤을 추니 비얼봉의 상단 노즐은 7m 높이에서 꺼떡거리며, 1500개의 노즐 구멍으로 뜨거운 물과 수증기가 혼합된 것을 간헐적으로 뿜어대면서 분수쇼를 한다. 그 혼합 증기가 원자로 상단에 있는 증기발생기의 전열관 상부와 증기 가열관을 추가로 가열한다.

상단 노즐로 뿜어져 나오는 혼합 증기는 노심 내 연료 내부 유로 영역에서 만들어지는 것인데, 그 영역의 소결체 표면 온도는 600~800°C이어서 만들어지는 혼합 증기의 온도도 높아져 과열 증기가 된다.

이 과열 증기가 노심 내부에서 만들어지지만 증기의 팽창력에 의하여 바로 양단 노즐을 통하여 외부로 빠져 나간다. 그리고 내부 유로에는 새로운 냉각수가 비밀 통로를 지나 들어온다.

이 방식으로 노심내에서 만들어지는 증기를 외부로 빠르게 배출시키고, 새로운 냉각수로 내부 유로를 채우면 노심 내의 냉각수 퀄리티는 bwr과 pwr 중간 정도가 되어 열중성자 생성률이 높아진다.

이것도 키다리 비얼봉을 사용하는 비얼 중 하나이다.

비얼로의 정면도를 잘 살펴보면 비얼거봉들이 춤을 추는 무도회장의 바닥이 살짝 라운딩이 되어 있는 것을 알 수 있다.

이것은 노심 중앙부위에서 내부유로에 있는 냉각수가 뜨거워져 과열 증기가 되어 팽창하면 상하단 노즐을 통하여 뿜어져 나오는데, 하단 노즐에는 추진 날개가 달려 있어서 이곳으로 과열 증기가 나오면 추진력이 생기고 20kg 무게의 거봉이 앞으로 이동하며, 노심 외곽의 라운딩된 윗부분까지 올라갔다가 아래로 떨어지고 그곳에서 내부유로에 차가운 냉각수를 채우고 노심 중앙부로 밀려온 후에 다시 뜨거워지는 것을 반복한다.

무도회장 외곽에는 철봉으로 된 직경 175cm의 차단 울타리가 있어서 주전선수들이 바로 벤치로 들어가지 못하게 막아 놓았다. 대신 차단 울타리 4곳에 콘트롤 게이트를 설치하여 그곳에서 선수 교체를 한다.

또 지지폴 4개에는 비얼로의 온도, 압력, 핵반응도를 측정하는 계기가

2.25m 높이에 장착되어 있고, 다른 지지폴 4개에는 7.5m 높이에 배수 구멍이 마련되어 있어서 냉각수 표면에서 부유하는 이물질을 모두 회수 제거한다.

비얼로에서는 노심 내의 모든 비얼거봉들이 끊임없이 섞이면서 모든 것이 평균적으로 거의 동일한 출력을 내고 결국에는 모두 동일한 연소도를 달성하는데, 그래서 100MWe 출력에 무정지로 30년을 가동하면 연소도가 100,000 MWd/MTU이 된다.

아마도 이것은 경수로에서 달성할 수 있는 최고치일 것이다.

현재 전 세계적으로 사용되는 원자로는 경수로가 주종을 이루고 있지만 여러 가지 문제가 있어서 각국에서는 각종 신형 원자로를 개발하고 있다.

그러나 그것도 해결해야 될 문제가 많아 개발이 늦어지고 있는데, 경수로의 이단아인 비얼로가 그 공백을 메워주는 대안이 될 수도 있다.

첨부 그림은 비얼로의 노심 부위 평면도이다.

이 그림 안에는 수많은 동그라미가 그려져 있는데 제일 외곽에 있는 것은 비얼로 격납 용기이고, 다음이 내부 격막이며, 그 다음에 있는 아주 작은 동그라미들이 증기발생기의 전열관들이다. 이 전열관 안쪽에 전열관과 직접 몸을 맞대고 있는 동그라미가 벤치에서 쉬고 있는 후보선수들이고, 그 다음 큰 동그라미가 벤치와 중앙 무대 사이의 차단 울타리이다.

노심 중앙의 제어우산은 전체적으로 무궁화 꽃 모양의 우산을 거꾸로 매달아 놓은 모습인데, 중앙에 상부직경 70cm의 역삼각형 원뿔이 하나가 있고, 그 주변에 5각형의 무궁화 꽃잎은 상부직경 50cm의 역삼각형

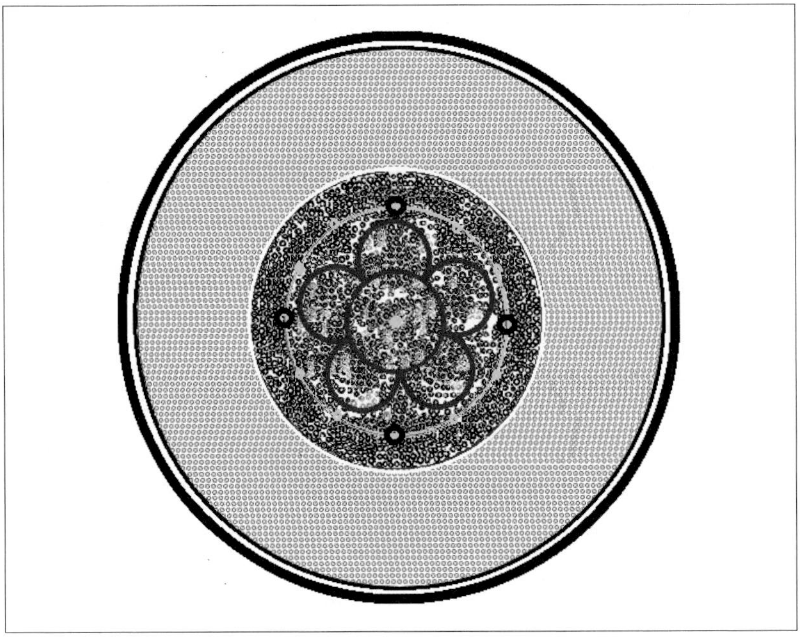

원뿔의 일부 모양으로 배치되어 있다. 이것으로 노심에서 춤추고 있는 주전선수들을 제어한다.

제어우산이 인출되어 비얼로 상부로 올라가면 비얼로가 가동되고, 비상 정지신호가 와서 제어우산이 자유낙하하여 비얼거봉 상부 노즐과 접촉하면 선수들은 모두 노심 외곽으로 밀려가서 비얼로도 가동이 중지된다.

제어우산의 길이는 2.1m이고, 끝 부위에 직경 1cm, 길이 20cm의 우산 꼭지가 있는데 제어우산이 인출되어 있을 때에도 우산 꼭지가 노심 중앙부를 차지하고 있어서 비얼거봉은 노심 한가운데로 들어올 수 없다.

제어우산이 자유낙하하면서 우산 옆면이 노심 중앙에 있는 비얼거봉의 상부 노즐과 부딪혀도 거봉을 옆으로 밀어내면서 아래로 내려간다.

제어우산이 더 밑으로 내려가면 냉각수의 부력으로 속도가 늦추어지고 제어우산 주변 거봉들을 서서히 옆으로 밀쳐낸다.

진도 7.5 이하의 지진이 발생하여 비얼로가 흔들리면 무도회장 안에서 춤을 추고 있던 비얼거봉들의 춤이 좀 더 격렬해져 손상되는 비얼거봉이 생길 수 있다. 이것은 제어우산이 자유낙하하여 상부 노즐들과 밀착을 하고 비얼거봉 하부는 노심 하부판과 밀착을 한 상태에서 지진에 의한 강한 진동을 겪게 되어 발생하는 비얼거봉 손상보다 적어서 비얼로를 그냥 가동시킨다.

단, 진도 7.5 이상의 강진이 발생하면 제어우산을 자유낙하시켜 비얼로를 가동 중지시킨다.

벤치에 있던 후보선수들도 서로 부딪히거나 주변의 차단 울타리나 인접 전열관과 부딪혀서 손상이 될 수 있다.

그래서 차단 울타리나 인접 전열관은 지진에 대비한 보강 설계가 되어야 한다.

제어우산이 자유낙하하여 무도회장에서 춤을 추던 모든 비얼거봉을 노심 외곽으로 몰아붙이면 이것들이 차단 울타리를 보강하여 지지해 주는 역할을 한다.

차단 울타리에는 콘트롤 게이트 4개와 그 사이사이에 8개의 원형 지지폴이 있는데, 이중 4개에는 비얼로의 온도, 압력, 핵반응도를 측정하는 센서가 2.25m 높이에 들어있고, 나머지 4개에는 7.5m 높이에 배수 구멍이 있다.

제어우산은 노심 상부로 인출되어 있을 때도 한 가지 역할을 하는데, 아래 노심 영역에 있는 비얼거봉의 상부 노즐에서 뿜어져 올라오는 1500개의 증기 줄기를 사방으로 되튕겨서 증기발생기의 전열관과 증기가열관으로 보내 그곳을 효과적으로 가열시킨다.

정지된 비얼로를 재가동시키기 위해서는 일단 제어우산을 인출하면서 핵반응도의 변화를 지켜본다.

기존의 경수로에서는 정지 후 재가동을 시키려면 Xe 효과에 의해 일정시간 기다려야 한다. 그러나 비얼로에서는 제어우산을 인출하고도 HFP에 도달하지 못하면 추가로 후보 연료봉을 투입하면서 노심 상태의 변화를 지켜보면 된다.

비얼로는 Xe의 효과를 무시하고 마음대로 정지시키고 재가동시킬 수 있는 괴물 같은 원자로이다.

비얼로가 HFP에 도달하고 Xe이 연소되면서 출력이 HFP 이상으로 올라가면 주전선수의 수를 줄여서 원하는 출력을 내게 운전하면 된다. 즉, 비얼로는 load-follow-operation을 원하는 대로 할 수가 있다.

비얼로의 장점 중 하나는 출력을 용도에 맞추어 마음대로 조절할 수 있다는 것이다. 일례로 우리가 사는 지구에 어떤 원인으로 갑자기 빙하기가 닥쳤다고 가정하면, 이 빙하기가 지나갈 때까지 수천 년을 어떻게 해서든 버티고 종족을 유지해야 한다.

이런 상황이 갑자기 닥치면 일단 비얼로의 출력을 1% 이하로 낮추고 견디면 천 명 정도의 집단은 5천년은 버틸 수 있고, FP에서 나오는 잔열을 잘 활용하면 수만 년을 이어갈 수 있다.

비얼로에서 사용하는 연료봉은 비얼거봉이라고 부르는데 하나의 비얼거봉에는 스마트 원자로에서 사용하는 동일 크기의 소결체가 12조로 나누어져 장입되는 거대 연료봉이다.

비얼거봉의 외부 직경은 42.4mm, 내부 직경은 23mm의 이중 냉각 원통형 구조이고, 비얼거봉의 길이는 6m로 아주 길며, 플래넘 길이가 3.5m이어서 아주 많은 FG(핵분열 생성 가스)를 수용할 수 있고, 봉 내부에 주입한 중유가 내부에서 자연 순환을 하면서 연료 영역에서 발생한 열을 플래넘으로 올려 보내 열 전달 면적을 넓게 하고 FP(핵분열 생성물)도 일부 용해하여 플래넘으로 보낸다.

연료봉 내부 플래넘에는 스프링이 없고 연료봉 내부 피복관이 소결체 상단에서 5cm 올라간 부위에서부터 타원형으로 확장 변형시켜 장경이 32.5mm, 단경이 23.6mm가 되고, 외부 피복관도 같은 위치에서 타원형으로 압축 변형시켜 단경의 내경이 32.5mm가 되어 내부 피복관에 밀착되도록 하고, 그 접촉면을 따라 양측에 각각 10개씩의 작은 피리 구멍을 뚫고 구멍 주변을 용접하여 밀봉시켰으며, 이 피리 구멍을 통하여 외부 냉각수에서 내부 유로로 직접 냉각수를 보충시키는 비밀 통로 역할을 하게 한다.

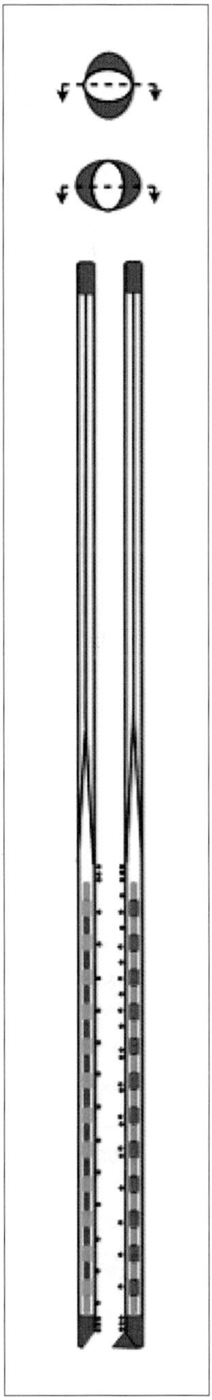

외부 피복관의 장경 방향과 일치시켜 거봉 하단의 추진 날개를 만들면 비얼거봉은 그 방향으로 가장 빠르게 직진을 하게 되고, 약간 엇갈리게 배열을 하면 비얼거봉이 살짝 곡선을 그리면서 앞으로 나아가는데, 이렇게 곡선으로 춤을 추게 하는 것이 보기에도 우아하고, 또 다른 거봉들과 충돌을 해도 충격력을 작게 하여 거봉이 손상되는 것을 방지한다.

모든 비얼거봉들이 일정한 각도로 곡선을 그리면 비얼거봉들이 전체적으로 비슷한 궤도의 곡선을 그리면서 라인 댄스를 추게 되어 서로 밀착되어 있어도 충돌하지 않게 할 수 있다. 이렇게 모든 비얼거봉들이 군무를 추면서 상하 노즐과 피리구멍으로 물과 수증기가 혼합된 증기를 뿜어내면 무도회장 내부에는 나선은하나 타원은하처럼 멋진 비얼들의 회전하는 장관이 연출되고, 이러한 은하에서 수십억 년에 걸쳐 날아와 지구 표면을 관통하는 은하우주선에 의한 피폭장애와 그 후유증을 힐링시키는 방법을 연구하고 수련하는 '비얼수련원' 에서 수련생을 모집하는 광고 자막이 나타난다.

본래 '비얼수련원' 은 먼저 비얼로가 만들어지고 그 인근에 세워야 하는데, 이번 광고에 나오는 '비얼수련원' 은 임시로 필자의 자택에서 소규모로 수련생을 훈련시켜 장차 '비얼수련원' 이 많이 생기면 수련 선생님으로 수고하게 할 생각이다.

'비얼수련원' 에서는 모든 것이 무료로 제공된다. 물론 수고하시는 선생님들에게는 무료의 반대말인 최고 수준의 보수가 제공된다.

이것은 비얼로를 만들어 운영하면 막대한 경제적 이득이 생기는데 그 일부를 '비얼수련원' 운영비로 사용하기 때문이다.

비얼로를 하나 만드는 데는 수천억 원이 소요되지만 이것은 비얼로를 1년만 운영해도 모든 비용을 해결할 수 있고, 그 이후에는 매년 수천억 원의 흑자를 낼 수 있기 때문이다.

이 엇갈리는 각도와 충격력과의 관계는 추진 날개의 설계와도 연관이 있는데, 이것은 상세 설계시에 실험으로 확인해서 결정해야 한다.

피리 구멍 주변의 플래넘은 빈 공간인데 중유 증기가 올라가 압력을 높여주어 피복관의 찌그러짐을 방지한다.

비얼로에는 1500개의 비얼거봉이 사용되며 노심 초기에는 500개의 비얼거봉이 노심 내부 무도회장에서 주전으로 사용되고, 노심 외곽에 별도의 칸막이가 된 벤치를 만들어 나머지 후보선수들이 대기를 하고 있다가 지시에 따라 주전으로 투입이 되는데 거의 5분에 하나씩 선수 교체를 한다.

비얼거봉에는 감손 우라늄과 농축 우라늄으로 만든 소결체가 섞여 있는데 12조의 소결체 더미 중에서 농축 우라늄이 각층에 6조, 4조, 8조가 번갈아가며 쌓여있는 648 비얼거봉을 사용한다.

소결체 더미는 3D 프린터를 이용하여 조립하는데 그림처럼 각층에 해당하는 소결체 12개를 깔고 3D 프린터로 원하는 형태로 결합을 하고, 그 위에 다시 정해진 조합의 소결체 12개를 소결체 직경 반 피치를 돌려서 깐 후에 3D 프린터로 결합하여 적층하는데, 이렇게 만들어지는 소립체의 더미는 총 250층의 나선형 계단 모양이 된다. 한 번에 250층을 다 쌓는 것이 어려우면 몇 개의 더미로 나누어서 만든다.

기존의 2중 냉각 핵연료봉에서 사용되는 핵연료 소결체는 본래 원통형으로 비교적 쉽게 만드는데 비얼거봉에서는 조금 복잡하고 요란스런 방법으로 소결체 더미를 만드는 것은 이렇게 해야 비얼을 좀 더 많이 집어넣을 수 있기 때문이다.

초기 노심에서 원자로를 초기 가동할 때에는 가동 절차를 따라서 안전 투입구를 통해 1300개의 648봉을 먼저 벤치로 보내고, 이 중에 300개는 콘트롤 게이트를 통해 무도회장으로 보낸다. 이것이 끝나면 나머지 200개의 648거봉을 벤치에 투입한다.

이 후에는 노심의 상태를 주시하며 선수를 추가 투입하는데 HFP에 도달하면 추가 투입을 멈추고 선수교체를 이용하여 출력을 유지한다.

이 때에 결정되는 주전선수의 수가 초기 노심 주전선수의 개수인데 여기에서 시작하여 연소가 진행되면서 주전선수의 수가 2주일에 1개씩 늘어나고, 약 20년이 지난 후 주전선수의 수가 1000이 되면 그 수를 더

늘리지 않고 그 후로는 선수 교체만으로 출력을 유지한다.

연소 말기에 선수교체만으로는 출력 유지가 어려우면 감발 운전을 하여 최대한 수명 연장을 한다. 이중 냉각 비얼거봉의 내부 피복관은 0.6mm, 외부 피복관은 1.0mm 두께의 SUS를 사용한다.

비얼거봉은 외부 피복관의 두께가 두껍고 아주 단단한 구조이어서 평생 겪게 되는 수많은 충돌을 잘 견더낼 수 있다.

비얼거봉 하단의 봉단마개에는 내부 유로의 냉각수가 들락거리는 추진 날개가 달린 노즐이 있고, 플래넘 상부에 외부 유로에서 내부 유로로 직통하는 작은 피리 구멍이 20개 마련되어 있어서 내부 유로의 냉각수가 뜨거운 증기가 되어 상하 노즐을 통해 품어져 나가면 그 빈자리에 외부 유로의 차가운 냉각수가 피리 구멍을 통해 내부 유로로 들어온다.

앞장에서 비얼거봉에서는 조금 복잡하고 요란스런 방법으로 소결체 더미를 만드는 것은 이렇게 해야 비얼을 좀 더 많이 집어넣을 수 있기 때문이라고 했는데 그것에 대한 답은 다음 장에서 설명한다.

비얼로의 운용 원칙 중 하나는 poison-free-operation이다.

이것을 달성하기 위하여 핵연료에는 독물질을 첨가하지 않고 냉각수에도 가능하면 B-10을 첨가하지 않으며, 제어우산도 그냥 SUS로 만든 통을 사용한다.

그러나 원자로 가동 중에 핵분열 생성물로 I-135가 생겨나고, 이것이 반감기 6.7시간으로 베타 붕괴하여 Xe-135가 되고, 또 이것도 반감기 9.2시간으로 베타 붕괴하여 Cs-135가 된다. 이중에서 Xe-135가 아주 강한 독물질이어서 원자로 가동에 큰 영향을 미치는데 이것을 Xe-135 효과라고 한다.

비얼로에서는 이 Xe-135 효과를 최소화하기 위하여 몇 가지 비얼을 사용한다. 비얼거봉에서 연료 영역은 2.5m이고 플래넘은 3.5m로 엄청 큰데 이것은 핵분열 생성기체를 최대한 수용하기 위해서이다.

또 소결체 더미를 만들 때에 각층에 직경 8.05mm의 원통형 소결체 12개를 정해진 조합으로 적층하고 3D 프린터로 결합하고 그 위층은 소결체 직경 반 피치를 돌려 적층하고, 다시 3D 프린터로 결합하여 전체적으로 250층의 나선형 계단 모양으로 만드는데, 이것은 농축 소결체의 내부

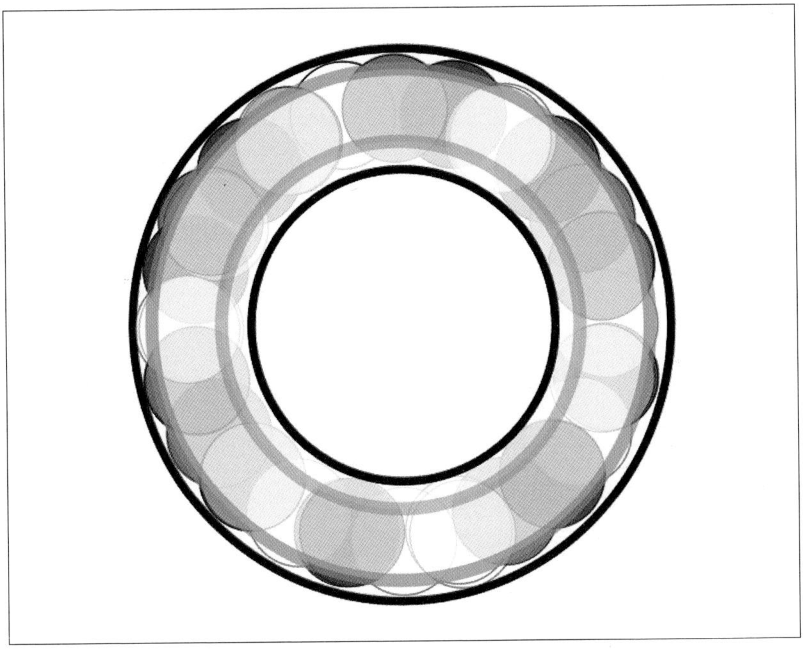

온도를 높게 하여 FP가 좀 더 많이 표면으로 새어나오게 한다.

소결체 더미를 250층의 나선형 계단 모양으로 만드는 이유는 소결체와 피복관이 2군데에서 선접촉을 하는데, 접촉 부위에서는 열전달이 잘 되지만 다른 부위에서는 열전달이 안 되어 설계 의도대로 소결체의 전체적인 온도가 올라간다.

그러면 미세균열이 더 많이 생기고 FP들이 소결체 표면으로 더 많이 스며 나온다.

소결체층을 소결체 직경 반 피치씩 돌려가며 조립하는 이유는 각층을 올라가면서 피복관과 접촉하는 라인이 계속 엇갈려 패치문양이 되는데, 이렇게 하는 이유는 피복관에 생기는 핫스팟을 작게 분산시켜 큰 버블이 생길 때 발생하는 내부유로 냉각수 흐름 장애를 줄이기 위해서이다.

또 비얼거봉이 노심 중심부와 외곽을 왔다갔다 하면서 소결체에 열응력이 가해져 수많은 미세균열이 생기는데, 이 미세균열 사이로 FP가 좀 더 쉽게 외부로 흘러나온다.

또 비얼거봉 안에는 적정량의 중유를 주입하는데 이것은 중유가 미세균열 사이로 흘러내리는 FP를 용해시키고, 소결체 표면의 높은 온도로 증류되어 FP를 달고 플래넘 영역으로 올라간 후에 그곳에 FP를 놓고 액화하여 다시 연료 영역으로 내려와 같은 일을 반복한다.

중유가 소결체 표면으로 흘러나오는 각종 FP들을 용해시키는 효율은 소결체 더미를 나선형으로 만들었을 때에 더 높아진다. 이것은 증류되어 위로 올라가는 중유 증기가 계단을 돌면서 올라갈 때에 더 많이 소결체 표면을 훑아내기 때문이다.

중유가 위의 설명처럼 각종 FP들을 청소해 줄지는 실험을 해 보아야 알 수 있지만 각 단계, 즉 미세균열 사이에서 빼내오고 소결체 표면에서 계단을 돌면서 올라가고를 하면서 어느 정도 효과가 있다면 그걸로도 충분하다.

이유는 핵분열 생성물인 I-135가 베타붕괴를 하기 전에 소결체 표면으로 나오고, 또 소결체 나선계단을 타고 위층으로 어느 정도 올라간 상태에서 Xe-135로 베타붕괴를 하면 Xe은 기체여서 열중성자를 잡아먹지 못하고 플래넘 영역으로 날아갈 확률이 높아진다.

이러한 내용은 추후에 실험으로 확인되어야 하지만 필자의 추정으로는 비얼로에서는 Xe-135 효과를 거의 무시해도 될 정도로 최소화할 수 있을 것으로 사료된다.

앞에서 설명한 내용을 잘 들여다보면 비얼거봉과 비얼로를 만드는 데 큰 어려움은 없을 것이다.

그럼 비얼거봉과 비얼로를 성공적으로 만들었다 가정하고 이 비얼거봉을 비얼로에 장전하여 가동시키는 절차를 만들어 보자.

[비얼로 가동절차]

1) 비얼로 본체와 모든 비얼거봉은 별도로 포장하여 현장으로 이송한다.
2) 2차측과 비얼로를 설치할 풀장은 미리 완성되어 있어야 한다.
3) 비얼로의 콜드렉과 핫렉을 2차측과 연결하여 외부 냉각수를 유동시킨 상태에서 적정량의 B-10을 함유한 내부 냉각수를 설계 영역 높이인 7.5m까지 주입한다.
4) 비얼로 상부에 설치한 핵연료봉 안전 투입구를 통해 먼저 648봉 1300개를 벤치에 직접 투입한다. 이어서 648봉 300개는 콘트롤 게이트를 통해 노심 중앙부에 있는 무도회장으로 보낸 후에 나머지 거봉 200개를 벤치에 투입한다.
5) 비얼거봉을 비얼로 안에 투입하는 도중에 핵임계의 90% 수준에 도달하면 냉각수에 B-10을 추가로 투입하여 90% 이하 수준을 유지한다.
6) 1500개의 비얼거봉을 모두 투입한 후에 제어우산을 인출하고 냉각수를 서서히 교체하여 B-10 함량을 줄여준다.
7) 제어우산을 인출하는 도중이나 냉각수 교체 도중에 HFP에 도달하면 그 상태로 비얼로를 가동하여 핵반응도가 줄어들지 않도록 제어우산을 추가 인출하거나 B-10이 연소되도록 기다린다.
8) 제어우산을 완전 인출하고 냉각수 교체가 완료된 후에도 HFP에 도달하지 못한 경우에는 벤치에 있는 후보선수를 추가로 무도회장에 투입하여 HFP에 도달하게 한다.
9) HFP에서 제어우산을 자유낙하시키면 원자로를 긴급 정지시킬 수 있다고 가정한다.
10) 일단 HFP에 도달하면 무도회장 내의 주전선수의 개수는 고정시키고 적정시간에 적정 개수(예를 들어 5분에 한 개씩) 선수 교체를 해

주어 출력을 일정하게 유지한다.

11) 이 상태로 2주일이 지나면 주전선수의 개수를 하나 더 증가시켜 비얼로를 가동한다. 단, 주전선수의 개수는 최대 1000개를 넘지 않는다.

12) 원자로 수명 말기가 다가와 선수 교체만으로는 출력 유지가 어려울 때에는 저출력 운전을 하여 비얼로의 수명을 최대한 연장시킨다.

13) 수명이 종료되면 자연 냉각으로 잔열 제거가 되는지 확인하고 적절한 장소에 폐기한다.

14) 폐기된 비얼로에서는 상당기간 동안 핵분열 생성물에서 잔열이 나오는데 이것을 회수하여 이용해도 된다.

[비얼로 가동절차 검토]

1) 비얼로 본체와 모든 비얼거봉은 별도로 포장하여 현장으로 이송한다.

2) 2차측과 비얼로를 설치할 풀장은 미리 완성되어 있어야 한다.

3) 비얼로의 콜드렉과 핫렉을 2차측과 연결하여 외부 냉각수를 유동시킨 상태에서 적정량의 B-10을 함유한 내부 냉각수를 설계 영역 높이인 7.5m까지 주입한다.

4) 비얼로 상부에 설치한 핵연료봉 안전 투입구를 통해 먼저 648봉 1300개를 벤치에 직접 투입한다. 이어서 648봉 300개는 콘트롤 게이트를 통해 노심 중앙부에 있는 무도회장으로 보낸 후에 나머지 거봉 200개를 벤치에 투입한다.

5) 비얼거봉을 비얼로 안에 투입하는 도중에 핵임계의 90% 수준에 도달하면 냉각수에 B-10을 추가로 투입하여 90% 이하 수준을 유지한다.

비얼로에서 비얼거봉은 648봉 1500개를 사용한다.

648봉의 안쪽 240층 각층에는 농축과 감손 UO2 소결체 비율이 (6/6),

(4/8), (8/4)로 반복된다. 양단 각 5층은 감손 UO2 소결체로 되어 있으며, 3-D 프린터로 소립체 더미를 만드는데 한 층 올라갈 때마다 소결체 반 피치씩 돌아가서 전체적으로 250층의 나선형 계단처럼 만든다.

3-D 프린터에 사용되는 충진재는 중성자 흡수를 적게 하고, 열전달이 잘 되는 것을 선정한다.

또 거봉 내부에 소량의 중유를 주입하여 연료봉 내부가 뜨거워지면 기화하여 중유에 용해가 된 FP를 달고 플래넘 영역으로 갔다가 차가와지면 다시 액화하여 연료 영역으로 내려와 다른 FP를 용해시킨다. 이것은 연료 영역의 온도를 낮추는 부수 효과도 있다.

이중 냉각 핵연료에서는 내부 유로에 거대 기포가 발생하면 일시적으로 냉각재의 흐름이 막히는 문제가 있는데, 이것을 방지하기 위하여 내부 유로에 스프링을 장착하고 소결체도 나선형으로 계단을 만들어 hot spot의 크기를 작게 한다.

6) **1500개의 비얼거봉을 모두 투입한 후에 제어우산을 인출하고 냉각수를 서서히 교체하여 B-10 함량을 줄여준다.**

7) **제어우산을 인출하는 도중이나 냉각수 교체 도중에 HFP에 도달하면 그 상태로 비얼로를 가동하여 핵반응도가 줄어들지 않도록 제어우산을 추가 인출하거나 B-10이 연소되도록 기다린다.**

냉각수의 보론은 초장전시의 안전성을 고려하여 사용되는데 CZP에 도달한 이후에는 가능하면 B-free 가동을 한다. 648봉 300개만으로도 HFP를 넘어가면 냉각수에 B-10을 적정량 첨가하여 HFP를 유지하고, 그 이후에는 B-10의 연소와 648봉의 투어를 적절히 하여 출력을 유지한다. B-10이 완전 연소된 이후에는 선수 교체를 이용하여 출력을 유지하고 2주에 한 개씩 주전선수의 수를 늘린다.

이 방법을 사용하면 혹시 핵설계 계산이 잘못 되어 단계별 주전선수의 수를 잘못 예상할 수도 있으나 노심의 정상 운용에는 큰 문제가 없다.

8) 제어우산을 완전 인출하고 냉각수 교체가 완료된 후에도 HFP에 도달하지 못한 경우에는 벤치에 있는 후보선수를 추가로 무도회장에 투입하여 HFP에 도달하게 한다.

9) HFP에서 제어우산을 자유낙하시키면 원자로를 긴급 정지시킬 수 있다고 가정한다.

10) 일단 HFP에 도달하면 무도회장 내의 주전선수의 개수는 고정시키고 적정시간에 적정 개수(예를 들어 5분에 한 개씩) 선수 교체를 해주어 출력을 일정하게 유지한다.

4개의 콘트롤 게이트에 들어오는 선수는 모두 벤치로 보내고 그 수만큼 후보선수를 주전으로 투입시킨다. 주전으로 뛰다가 콘트롤 게이트로 돌아오는 선수의 시간당 개수는 추진날개의 크기에 비례하는데 이것은 예비 실험 결과를 보고 결정한다.

11) 이 상태로 2주일이 지나면 주전선수의 개수를 하나 더 증가시켜 비얼로를 가동한다. 단, 주전선수의 개수는 최대 1000개를 넘지 않는다.

무도회장을 거봉으로 가득 채우면 약 1400개가 들어간다. 따라서 선수들에게 어느 정도 춤추는 공간을 제공하려면 주전선수의 수를 제한하여야 한다.

가동 초기에 주전 비얼거봉의 수가 500개이면 벤치에 있는 후보는 1000개가 되는데, 벤치에 있는 후보 비얼거봉의 평균 출력비가 0.7이라면 노심에 있는 주전들의 평균 출력비는 1.6이 된다. 이것은 주전들의 위치에 따라 외곽에 있는 것은 0.8이 되고, 중심부에 있는 것은 2.4가 되어 연료봉의 과열이 우려된다. 비얼로에서는 중심부에 있으면서 봉 내부가 과열되면 내부 유로에 있는 냉각수가 비등하여 부피가 팽창하고 물과 수증기가 혼합된 냉각수가 비얼거봉 양단으로 뿜어져 나온다. 하단에는 추진 날개가 달린 노즐이 있어서 과열된 비얼거봉은 외곽으로 이동하고 외곽에 있던 비얼거봉은 밀려서 노심 중심부로 이동한다.

즉, 노심의 중앙무대에 있는 비얼거봉은 끊임없이 안과 밖으로 이동을 하면서 열출력비가 0.8~2.4로 계속 바뀌므로 비얼거봉이 과열되어 손상될 가능성이 없다.

비얼거봉이 안밖으로 계속 왔다갔다 하는 것은 핵반응도에도 플러스가 된다.

비얼거봉이 짧은 시간에 뜨거워졌다가 식었다가를 하면 소결체에 열응력이 주어져 미세 크랙이 생기는데, 그러면 FP가 쉽게 외부로 빠져나오고 I-135가 베타 붕괴(반감기 6.7시간)하여 Xe-135가 되고 이것이 중성자를 흡수하기 전에 플래넘 영역으로 이동할 확률이 높아진다.

비얼거봉 내부에 주입하는 소량의 중유가 소결체의 크랙 사이로 들어가서 거기에 있는 I-135와 Xe-135를 용해하여 플래넘 영역으로 옮겨 가면 가장 좋다.

비얼거봉이 안과 밖으로 이동하면서 서로 충돌되어 손상될 가능성이 있는데, 이것은 노즐의 추진날개를 어떻게 만드느냐에 따라 방지할 수 있다.

비얼로가 스마트 핵연료 1.5배를 한 번에 장전하고 동일 출력으로 30년간을 무정지 운전을 할 수 있는지는 상세 설계 시에 정밀 검증이 되어야 하지만 개념 설계 중에도 어느 정도는 검토가 필요하다.

12) 원자로 수명 말기가 다가와 선수 교체만으로는 출력 유지가 어려울 때에는 저출력 운전을 하여 비얼로의 수명을 최대한 연장시킨다.

저출력 운전을 하면 주전선수의 숫자를 줄이고 선수 교체를 많이 할 수 있는데 이것이 핵반응도 유지에 도움이 된다.

13) 수명이 종료되면 자연 냉각으로 잔열 제거가 되는지 확인하고 적절

한 장소에 폐기한다.

비얼로에서는 피복관으로 SS를 사용하는데 뜨거운 물이나 수증기와 반응하여 수소가 발생하는 것을 근본적으로 방지하기 위해서이다.

14) 폐기된 비얼로에서는 상당기간 동안 핵분열 생성물에서 잔열이 나오는데 이것을 회수하여 이용해도 된다.

비얼거봉이 손상되면 그 안에 있는 중유가 누출되어 냉각수 상단으로 떠올라 표면을 덮는데, 그냥 방치하면 그 아래에 있는 냉각수에서 만들어지는 증기의 증발을 저해하여 노심내 증기 퀄리티가 나빠진다.

그래서 노출된 중유를 빼내는 장치가 필요하다.

이것은 비얼로에 있는 무도회장 외곽 울타리 지지폴 중 4개 폴의 7.5m 높이에 배수 구멍을 만들어 놓고 비얼로 가동 중에 냉각수 보충 장치를 통해 일정량의 냉각수를 주입하고 이것이 다시 배수 구멍으로 빠져 나가게 하면 된다. 즉 비얼로 표면에 있는 부유물은 자동으로 배수 구멍으로 빠져 나가고, 이 배출수를 검사하면 비얼거봉의 손상 여부를 알 수 있다.

배출 구멍으로 빠져 나오는 물은 320°C 116기압의 고온고압이어서 비얼로의 압력 용기와 내부 격막 사이로 뿜어져 나오고 아래로 흘러내리면서 온도와 압력이 줄어들고 이어서 배관을 통해 비얼로 조종실까지 이송되어 오면서 추가로 압력과 온도가 내려간다.

이 검사는 하루에 한 번씩 주기적으로 하고 이상이 발견되면 그것이 해소될 때까지 계속 하여야 한다.

비얼로의 노심 가동 조건은 압력 116기압, 온도 320°C이다.

중유의 증류 온도가 350~500°C인데 가동 중에 소결체 표면 온도가 600~800°C이라면 소결체 표면에서 중유가 증기가 되어 플래넘 영역으로 올라가고 거기에서 열을 빼앗기고 다시 액화하여 소결체 영역으로 내려온다.

비얼거봉이 손상이 되고 그 안에 있는 중유가 누출이 되면 거봉 안으로 냉각수가 들어가 증기로 변하는데, 그러면 비얼거봉 내부의 중유가 하던 기능이 저해가 된다.

앞에서 '비얼로 가동 절차' 를 검토한 바에 의하면 비얼로에서는 3가지 서로 다른 방식으로 원자로를 가동 정지시킬 수 있다.

1) 제어우산을 자유낙하시킨다.

2) 주전선수의 수를 줄인다.

3) 냉각수에 B-10을 주입시킨다.

또 주전선수의 수를 조절하면 원자로 출력을 변화시킬 수 있고, Xe-135 효과가 적어서 load-follow-operation이 용이하다.

비얼로에서는 선수 교체 및 관리를 하는 것으로 원자로를 운전하므로 이 일을 잘 하는 것이 가장 중요하다. 따라서 비얼로에서는 4개의 콘트롤 게이트를 설치하여 이 임무를 원활하게 수행한다.

주전으로 뛰다가 콘트롤 게이트로 들어오는 선수는 모두 게이트 상부에 설치된 원격 제어팔을 이용하여 벤치 상부에 설치된 순환 거치봉에 매달려서 이동을 하는데 거치봉 위에 설치된 냉각수 방사능 검사 장비를 지나면서 거봉의 손상 여부를 검사 받는다.

손상이 확인된 거봉은 다음 콘트롤 게이트에서 영구 거치봉으로 옮겨가고 건전성이 확인된 거봉은 벤치 위로 내려와 투입을 기다리는 후보 선수가 된다.

주전으로 뛰는 선수는 노심과 외곽 사이를 몇 번 왔다갔다 하다가 콘

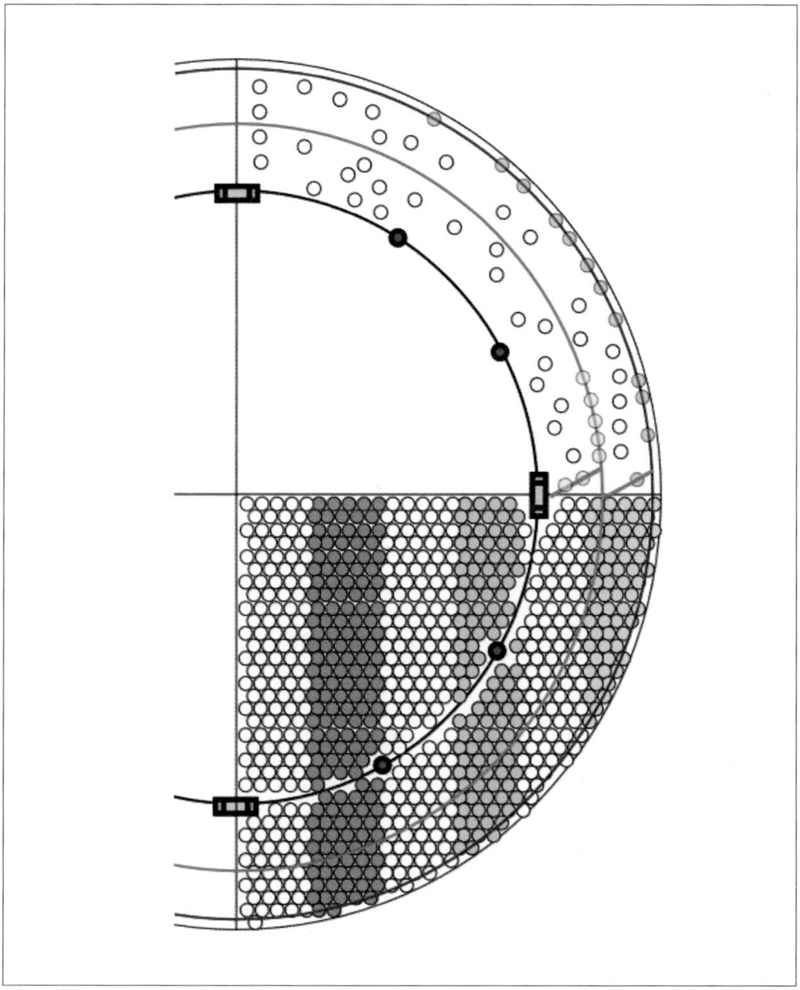

트롤 게이트로 들어오는데 좀 더 많은 수를 교체하려면 원격제어팔로 게이트 근처에 있는 선수를 끌어오면 된다.

이상의 설명대로 비얼거봉을 만들어 비얼로에 장전하는 것을 성공하면 그 주변에 '비얼수련원' 을 지어서 필자를 초대해 주시기 바란다.

P.S.

비얼로를 비얼5천년 모드로 운전을 하려면 주전선수의 개수를 최대한으로 줄이고(벤치에 들어갈 수 있는 숫자가 제한이 있어서 상당수가 무도회장에 주전으로 뛰어야 한다.) 추가로 제어우산을 적정선까지 하강시켜 노심 중심부로 주전선수들이 들어오지 못하게 하여 원하는 저출력에 도달시켜야 한다. 이 후에 선수교체를 자주 하면 Xe-135 효과를 극소화시킬 수 있고, 비얼로의 수명을 극대화시킨다.

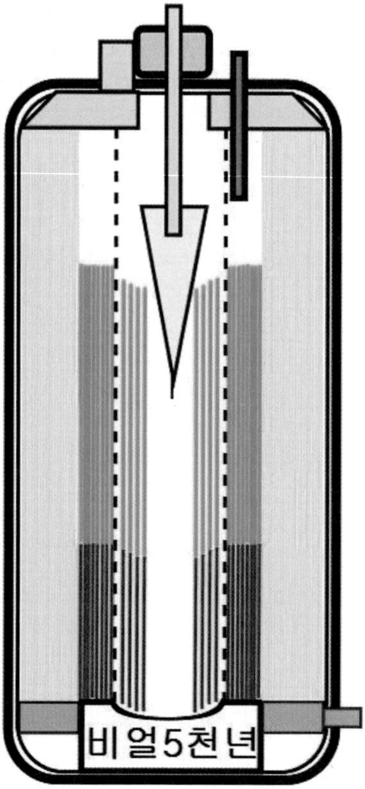

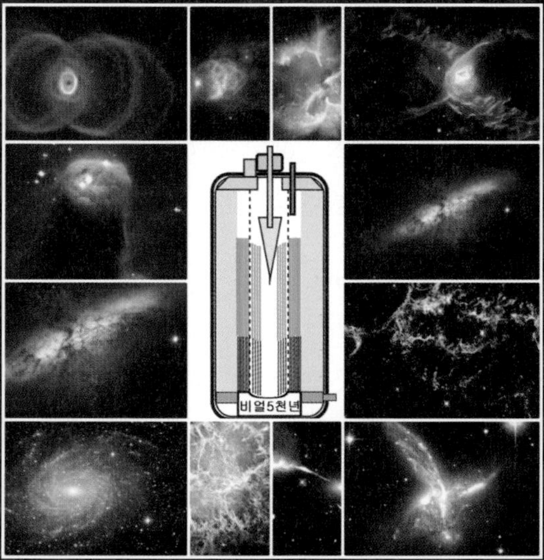

제10부 비얼수련원

'비얼로 간다' 에 관한 글을 쓰면서 '비얼수련원' 에 관한 이야기를 하지 않을 수 없다.

'비얼로 간다' 에 관한 글을 읽고 어느 누군가가 여기에 있는 내용을 참조하여 '비얼 30년이나 비얼 5천년' 을 만들기를 고대한다.

그리고 비얼로가 어딘가에 세워지면 필자는 그 인근에 '비얼수련원' 을 열어서 방문하는 모든 분들에게 '비얼힐링' 을 무료로 가르쳐 주는 일을 할 예정이다. '비얼힐링' 은 하느님이 만든 우리 인간 안에 있는 '비얼' 을 찾아 힐링을 하는 것이어서 아직 우리가 모르는 것이 엄청 많이 있으며 필자도 아직 걸음마 수준이다.

'비얼로' 는 인간이 만들려고 생각하는 것이어서 대충은 모든 것을 알 수 있어야 하는데, 벌써 몇 달이 지났는데도 아직도 새로운 '비얼' 이 자고나면 생긴다. 어쩌면 '비얼로' 라는 이름을 붙여서인 것 같다.

'비얼' 은 청평악이라는 중국 드라마를 보면서 여주인공이 '비백' 이라는 서체를 연습하는 장면을 보고, 마침 내가 그 당시에 개발하고 있던 '얼손힐링' 과 닮았다는 생각이 들어 '비얼힐링' 이라는 개념으로 발전시켰다. 얼손은 돌팔이 세계에서는 명가라고 주장하는 약손의 짝퉁 냄새가 나서 바꾸고 싶었는데 마침 비얼을 사용하게 되어 오리지널 같은 느낌이 은근히 난다.

'비백' 은 '흰 무엇이 난다' 는 뜻인데, 흰 종이에 조금 넓은 붓으로 먹물을 조금 묻혀 속도감 있게 날려 쓰면 듬성한 먹물 자국 사이로 비백이 나타나기 때문에 그와 같은 이름을 붙인 것이다.

따라서 붉은 종이에 같은 방식으로 쓰면 '비적' 이 되고, 파란 종이에 쓰면 '비청' 이 날린다. 마찬가지로 우리의 몸 안에는 얼이 가득 들어 있는데 거기에 붓으로 글을 멋지게 날려 쓰면 '비얼' 이 나타날 것이다.

그런데 우리는 붓으로 우리 몸과 맘 안에 뭔가를 쓸 수가 없으니 우리 안에 글을 쓸 수 있는 뭔가를 찾아야 되는데, 그것은 사람마다 다 달라서 일률적으로 뭐라고 말할 수 없다.

전통기공을 하시는 분들은 그 뭔가가 '기' 라고 알고 있어서 기공수련을 열심히 하신다. 신앙인들에게는 그것이 믿음이다. 그리고 어떤 사람에게는 그것이 정성, 사랑, 의리, 용기 등등이다.

서예를 하시는 분에게는 그것이 붓이라고 말하면 어떤 말씀을 하실까? 당연히 그 분은 붓이 아니라 붓과 먹물로 종이 위에 만들어진 멋진 '비백' 이 날리는 글씨라고 말할 것이다.

마찬가지로 우리가 '비얼힐링' 을 할 때에는 그 수단은 중요하지 않고 우리 안에서 멋지게 날리는 얼을 발견하는 것이 요점이다.

우리 안에서 비얼을 비교적 쉽게 발견하는 비얼힐링의 기법으로 '인체 대순환 비얼' 을 소개한다.

'인체 대순환 비얼' 은 기공힐링법의 일종으로 기공수련의 대주천에 해당하는 것이어서 상당 수준의 실력자에게 적합하다.

'비얼' 은 '별' 의 방언도 되는데, 그래서 '인체 대순환 비얼' 은 첨부한 그림처럼 우리 몸 안 전체를 크게 순환하는 '별' 이라는 의미가 된다.

이것을 이해하려면 기초가 되는 아래 개념들을 어느 정도는 알아야 한다.

- 전통기공과 비얼의 차이점
- 생체에너지원(ATP) 생성 원리
- 사립체(미토콘드리아)의 역할과 생성사멸
- 은하우주선 피폭장애
- 질병과 노화 관리
- 대양대순환 해류와 인체대순환 비얼
- 장수 생명체(곰벌레/ 해파리/ 벌거벗은 두더지)들의 비밀 이해
- 비얼의 이해
- 인체대순환 비얼의 수련

상기 개념들을 '비얼의 이해' 라는 글을 통해서 아주 간략하게 소개한다. 깊이 있는 내용은 각자 필요에 따라 공부하기를 바란다.

[비얼의 이해] (인용문)

기공(氣功)을 백과사전에서 찾아보면 다음과 같은 설명이 나온다.

(요약)

호흡과 자세의 단련 등 심신의 수련을 통한 중국 고래의 건강법.

(내용)

기공이라는 말은 진나라 시대의 문헌에 이미 나타나는데 종래에는 '도인', '토납' (도가 수련법의 하나로 몸 안의 탁한 공기를 토해내고 신선한 공기를 받아들이는 방법), '행기' 등으로 일컬어지는 경우가 많았다.

1950년대 중국에서 류구이전(劉貴珍, 유귀진)이 기공요양원을 설립하고 전문서적을 저술하는 등 활발하게 활동해 기공이라는 명칭이 널리 정착되었다.

'기' 에 대한 해석은 다양한데 인간이 호흡하는 공기의 기, 또는 인체의 생명 활동 에너지인 내공을 의미하기도 한다. 이 내공을 중시해 내공을 길러 그것을 이용하는 것이 기공의 특징이라 할 수 있다.

중국 고전 중《노자(老子)》,《장자(莊子)》등에도 기공에 관한 기록이 있다.

기공에는 많은 분파가 있는데, 크게 도가, 유가, 불가의 3계통으로 나눌 수 있다.

또 목적에 따라 격투기 단련을 위한 '경기공' (무술기공), 질병치료나 건강유지를 위한 '연기공' (의료기공, 보건기공)으로 나누어진다.

기공에는 다음 3가지 공통된 기본 요소가 있다.

첫째, 전신의 긴장을 풀고 특정 자세를 유지한다.

둘째, 올바른 호흡법을 익혀 호흡을 단련한다.

셋째, 신체의 특정 부위에 정신을 집중시키는 등의 방법으로 이른

바 무념무상의 상태를 유발한다.

상기 인용된 내용을 살펴보면 '비얼힐링' 은 질병치료나 건강유지를 위한 '연기공' (의료기공, 보건기공)에 해당한다.

위에서 내공은 인체의 생명활동에 사용되는 에너지(BE, Bio-energy)라고 하였는데, 이 생체에너지를 생명활동에 소요되는 시간(t)으로 나누면 공력(P)이 된다.(*내공과 공력은 차원이 다르다.)

즉, P = BE/t 이다.

위 공식에서 생체에너지를 이용하여 생명활동을 하는 시간인 t의 길이에 따라 '경기공' 과 '연기공' 을 대략 구분할 수 있는데, '경기공' 에서는 t가 작아서 보통 큰 공력(P)을 사용하여야 어떤 위력이 발휘되고 '연기공' 에서는 보통 t가 매우 커서 생체에너지(BE)가 충분히 있으면 작은 공력(P)으로도 뭔가를 잘 할 수가 있다.

우리가 어떤 일을 할 때에 어느 정도의 공력, 생체에너지, 시간을 사용하여야 좋은 결과를 얻을 수 있는지를 판단하는 것은 매우 중요하다.

비얼에서는 누군가를 돌보는 힐링을 해 줄 때에는 비교적 작은 공력으로 보통 30분을 1회로 시행하고 잠시 쉬면서 생체에너지를 보충한 후에 다시 하는 방식으로 하며 보통 수회에 걸쳐 반복 힐링을 한다.

필자가 하루에 많은 시간을 비얼을 하는데 할애하는 것은 아주 작은 공력만 부드럽게 사용하여도 원하는 힐링 효과가 나오게 하기 위해서이다. 따라서 필자가 사용하는 생체에너지도 주로 청정에너지만 사용하도록 노력한다.

우리가 청정에너지를 주로 사용하여 자신의 생명 활동을 유지하려면 먼저 세포 안의 사립체가 건강하여야 하는데 비얼에서는 이 사립체들의 건강관리를 최우선으로 한다.

앞에서 전통기공에 관한 인용 후반부에서 "기공에는 다음 3가지 공통된 기본 요소가 있다. 첫째, 전신의 긴장을 풀고 특정 자세를 유지한다. 둘째, 올바른 호흡법을 익혀 호흡을 단련한다. 셋째, 신체의 특정 부위에 정신을 집중시키는 등의 방법으로 이른바 무념무상의 상태를 유발한다." 하고 3가지 기본요소를 소개하였다.

비얼에서는 "자연스럽고 편안한 자세, 자연 호흡, 편안하고 자연스런 의식 상태를 유지하는데 이 상태에서 '얼이 저절로 움직여 사립체(미토콘드리아)의 생성소멸이 면면부단 이어지게 한다' "를 기본요소로 삼는다. 즉, 건강기공의 이단아인 '비얼힐링' 은 전통기공하고는 기본이 좀 다르다.

비얼에서는 얼이 저절로 움직이게 하는 것이 쉽고도 잘 안 되는 기법이다. 그러나 비얼로에서는 키 6m에 20kg의 거구인 비얼거봉이 주전으로 선발이 되어 무도회장으로 들어서면 끊임없이 저절로 춤을 추며 이리저리 왔다갔다 한다.

비얼에서는 사립체의 건강관리를 최우선으로 하는데, 이것은 사립체의 생성소멸이 면면부단 이어지면 가능하고, 또 이것은 얼이 저절로 움직이는 비얼을 터득하면 된다.

비얼에서도 수련자가 몇 줄기의 가느다란 기를 몸과 맘 안에 돌리는데, 그 안에 비얼이 저절로 따라 움직이고 이것이 세포 속의 사립체들이 면면부단 생성소멸을 이어가게 한다.

사립체는 우리의 몸에 있는 세포 안에서 공생을 하고 있는데, 평균적으로 세포 한 개에 약 5백 개의 사립체가 살고 있다.

우리 몸의 세포 수는 약 80조 개이므로 우리의 몸 안에서 살고 있는 사립체의 수는 약 4경 개나 된다. 즉, 우리가 건강관리를 해 주어야 하는 미세 생명체가 4경 개나 되므로 개별 관리는 불가능하고 뭔가 특별한 관리기법이 필요하다.

이것에 비하면 비얼로에서 1500개의 거봉을 관리하는 것은 식은 죽 먹기이다.

사립체의 수명이 약 10일이라면 하루에 4천 조, 1초에 약 5천억 개의 사립체가 태어나고 죽고를 한다. 이렇게 많은 사립체들을 관리하려면 이들이 거주하는 세포 내의 생활 여건을 관리하는 것이 필요하다.

그런데 모든 세포는 우리 몸의 특정 조직을 구성하는 일원이며, 그 조직 안에서 특화된 역할을 수행하여야 하므로 그 안에 있는 미세 조직들도 서로 다르고 내부 환경도 다르다. 그러므로 그 안에 거주하는 사립체들도 다른 세포에서 살고 있는 사립체들과는 서로 다른 생성사멸의 과정, 즉 일생을 살게 되는데, 그래서 각 조직 내의 환경에 맞추어 특화된 건강관리를 해 주는 것이 바람직하다.

서로 다른 조직에서 살고 있는 사립체들에게 특화된 건강관리를 해 주는 것이 개념적으로는 좋은 방법인데, 구체적으로 어떻게 해야 각각의 사립체들이 건강하고 행복하게 살 수가 있을까는 쉽지 않은 문제이다.

비얼로에서는 콘트롤 게이트를 4개 만들고 10분에 한 개씩 선수 교체를 하는 방법으로 선수 관리를 한다. 그러면 벤치에 있는 1000개의 후보를 모두 교체하는데 1주면 되고 주전선수의 수가 2주에 하나씩 늘어나면 점점 줄어들어 20년 후에는 후보선수가 500개가 되는데, 이때 이후에는 0.5주가 되면 모든 후보선수의 교체가 끝난다.

필자가 비얼을 개발하면서 사립체들의 관리문제를 해결할 방법을 하나 알게 되었는데, 각종 돌이 가지고 있는 기운을 이용하는 것이다.

자연에서 발견되는 보석, 수정, 광석, 화석, 수석 등의 돌에는 구성 성분이나 생성 과정에 따라 다른 모양을 가지고 있고, 또 그 돌에서 나오는 기운도 서로 다르다. 이러한 돌들을 손안에 쥐거나 몸에 대고 있으면 그 기운의 일부가 우리의 몸 안으로 들어오고, 이 기운이 우리 몸의 특정 조직에 있는 세포를 활성화시키며, 그 세포 안에 들어있는 사립체들의 생성소멸에 어떤 영향을 미친다.

나는 최근 몇 년에 걸쳐 힐링에 도움이 되는 돌들을 천여 개쯤 수집하였다. 최근에 이 돌들을 셀로판으로 포장을 하였고, 이 과정에서 포장된 돌들을 양 손에 쥐고 있을 때에 몸 안에서 나타나는 힐링반응을 정리해 보았다.

[힐링반응 요약]

〈**3성**〉

번개

몸서리

입안이 쎄하고 침이 고임

하품

코안이 매캐함

열기

피부에 각종 자극

몸안 자극

졸리움

〈**4성**〉

어딘가로 갑자기 파고드는 통증, 몸 뒤틀림, 쑤시는 느낌 등

찌르는 느낌이 어딘가로 빠져 나간다.
온몸을 쥐어짜는 느낌
알싸하니 매운 기운이 감돈다.

〈**5성**〉

미지의 암혈이 뚫리는 느낌
쥐어짜면 각종 생명수가 흐른다.
온몸 여기저기에 작은 침을 놓는 느낌

〈**6성**〉

(발복상)뼈를 뚫고 통기가 빠져 나가고 입술이 달콤한 것이 뼛속의 죽은 세포가 배출되는 듯하다.

용천혈로 뜨거운 기운이 빠져 나간다.

〈**7성**〉

한 쪽에서는 뜨거운 기운이, 다른 쪽에서는 차가운 기운이 나와 손바닥으로 들어온다.

〈**8성**〉

온몸 여기저기에서 아주 다양한 기운들이 꼬리에 꼬리를 물고 빠져나온다.

〈**9성**〉

손안으로 뜨거운 기운이 몰려 들어오고 온몸으로 얼곰처럼 고물고물 퍼져나간다.

숨어있는 암혈이 스물스물 열리는 느낌

〈10성〉
배꼽을 통해 배안의 나쁜 기운을 배출시킨다.
묵직하니 모든 것을 압도하는 느낌

〈11성〉
명의에게 침을 몇 대 맞고 편안해지는 느낌
얼뜸을 뜨는 느낌

〈12성〉
숨겨진 해혈 주변의 세포를 활성화시킨다.
몸 어딘가에서 미세 얼혈들이 뚫리는 느낌
입안에 쓴맛이 고인다.

여기에서 〈3성〉부터 〈12성〉까지의 구분은 호텔의 등급을 매기는 것과 비슷한 개념인데 〈12성〉급이 〈3성〉급 또는 그 이하의 등급보다 좋기는 하지만 비얼에서는 모든 등급의 돌들을 고루 사용한다.

중요한 것은 왜 돌을 손안에 쥐고 있으면 각종 힐링 반응이 나타나는가를 이해하는 것이다.

앞의 설명에서 "여기에서 중요한 것은 왜 돌을 손안에 쥐고 있으면 각종 힐링 반응이 나타나는가를 이해하는 것이다"라고 하였는데 이 힐링 반응이 바로 서법에서 비백에 해당하는 비얼이다. 즉, 우리의 몸과 맘안에는 은하우주선 피폭장애를 포함한 많은 원인으로 눈으로 볼 수 없는 아주 미세한 흉터가 가득 차 있다. 양손에 돌을 쥐고 있거나 또는 다른 방법으로 기를 움직여 세포 안의 사립체들을 활성화 시키면 세포에 새로운 생체에너지가 생기고 이것이 일부 조직에 있는 미세 흉터를 힐링 시키는 데, 이 과정에서 그 조직의 미세 흉터에 해당하는 특정 힐링 반응이 마치 비얼이 날아가는 것처럼 멋지게 나타난다.

앞에 한 설명으로 비얼을 어느 정도 이해하고 비얼을 따라 할 수 있는 분들을 위하여 실전에 이용할 수 있는 '만능 해혈법' 을 한 가지 소개한다. 우리가 살면서 수많은 원인으로 몸과 맘에 어떤 문제가 생기는데, 이것 때문에 우리 몸의 어느 곳에 있는 혈자리가 막히게 된다. 이렇게 막힌 혈자리를 찾아서 풀어주어 우리의 몸과 맘에 생긴 문제를 해결하는 것을 해혈이라고 부른다.

우리의 몸과 맘에 어떤 문제가 생기든 혈자리를 찾고 해혈을 할 수 있다면 우리는 늘 건강하게 살 수가 있다. 어떤 문제를 풀 수 있는 혈자리를 찾는 것은 그 문제점을 잘 이해하고, 어느 정도 경험이 쌓이면 그런대로 쉽게 찾을 수 있다.

우리의 몸과 맘에 어떤 문제가 생기면 해당 혈자리가 막히고 새로운 자물쇠로 잠그어지는데 그것을 열려면 전용열쇠가 있어야 한다. 이러한 전용열쇠는 그 혈자리를 지키는 문지기가 가지고 있을 터인데 안타깝게도 그 문지기의 어깨에는 보이지 않는 두 개의 날개가 달려 있어서 우리가 쉽게 만날 수가 없다.

그래서 우리의 혈자리에 있는 자물쇠를 쉽게 열 수 있는 만능열쇠를 하나 만들어 두었다가 필요시에 꺼내 쓰는 것이 필요하다.

필자는 예전에는 이러한 만능열쇠로 삼지안이라는 것을 사용하였는데 최근에 비얼을 연마하면서 비얼 삼지뜸을 사용하며, 삼지안으로 열지 못하던 난치 해혈도 비얼 삼지뜸을 사용하면 좀 더 쉽게 곧잘 열리곤

한다.

삼지뜸은 삼지안과 마찬가지로 엄지, 검지, 중지를 쓰거나 엄지, 중지, 약지의 삼지를 주로 사용하는데, 해혈 주변에 삼지가 좀 더 많이 접촉할 수 있도록 사진처럼 손가락을 펴서 대준다.

비얼 삼지뜸을 사용하면 난치 해혈도 좀 더 쉽게 곧 잘 열 수 있는데 그 비결은 한 손으로는 해혈 주변에 비얼 삼지뜸을 하면서 다른 손으로는 사진처럼 적당한 돌을 선택하여 돌에다 비얼 삼지뜸을 해 주어 해혈뜸 효과를 증폭시킬 수 있기 때문이다.

이 기법의 좋은 점은 돌을 바꾸어 주면 증폭효과도 바뀐다는 것이다.

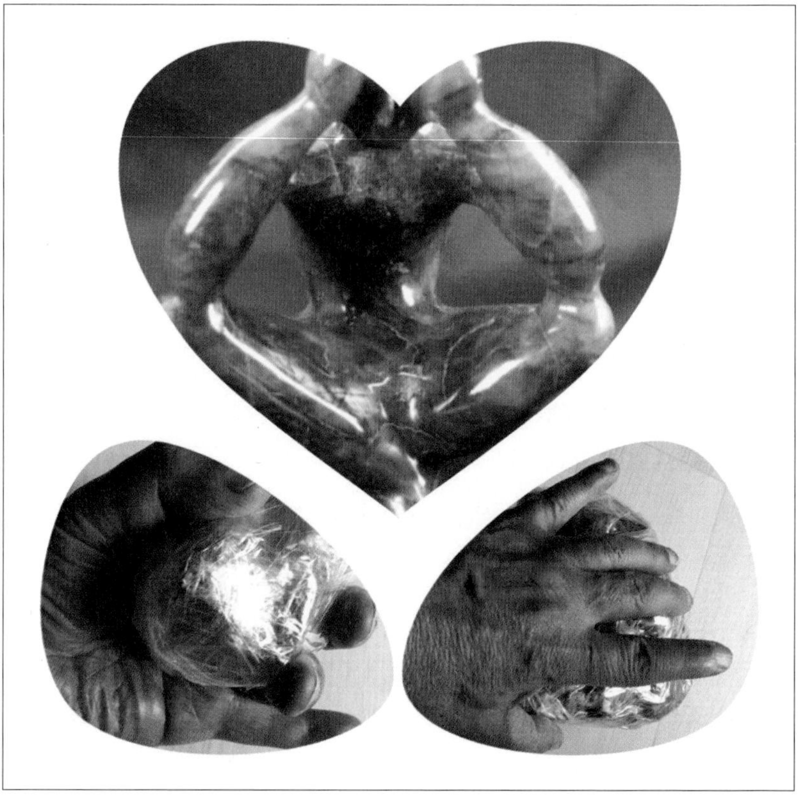

비얼 삼지뜸의 원리는 에어컨의 원리와 유사하다. 에어컨에는 실내기와 실외기가 있고 그 사이를 냉매가 흐르는 작은 도관으로 연결한 구조이다.

이 에어컨과 비얼 삼지뜸을 비교하여 설명하면 해혈을 하기 위하여 삼지뜸을 뜨는 부위는 실내기에 해당하고, 돌을 쥐고 있는 부분은 실외기에 해당하며, 우리의 양손과 팔은 냉매가 흐르는 도관에 해당한다.

에어컨이 제 성능을 발휘하려면 실내기의 성능이 중요하지만 실외기와 냉매, 도관도 모두 제 기능을 발휘해야 한다.

비얼 삼지뜸은 누구나 비교적 쉽게 배울 수 있고 대부분의 병증을 힐링시키는 효과가 뛰어나다. 시간적인 여유가 있으신 분은 이 힐링법을 배워두면 평생 요긴하게 사용할 수 있다.

은하우주선 피폭에 관한 자료를 찾아보면 지구 위에 사는 사람은 누구나 약 5년에 한 번 정도 은하우주선을 맞는다는 것을 알 수 있다.

은하우주선은 멀고 먼 은하에서 적색 거성이 폭발하여 초신성으로 변할 때에 폭발 잔해물인 각종 원자의 핵들이 빛의 속도로 우주 공간을 날아와서 지구 표면에 피폭되는 것을 말하는데, 이들 원자들의 핵은 아주 작아서 우리 몸을 관통해도 대부분의 경우에 그 순간에는 어떠한 징후도 알아차릴 수가 없다.

그러나 이들 원자의 핵은 양전하를 띄고 있어서 관통 궤적 주변에 있는 세포들에게 전자교란을 일으키고 이것이 시간이 지나면서 각종 피폭장애로 나타난다.

이러한 피폭장애는 몸의 어느 부위를 관통했는지에 따라 수초, 수분, 수시간, 수일, 수주, 수개월, 수년, 수십 년 후에 나타나는데 안타깝게도 이것에 관한 사회적인 인식이 거의 없어서 우리는 왜 갑자기 어디가 아프고, 왜 고령인이 되면 갑자기 골골거리다가 어딘가로 떠나는지 전혀 모르는 채 모두 그럭저럭 살고 있다.

피폭장애가 수초에서 수년 사이에 나타나는 경우에는 대부분의 경우에 급성 난치병 또는 만성 고질병으로 발전하는데, 이 경우에는 '비얼 삼지뜸' 을 하면 큰 효과를 볼 수 있다.

문제는 피폭장애가 수십 년이 지나서 나타나는 것인데, 이것을 우리는 나이를 먹어서 그런다고 여기고 각종 노인병으로 좀 골골거리다 죽으면 천수를 다 누렸다고 그런다.

요즈음 일각에서는 65~74세를 '준(準)고령인' 이라 하고 75세 이상을 '고령인' 으로 하자는 의견이 있다.

"사람마다 차이는 있지만 대체로 75세 이후부터 신체 기능이 급격히 떨어지고, 80세부터는 앓는 질환이 갑자기 늘어난다" 고 하며, "75세를 전후로 신체 상태와 건강관리법이 확연히 다르다" 고 한다.

필자의 우견으로는 이렇게 75세 이후에 신체 기능이 급격히 나빠지는 주요 원인은 그동안 맞았던 은하우주선 피폭장애가 한꺼번에 나타나기 때문이다.

75세의 고령인은 그동안 평균적으로 15회의 은하우주선 피폭을 받았고, 이것이 우리의 몸에 15줄기의 관통 궤적을 만들고 이 궤적 주변에 있는 약 백만 개(15×수만 개)의 세포에 손상을 입힌다. 우리 몸의 조직에는 수백에서 수천 개의 미세 흉터를 만드는데, 이들 미세 흉터의 후유증들이 우후죽순처럼 여기저기서 거의 동시에 나타나 온몸의 신체 기능을 급격히 떨어뜨리고 각종 노인성 질환으로 발전한다.

이러한 현상이 나타나는 이유는 사회적으로 '은하우주선 피폭장애' 에 대한 인식이 거의 전무하여 우리가 평소에 '은하우주선 피폭장애 관리' 를 거의 하지 못하고 문제점들을 모두 품안에 보듬고 살아가기 때문이다. 사회적으로 '은하우주선 피폭장애 관리' 를 거의 하지 않는 주요 이유는 이 문제에 책임이 있는 모든 사람들이 요즈음 눈에도 보이지 않는 '코로나19 관리' 에 너무너무 바쁘기 때문이다.

코로나19가 전 세계적으로 유행하면서 각국의 관계자가 대응 관리하는 능력을 살펴보면, '은하우주선 피폭장애 대응관리' 에서도 만약 기회가 주어진다면 우리나라가 최선두에 서서 전 세계를 주도할 것 같다.

필자가 '비얼로를 따라' 가면서 '비얼힐링' 에 관한 글을 함께 쓰는 이유는 그 속에 '은하우주선 피폭장애 대응관리' 에 관한 내용이 있는데 그것을 읽어본 독자 중에 누군가는 이 문제에도 관심을 가져주길 바라는 염원이 있어서이다.

필자의 우견으로는 '은하우주선 피폭장애 관리' 는 누구나 아주 쉽게 할 수 있다. 즉, 우리가 아직은 젊어서 '은하우주선 피폭장애' 가 한두 개 정도 나타날 때는 '비얼 삼지뜸' 을 해 주면 끝난다.

우리가 고령인이 되어 '은하우주선 피폭장애' 가 우후죽순처럼 나타나려고 할 때에는 '비얼' 을 해 주면 끝난다. 즉, 우리가 '비얼 삼지뜸' 과 '비얼' 을 할 수 있으면 '은하우주선 피폭장애' 를 잘 관리할 수 있고, 고령인이 되어도 누구나 건강하게 잘 살 수 있을 것이다.

앞에서 우리가 '비얼 삼지뜸' 과 '비얼' 을 할 수 있으면 '은하우주선 피폭장애' 를 잘 관리할 수 있고, 고령인이 되어도 누구나 건강하게 잘 살 수 있을 것이라고 하였는데, '은하우주선 피폭장애' 를 잘 관리하려면 '인체 대순환 비얼' 을 할 수 있어야 한다.

인체 대순환 비얼을 이해하려면 대양대순환 해류에 대하여 조금은 알아야 한다.

대양대순환 해류는 첨부한 사진을 잘 보면 쉽게 알 수가 있다. 노르웨이 부근의 찬 날씨에 해류가 얼어 염도가 높아지면 무거워져 바다 아래로 소용돌이를 일으키면서 침강류를 만들어 해구 바닥까지 내려가 심해한류의 시작점을 만들고, 이것이 유럽과 북아메리카 그리고 아프리카와 남아메리카 사이의 대서양에 있는 해구를 따라 남극으로 이동하고 거기에서 추가로 만들어진 심해 한류가 합류하여 순환하는데 일부는 인도양에 있는 해구를 지나 인도 앞바다로 오고, 일부는 호주를 거쳐 태평양에 있는 해구를 지나 북상하여 알라스카 연안으로 간다.

노르웨이에서 출발한 심해 한류가 알라스카에 도달하는 데는 약 2천년이 걸린다고 한다. 인도와 알라스카 연안에서 심해 한류는 해표면으로 올라와 난류로 바뀌고, 지구의 자전 반대 방향인 서쪽으로 이동하여 노르웨이 해안까지 약 2년에 걸쳐 대순환을 한다.

대양대순환 해류가 없으면 지구상의 생명체가 멸종한다는데 이러한 고마운 해류는 추운 날씨의 영향으로 침강류가 생겨 해구로 내려가고 심해 해류가 강물처럼 이동하는 해구가 5대양을 걸쳐 바다 밑바닥에 형

대양대순환 해류

성이 되어 있기 때문에 가능한 것이다.

그럼 이러한 대양대순환 해류와 유사한 역할을 하는 '인체대순환 비얼' 은 실제로 가능한 것일까?

우리의 몸은 중심부에 뼈로 된 골격계가 있는데 이것이 지구의 해구에 해당한다. 해구를 순환하는 심해 한류에 해당하는 것은 골수이다.

우리의 피는 일부가 뼛속으로 들어가 골수로 바뀌거나 새로운 피로 만들어져 혈관 속으로 돌아오는데, 이러한 피와 골수의 순환을 인체대순환 혈류라고 한다.

이렇게 자연스럽게 형성되는 인체대순환 혈류는 우리의 몸이 젊을 때는 건강을 잘 지켜주지만 우리가 노인이 되고 은하우주선 피폭장애의 누적으로 인하여 어느 순간부터 급격한 건강악화가 올 때에는 혈류의 대순환이 군데군데 끊어지고 큰 문제가 여기저기에서 불거지면 결국에는 속수무책으로 손을 놓게 된다.

이러한 상황이 오기 전에 우리의 건강이 그런대로 유지되는 65세~74세의 준고령인일 때에 인체대순환 혈류의 기능을 증폭시키는 건강법이 바로 '인체대순환 비얼' 이다.

필자가 '대양대순환 해류(大洋大循環海流, Oceanic Conveyor Belt)' 에 관한 글을 쓴 것이 2017년 1월이고, 그 이후부터 인체대순환혈류를 이용하여 다른 분들의 고질병을 힐링시켜 왔는데 이러한 것들이 인연이 되어 금년 초에 필자에게 좌골신경통이 재발되어 몇 달간 고생을 하면서 이것저것 하던 중에 '인체대순환 비얼' 을 덤으로 터득하게 되었다.

'인체대순환 비얼' 은 우리가 준고령인이 되어 건강이 급속하게 나빠지기 전에 약해져 가는 '인체대순환 혈류' 를 증폭시키는 기법이다.

'인체대순환 혈류' 가 약해져 가는 원인은 뼈의 관절 부근에 있는 살에서 관절 속으로 들어가는 혈류가 줄어들거나 들어온 혈류의 질이 나빠서 골수(이 나이에는 골수 자체의 질도 나빠진다)가 제대로 처리 못해 새로 만들어지는 피가 적어지고 관절에서 빠져 나오는 혈류의 질이 나빠지기 때문이다.

즉, 우리가 준고령인의 나이에 혈류에 문제가 생기기 시작하는데, 그 원인은 우리의 세포 조직 중에서 상당수가 손상이 되어 그곳을 지나는 혈류를 오염시키기 때문이며, 그 원인 중에 은하우주선 피폭장애가 큰 역할을 한다. 따라서 '인체대순환 혈류' 를 증폭시키기 위해서는 우리의 온몸에 산재한 은하우주선 피폭장애에 의한 미세 흉터들을 찾아서 제거하는 것이 한 가지 방법이다.

우리가 준고령인의 나이가 되면 평균 15회의 은하우주선 피폭을 받고 그 궤적 주변에 수백내지 수천 개의 미세 흉터가 남아있는데, 이것들이 어디에 어떤 모습으로 숨어있는지를 알 수 없어서 비얼 삼지뜸과 같은 구체적인 방법으로는 어찌저찌 할 수가 없다.

구체적인 방법이 안 되면 추상적인 기법을 가미해야 하는데 이것이 비얼이다. 기공수련을 하시는 분 중에 대주천의 경지에 이르신 분들은 비얼을 하실 수 있고, 조금만 공부하면 '인체대순환 비얼' 도 쉽게 하실 수 있을 것이다.

그러나 일반 준노령인이 '인체대순환 비얼' 을 하시려면 노령인이 되기 전에 남은 자기의 거의 모든 시간을 투자하셔야 한다.

초보자라도 잘 하면 비얼을 터득할 수가 있는데, 비결은 자신의 기를 느슨하게 몸과 맘 어딘가로 보내는 연습을 꾸준히 하는 것이다.

기공수련을 좀 하신 분도 비얼을 터득하려면 상당기간 공부를 하셔야 하는데, 이러한 시간적인 여유가 없는 준고령인의 경우에는 도우미의 도움을 받는 것이 편리하다.

도우미는 비얼을 하실 수 있는 분에게 도움을 받는 것이 가장 좋겠지만 이것이 어려울 때에는 자기에게 잘 맞는 어떤 물건을 선택하여 사용하면 된다.

필자의 경우에는 돌들이 잘 맞아서 천여 개의 각종 돌을 수집하여 사용하고 있는데, 다른 분들은 다른 것들, 예로 물, 불, 나무, 각종 공예품, 특정 장소, 특정 약물 등이 잘 맞을 수 있다.

문제는 어떤 것의 도움을 받아야 비얼을 터득할 수 있느냐(?)인데 이것은 그것을 사용하였을 때에 앞장에서 설명한 힐링 반응이 나타나느냐로 판단할 수 있다. 즉, 앞장에서 열거한 각종 힐링 반응은 우리의 몸과 맘안에 있는 비얼을 찾아내는 비얼 탐지기 역할을 한다.

금속 탐지기에서 '삐~' 소리가 나면 그 밑에 뭔가가 있어서이다.

비얼 탐지기에서 '비~링~' 소리가 나면 그 안에 비얼이 있어서이다.

그러면 자신의 비얼 탐지기를 어깨에 짊어지고 비얼 사냥을 떠나기를 권한다.

'비얼 삼지뜸과 삼지비얼' 은 인체대순환 비얼을 경험하여 골수 주변에 있는 많은 미세 흉터를 미리 제거한 상태에서 하면 몸속 아주 깊숙한 곳에 숨어있는 미세 흉터까지 제거할 수 있어서 좀 더 좋은 효과를 볼 수 있다. 비얼 삼지뜸은 하는 방법이 조금 구체적인데, 거기에 추상을 양념으로 조금 넣어주어야 제 맛이 나고 삼지비얼은 하는 방법이 조금 추상적인데 거기에 구체적인 뭔가를 양념으로 조금 더해 주어야 비얼이 나타난다.

이 양념으로 무엇을 쓸 것인지가 항상 문제인데 요리를 할 때에 필수 양념이 소금이듯이 비얼에서는 필수 양념이 정성이다. 어떤 경우에는 비얼 삼지뜸이 편하고, 또 다른 경우에는 삼지비얼이 깜짝 효과를 발휘한다.

비얼 삼지뜸

며칠 전 새벽에 실수로 낙상을 하여 고관절 부근을 살짝 다쳤는데, 몇 달 전에 좌골신경통으로 고생하던 부위여서 아침에 거동이 불편하다.

아침 9시경부터 얼손 삼지뜸을 하는데 다친 부위가 넓어서인지 잘 풀리지가 않는다. 40여 분을 애썼지만 별 효과가 없어 얼손을 비얼로 바꾸어 주자 잠시 후에 비얼이 나타난다. 그 후 20여 분에 걸쳐 10여 번의 비얼이 나오고 다친 부위가 많이 부드러워진다.

잠시 쉰 후에 다시 시작하는데 고관절 주변은 다 풀렸고 엉치뼈 끝부분과 요추 3번 주변에 손상이 감지된다.

이곳을 중심으로 비얼 삼지뜸을 하는데 20여 분에 걸쳐 10여 회 비얼이 나타나고 아직은 약간 불편하지만 일단 휴식에 들어간다.

반시간쯤 휴식 후에 남아있는 불편 부위에 삼지뜸을 하는데 꼬리뼈와 허리뼈 라인 전반에서 비얼이 10여 회 나온다. 또, 반시간쯤 휴식 후에 남아있는 불편 부위에 삼지뜸을 하는데 골반뼈 주변에서 비얼이 10여 회 나온다.

4회의 비얼 삼지뜸으로 대부분의 불편은 해소되었는데 아직도 전체적으로 뭔가가 남아있다. 이것은 재활 치료처럼 주변 조직과 연계하여 시간을 두고 힐링할 예정이다.

낙상 한 번에 5개 조직에서 약 50내지 100개 정도의 비얼이 나타났는데 이것은 조직 하나에 10~20개 정도의 미세 손상이 생긴다는 것을 알 수 있다.

비얼 삼지뜸을 손목 부위에 하면 혈류의 일부가 침강하여 손목 뼛속으로 들어가고 팔꿈치나 무릎, 발목에 해도 비슷한 효과가 나는데 이것을 '침강 비얼' 이라고 한다.

이 '침강 비얼' 은 어떤 병증에도 다 효과가 있는 만병통치의 기본 비얼이다.

삼지 비얼

'삼지 비얼' 을 하면 양과 염소 사이에 비얼이 나부낀다.

엄지, 검지, 중지를 사용하는 '양삼지 비얼' 과 엄지, 중지, 약지를 사용하는 '염소삼지 비얼' 을 순간순간 바꾸어주는, 즉 검지와 약지를 바꾸어 주는 찰나에 비얼이 나타난다.

심장 주변에 생긴 미세 흉터는 아주 고약하여 예로부터 고황이라고도 하는데, 뭔 짓을 해도 쉽게 사라지지 않는다. 설령 인체대순환 비얼을 터득해도 마찬가지다.

그래서 잘난 척하는 고수도 고황에 병이 들면 속절없이 당한다.

오늘 새벽에 삼지 비얼을 터득하고 아침에 내 심장 주변에 시험 삼아 해 보는데 다행스럽게도 몇 번의 비얼이 길게 터져 나온다.

누군가에게 비얼힐링을 해 줄 때에는 한 손으로는 '침강 비얼' 을 해

주고, 다른 손으로는 '삼지 비얼' 을 해 주면 힐링 효과가 극대화 된다.

각종 에너지가 움직이는 곳에는 비얼이 있다. 해파리 비얼, 곰벌레 비얼, 두더지 비얼, SMR 비얼, 본명(돌) 비얼, 침강 비얼, 성운 비얼, 은하 비얼, 암흑 비얼, 등등….

요즈음 해파리 비얼을 하면서 멋진 해파리 춤사위를 펼쳐본다.

비얼힐링의 한 방법으로 목뼈와 등뼈, 어깨뼈 주변에 생긴 어골오수는 그 주변에 부드럽게 비얼을 날려주는 해파리 춤을 추면 머리 위로 올라가서 스르륵 소멸된다.

요즈음 날로 춤사위가 유연해져 청소년으로 다시 태어난 느낌이다.

비얼의 세계는 아직 갈 길이 멀고 먼 듯하다.

'비얼힐링' 개발에 몰두하던 어느 날 친구로부터 조언이 왔다.

"삼지뜸을 혈자리에 해 주면 도움이 된다고도 볼 수 있는가? 동양의 지혜인 기본 혈자리를 활용하면 자네 아이디어를 좀 더 많은 사람이 도움을 받을 것 같은데, 내가 문문칩이란 문씨 형제들이 개발 보급하는 모습에서 중요 혈자리 20개 정도만 갖고 많은 환자에게 도움을 주는 모습에서 한의사들이 배워 퍼뜨리고 있어 얘기해 본 거야. 너만 잘하고 편한 것보다 여러 사람이 도움을 받게 되면 더 좋을 듯해, 아주 기본은 3개로 합곡 태충 용천이라 해서 각각 위장/ 대장/ 폐, 간/ 근육, 심장/ 신장을 대변한다고 보아 활용하는데 아무튼 오장육부들이 원활하면 만병을 해결할 수 있다고 보는 견해이지."

상기 조언을 듣고 일단 합곡 태충 용천혈에 비얼 삼지뜸을 해 보는데, 오른쪽 발에 있는 태충혈에서 하는 즉시 비얼이 나타난다.

그곳 태충혈 주변을 살펴보니 아시가 이리저리 복잡하게 얽혀 상태가 심각하다.

태충혈 주변에 있는 아시를 잡으면서 이리저리 생각해 보니, 내가 젊었을 때 오른쪽 엄지발톱을 다치고, 그 후에 그 발톱에 변형이 와서 마치 발톱 무좀에 걸린 것처럼 변했다. 그 이후로 오른쪽 다리에 좌골신경통이 오고, 혈액 순환도 잘 안 되어 평생을 고생했는데, 그러면서 태충혈 주변도 아시밭으로 변한 것 같다.

이러한 아시잡이는 비얼 삼지뜸이 제격인데 다른 것 하느라 바빠서 신경을 못 쓰다가 마침 친구의 조언으로 '태충 비얼' 을 하게 되어 다행이다.

앞으로 시간을 내어 다른 혈자리들도 살펴보아야겠다.

앞으로 혈자리에 대한 공부를 더 해 보아야 알겠지만, 이번에 태충, 용천, 합곡 3군데에 비얼 삼지뜸을 해 본 소견으로는 예전의 나의 병력으로 인하여 태충 부근에 많은 문제가 있어서 그곳을 해 줄 때에 비얼이 특히 잘 나온 것으로 짐작된다.

필자는 돌팔이 노릇을 오래하면서 경험이 많아 새로운 누구를 만나도 그분의 아시혈을 몇 분 안에 찾을 수 있다고 생각했었다. 그런데 이번에 보니 내 자신의 태충혈 주변에 아시가 잔뜩 얽혀 있는 것을 처음으로 알게 되었으니, '자기 자신을 알기' 가 정말 어려운 것 같다.

'태충 비얼' 이라는 글을 쓸 수 있게 고마운 조언을 보내 준 친구에게 다시 한 번 감사한 마음을 전한다.

'고맙다! 친구야…♥'

요즈음 다른 분들에게 '태충 비얼' 을 해 드리고 있다. 한쪽 태충의 결계를 풀어줄 때 양손을 모두 동원하여 양손 삼지 비얼을 한 식경은 해 주어야 비로소 풀리기 시작하고, 마치는 데까지는 한 식경가량 더해야 된다.

태충이 아주 큰 혈이어서 주변 여기저기와 서로 얽혀 대형 결계가 쳐져 있는데, 왼쪽은 음혈이 모여 있고, 오른쪽은 양혈이 모여 있다. 그래서 음의 날에는 양혈인 오른쪽 태충혈을 풀어주고, 양의 날에는 음혈인 왼쪽 태충혈을 풀어준다.

이 힐링법을 '태충 비얼' 이라고 부르는데 다른 혈자리에서도 좋은 힐링 효과가 나오면 그 혈자리 이름을 붙여서 부를 생각이다.

비얼힐링과 거리두기

서울에 사는 K박사가 나의 '비얼힐링' 아바타 제 1호가 되었다.

K박사는 나하고 대학교 입학 동기이지만 과가 달라서 예전에는 전혀 몰랐으나 나랑 친한 친구 P사장의 친구이고, 수년 전에 마침 K박사가 대전에 있는 대학교의 감사로 부임하는 것이 계기가 되어 P사장의 소개로 나와도 친하게 지냈다.

K박사는 학교 교내 관사에서 지냈는데 일주일에 한 번 정도 만나 내가 그 당시에 개발 중인 건강법을 시험하는 아바타 노릇을 기쁘게 해 주었다.

그렇게 3년을 지내고 임기가 끝나 서울로 갔는데, 2020년 8월 28일 내 친구 P사장한테서 전화가 와서 받아보니 K박사가 병원에서 검진을 받았는데 전립선암에 걸렸고 뼈로도 전이가 됐다고 한다.

요즈음 개발 중인 '비얼힐링' 을 시험해 볼 좋은 기회라고 생각되어 다음날 아침에 고속버스로 서울로 가는데, 버스에는 승객이 달랑 5명이다.

10시에 서울에 도착하여 P사장과 K박사와 함께 역삼동에 있는 648호텔로 갔다. 그 호텔은 '러브호텔이구나!' 하는 느낌이 드는 곳인데 머리가 희끗한 노인 3명이 같이 들어가는 것을 누가 보면 어떤 생각을 할지…(?)

방으로 들어가 보니 그런대로 널찍하고 편안한 느낌이 들어 거기에서 하루 저녁을 자고 다음날 오전까지 24시간 집중 힐링을 하여 암의 뿌리를 한 번에 뽑아보기로 했다.

10시 반부터 1차 비얼에 들어가는데 오른손 손목과 합곡혈을 포함한 오른손 전체, 이어서 오른발 태충혈을 포함한 오른발 전체를 하고, 왼손도 같은 부위를 하고, 마지막으로 왼발로 넘어가는데, 그곳에서 본격적인 치료혈이 잡혀서 긴 의자에 앉아있던 P사장에게 사진을 찍게 했다.

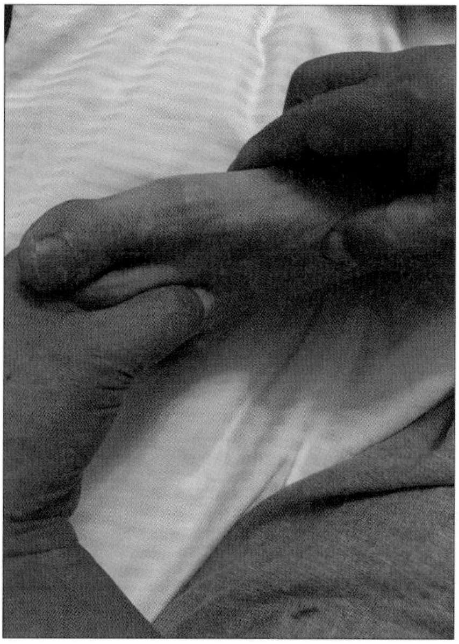

그 사진을 다시 살펴보니 태충혈과 용천혈을 포함한 문문칩에서 사용하는 혈자리가 대충 모두 포함되어 있는데 이것이 바로 전립선을 관장하는 비얼이라는 느낌이 온다.

1차 힐링으로 사지 네 곳에 비얼 삼지뜸을 하는데 거의 3시간이 걸린다. K박사가 화장실에 갔다 와서 하는 말이, 요즈음 이렇게 오줌을 많이 시원하게 누어 본 적이 처음이라고 하니, P사장이 뭔가 치료 효과가 있는 모양이라고 맞장구를 쳐준다.

이 글을 쓰면서 나도 내 발바닥에 있는 수뇨관혈 주변에 비얼 삼지뜸을 해 본다.

점심은 중국집에서 배달을 시키려고 P사장이 전화를 하는데, 인근 음식점에 직접 주문하는 것은 배달이 안 되고 배민이라는 앱을 깔아야 겨우 주문이 된다. 점심으로 삼선짜장과 탕수육을 먹고 P사장이 나가서 사온 아메리카노를 마셨다.

오전에 P사장이 누군가에게서 배웠다고 옆에서 시범을 보이는데 팔꿈치 안쪽을 주물러 주면 온몸에 윤활유를 주입한 것 같은 효과를 낸다고 한다.

내가 생각해 보니 나는 인체대순환 비얼을 하면서 주로 손목을 사용하는데 팔꿈치 부위도 어떤 특별한 효과가 있을 것 같다는 생각이 들었고, 마침 K박사를 치료하고 있는 중에 P사장이 그런 이야기를 하는 것은 어쩌면 그것이 큰 도움이 될 것 같다는 생각이 들었다.

그래서 오후에는 한 손으로는 K박사의 왼쪽 팔꿈치에 비얼 삼지뜸을 하고, 다른 손으로는 골반에 삼지뜸을 하는데, 10여 분이 지나면서부터 뼈를 통해 썩은 냄새가 간간이 빠져 나온다. 아마도 치골 주변 뼈로 전이 되었다는 것이 간헐적으로 조금씩 녹아 나오는 것 같았다. 그래서인지 거의 한 시간이 지나면서 겨우 좋은 기운으로 바뀐다.

조금 쉬고 반대편을 하는데 그쪽은 별로 나오지 않아 뒷골 주변을 해주었다. 그런데 풍지혈 부근에 작은 혹이 잡혀서 혹시 이것도 이번 사건과 관련이 있지 않을까 의심이 되어 계속해서 집어보니 뭔가 야리꾸리한 비얼이 스멀거린다.

이런 느낌이 한 시간이 넘게 나오는데 P사장은 먼저 집으로 가고 오후 6시쯤에 딸아이가 해물꽃게탕을 사가지고 온다고 하여 그 시간에 맞추어 2차 힐링을 마무리하였다.

K박사는 컨디션이 완전 회복되어 우리 딸아이와 이런저런 이야기를 나누며 조금 매운 해물꽃게탕을 맛있게 먹는다.

K박사가 내일 아침 6시에 다시 오기로 하고 집으로 간 후에 딸아이도 한 시간쯤 비얼힐링을 받고 집으로 간다.

욕조에 따뜻한 물을 조금 채우고 오랜만에 둔욕을 하고 있으니 그런대로 피로가 풀린다.

자리에 누워 바로 잠이 들었는데 새벽에 밖이 시끄러워 조금 일찍 깨어나 다시 한 번 둔욕을 하고 침대로 돌아와 이런저런 생각을 해 본다. 648호텔이라는 이름이 특이하여 오늘 저녁에 내가 이런 러브호텔에서 혼자 밤을 보내는 것이 신기하다는 생각이 든다. 그러다가 요즈음 내가 개념 설계를 하고 있는 비얼30년 원자로에서 사용하려고 하는 비얼거봉의 설계를 648로 바꾸면 비얼로를 가동시킬 때에 노심 안에서 비얼거봉들이 좀 더 멋진 춤을 추고 그 안에서 발생하는 수증기 구름이 6봉, 4봉, 8봉들의 다양한 춤사위를 따라 나부끼면서 좀 더 다양한 비얼이 만들어질 것 같다.

어제 K박사에게 해준 다양한 비얼 삼지뜸이 다양한 효과를 발휘하여 K박사 몸 안에 있는 모든 잠재력을 이끌어내고, 그것이 숨은 비얼을 춤추게 하여 힐링 효과를 극대화시켰는데, 마찬가지로 6봉, 4봉, 8봉을 사용하여 비얼로 노심에 다양한 비얼을 만들어주면 비얼로의 성능도 극대화되어 참조 SMR인 스마트 원자로에 비하여 같은 양의 핵연료를 사용하여 5배의 전기를 생산할 수 있게 되고, 그러면 100MWe의 출력으로

30년간을 핵연료 교체 없이 무정지 운전을 하고, 비얼로를 단 1회 사용하고 해체 작업이 없이 그대로 폐로를 할 수 있어서 요즈음 원전 운용에서 발생하는 모든 문제들을 근본적으로 해결할 수 있다.

이런 생각들을 하고 있는데 벌써 아침 6시가 되어 K박사가 들어온다.

바로 힐링에 들어가 오른팔과 골반에 비얼 삼지뜸을 하면서 조금 전에 구상한 648 설계에 대하여 신이 나서 설명을 하는데 K박사는 시큰둥하고 별로 반응이 없고, 오른팔이 온통 경직이 되어 삼지뜸을 할 수가 없다.

그래서 어제 저녁에 잠을 설쳤냐고 물어보니, 그렇다고 하며, 그런 것도 알 수가 있냐고 되묻는다. 그냥 그런 것 같아서 물어보았다고 가볍게 넘겼다. 지금 K박사는 자기의 오른팔이 나에게 밑을 안 대주려고 버티고 있다는 사실을 모르고 있는 것이 분명하다.

오른팔의 신경이 곤두서서 살짝 굽어진 K박사의 오른팔을 펴야 어제 한 팔꿈치 삼지뜸을 할 수가 있는데 한 식경이 지나도록 버팅긴다.

이것은 K박사의 몸속에 있는 암조직이 자신들을 지키기 위하여 밤새 구축한 방어망이 가동되어서 생기는 현상인데 K박사의 암을 퇴치시키려면 먼저 이 방어망을 돌파해야 한다.

이러한 저항은 암 조직의 생존 전략에서 나오는 것인데, 그것을 알고 팔꿈치 안쪽에 삼지뜸을 하면서 느긋하게 기다리자 반시간쯤 지나서 팔이 펴지고 팔꿈치에서 비얼이 승리의 깃발처럼 나부낀다.

오른쪽 팔꿈치와 골반에서 나오는 모든 잔당을 소탕하고 아침 식사로 해장국을 사 먹으러 나갔는데 주변에 문을 연 식당이 하나도 없다.

그것은 코로나 퇴치를 위한 조치로 거리두기 2.5단계가 오늘 새벽에 발령되어 모든 식당이 문을 닫아서였다.

어쩔 수 없이 편의점에서 참깨누룽지라면을 2개 사고, 커피점에서 커피를 주문하는데 연락처를 적으라고 메모지와 볼펜을 내민다.

오늘부터 모든 손님에게 연락처를 안 받으면 영업 정지를 당한다고 한다.

호텔로 돌아와 사온 것들을 먹고 비얼힐링 마지막 단계로 들어갔다.

이것은 본진을 직접 공략하는 것이어서 팬티와 러닝셔츠만 입히고 한다. 먼저 주변 탐색을 해 가면서 서서히 본진으로 죄어가는데 아무런 저항이 없다.

다행스럽게도 2차에 걸친 파상 공습에 적진이 완전히 궤멸되고 잔해만 어지럽게 널려 있었다.

그래도 한 시간에 걸쳐 주변 정리를 하면서 정밀수색을 하는데, 마지막에는 아무런 나쁜 느낌도 안 잡히고 부드러운 기운만 산들거린다.

집으로 돌아와 쉬고 있는데 아들한테서 우리도 거리두기를 하자고 하며, 내가 서울에 갔다 왔으니 앞으로 2주간은 자기 집에 오지 말라고 한다.

한 일주일쯤 지나자 P사장으로부터 문자가 왔다. K감사의 정밀검사 결과는 모든 것이 깨끗하고 엉치뼈 끄트머리에만 암조직이 조금 남아있는데, 그것은 수술을 하지 않고 내버려두어도 된다고 하더란다.

그리고 자기 친구 하나가 어디 어디가 아프다고 하는데 도와줄 수 있느냐고 물어본다.

그래서 그쪽 편리한 때에 오라고 하니, 그 다음 날 바로 오전 중에 우리 집으로 온다고 한다.

다음 날 아침에 거실을 대충 청소하고 기다리는데, 추석 전에 벌초하러 가는 차들이 많아 내비게이션이 계속 국도로 이리저리 연결을 해 주는데도 한 시간가량 지체되어 점심시간에 도착한다.

S사장(70세)은 부인하고 같이 들어오는데 오자마자 대충 인사하고 점심으로 해물쟁반짜장하고 군만두를 시켰다.

S사장은 상기된 얼굴로 자기 아픈 데를 설명한다. 자기는 본래 건강했는데 10여 년 전에 사고로 앞으로 넘어져 머리를 다쳐 몇 달 고생하였고, 그 후로 몸 상태가 안 좋아 여러 가지를 이것저것 하였는데 점점 나빠진다고 한다.

고혈압과 당뇨도 있고, 폐도 문제가 있고, 가끔 손을 떤다고 한다.

나는 이 정도까지만 듣고 S사장을 내 옆에 앉게 하고 먼저 왼손을 잡고 삼지 비얼로 이리저리 몸 상태를 살피는데, 손끝에 부딪치는 이상 신호가 너무 많아 시작 포인트를 잡을 수 없다. 그래서 요즈음 하고 있는 합곡혈과 손목 주변을 중심으로 비얼 삼지뜸을 하면서 내가 돌팔이가 된 사연 중에서 가장 감동적인 홀로그램 몇 개를 보여주었다.

이들 홀로그램은 나에게 오는 손님들에게 처음 힐링을 시작하면서 단골로 사용하는 것들이어서 대부분의 경우에 잘 먹힌다.

S사장의 왼손도 어느 정도 풀어지고 옆에서 내 이야기를 듣고 있던 사모님의 얼굴도 부드럽게 바뀔 즈음에 '띵동!' 하고 배달 음식이 도착한다.

사모님은 배달 온 쟁반짜장면을 개인 그릇에 나누어 담고 같이 먹는데, 오랜만에 먹어서인지 아주 맛이 있다고 한다. S사장도 군만두 3조각에 짜장면을 한 그릇 다 먹고 남은 것도 부인과 함께 나누어서 다 먹는다.

이렇게 두 분이 맛있게 식사를 하는 것은 식사 전에 들은 나의 홀로그램 몇 편에 마음이 충분히 편해졌다는 의미이다.

식사 후에는 거실에 간이매트를 깔고 편하게 누워서 하였는데, S사장이 어깨가 아프다고 한다.

그래서 환자를 앉게 하고 등 뒤에서 요즈음 새로 연습하기 시작한 '장문 힐링' 을 해 보았다.

이것은 신의라고 소문난 장병두 옹의 맥진법과 문문칩의 혈자리를 응용하여 만든 것인데 아직 숙달이 안 되어 좀 더 연습이 필요하다.

S사장이 어깨가 아프다고 하는 것은 장병두 옹의 맥진법에 의하면 심장이 안 좋다는 것인데, 어쩌면 S사장의 상태가 아주 심각한 것일지도 모르겠다.

그 후 한 시간 이상을 S사장은 누웠다 앉았다를 반복하면서 자세를 바꾸고, 나는 그 자세에 맞춰서 이리저리 치료혈을 찾는데 이거다 하고 잡히는 것이 없다. 젠장!

S사장 부인이 바로 옆에 앉아서 이러는 모습을 유심히 지켜보는데 내가 하는 모든 동작이 치료법의 일종이라고 설명은 하였지만 긴가민가해 한다.

그래서 잠시 쉬면서 사모님은 어디 불편한 데가 있는지 물어보니, 왼쪽 다리가 좀 문제가 있다고 해서 옆에 앉아 왼쪽 무릎과 골반뼈를 잡아보니 냉기가 줄줄 나온다.

10여 분 쯤 지나자 냉기가 화기로 바뀌는 느낌이 들어 그렇게 말해 주고 다시 S사장에게로 가서 발에 있는 태충혈을 살펴보니 혈자리 위에는 문문칩이 붙어있고, 그 라인을 따라 발등으로 올라가니 주변의 뼈가 엄청 불거져 있다. 와!, 이것이 바로 S사장의 치료혈이었다.

그 후로 거의 2시간에 걸쳐 S사장의 오른발 태충혈 주변의 변형된 뼈를 바로 잡는데, S사장은 곤히 잠들어 있다.

오른발 태충혈 주변의 변형된 뼈를 대충 바로 잡아주고 좀 여유가 생겨 발목 주변을 살펴보는데, 이런! S사장의 아킬레스건 주변의 살이 다 빠져 나가고 거의 아무것도 없다.

이것이 무슨 의미인지는 잘 모르겠지만 아마도 이것은 S사장이 조기에 고령화 대열에 들어갔다는 징후인 듯하다. 그리고 이러한 것은 S사장 부부에게 지금은 말해 줄 수 없는 것이다.

S사장은 다음 주에도 비얼힐링을 받으러 온다고 하는데, 이러한 노력으로 다시 준고령인으로 되돌아갈 수 있을는지는 미지수다.

소위 똥배라고도 불리는데 노화 치료에 큰 도움을 주기도 한다. 지방을 빼서 줄기세포를 잔주름이 많고 탄력이 없어 늘어지거나 칙칙한 얼굴에 주입하면 모든 사람의 로망이라 불리는 동안 피부로 만들 수 있다.

줄기세포는 동일 조직뿐만 아니라 다른 조직의 세포로 분화할 수 있기 때문에 줄기세포를 원하는 부위에 주입하면 해당 조직의 세포수가 증가한다.

줄기세포를 얼굴에 주입하면 진피 조직의 섬유아세포가 활성화되고, 콜라겐, 엘라스틴, 히알루론산이 증가한다. 콜라겐과 엘라스틴이 풍부하면 주름지고 처진 피부를 아이 피부처럼 탄력 있게 변화시킨다. 히알루론산은 수분을 끌어당기는 능력이 강해 푸석거리고 건조한 피부를 촉촉하고 윤기 있는 피부로 만들어준다.

줄기세포는 불필요한 복부지방에서 얻을 수 있다. 운동을 해도 잘 빠지지 않는 뱃살을 감소시키는 효과도 볼 수 있다. 평균 지방 채취 소요시간은 20분 정도이며 줄기세포 주입시간은 10분 정도다.

S사장은 상기 줄기세포 치료를 받기 위하여 자기 복부지방을 빼서 배양하였는데, 우리나라에서는 의료법에 묶여 못하고, 또 편법으로 일본이나 중국에 가서 맞는 것도 코로나 거리두기에 묶여 곤란하여 현재는

배양한 줄기세포를 냉동 보관중이라고 한다.

즉, 이러한 제약이 없었다면 나한테 비얼힐링을 받으러 오지도 않았을 것이다.

S사장이 후에 이들 제약이 풀려 이 줄기세포를 맞으면 준고령인으로 되돌아가고 동안으로 변할까(?)

의료 분야의 신기술들이 많이 개발되면 '비얼힐링'의 가치는 비얼로 가득찬 거품으로 변하고 연구하는 돌팔이의 덧없는 홀로그램이 되어 허공중으로 스러질 것인가!?

P.S.

2020년 10월 5일, 추석 연휴가 끝나고 S사장이 5번째로 대전에 왔는데 전전날 어깨와 목이 아파 병원에서 치료를 받았다고 한다. 이것은 은하우주선에 피폭된 환우에게서 나타나는 대표적인 징후이어서 바로 '비얼힐링'에 들어갔다. 그런데 은하우주선이 관통된 궤적으로 추정되는 양어깨와 목에서 무려 5시간 동안 줄기차게 자유전자가 흘러나오는데, S사장도 이런 변화를 어느 정도는 자기 스스로 느낄 수 있어 여간 즐거워하는 것이 아니다.

그리고 언젠가 줄기세포 주사를 맞아도 '비얼힐링'을 하러 계속 오겠다고 한다.

(끝)

| 에필로그 |

서금석 장편실화소설 '비얼로 간다' 의 에필로그는 속편 '잠얼로 간다' 의 프롤로그이다.

요즈음 가끔 뉴스에 나오는데, 우리나라의 핵잠수함 개발 관련 기술은 충분하다는 평가를 받는다.

그런데 거기에 사용될 핵연료를 구할 수 없어서 곤란하다고 한다.

필자의 우견으로는 제대로 된 팥소가 없는 찐빵보다는 풀빵이 낫다.

풀빵을 붕어 모양으로 만들고 그 안에 팥소 비슷한 것을 조금만 넣으면 그런대로 잘 팔리는 붕어빵이 되는데, 찐빵을 억지로 만들려고 다른 나라에 구걸하기보다는 우리 식성에 맞추어 노릇하게 구워진 멋진 붕어빵이나 잉어빵을 만들어 먹는 것이 현명하다.

한국형 핵잠수함에 들어가는 원자로의 모델로 비얼로를 적당히 축소시키면 잠얼로가 된다.

이 비얼로나 잠얼로는 스마트 원자로에서 사용하는 소결체를 그대로 사용하므로 우리나라에서 얼마든지 만들 수 있다. 이러한 잠얼로를 장착한 핵잠수함을 보유하면 삼면이 바다인 우리나라에서는 그 어딘가 은밀한 깊은 곳에 수개월에서 수년 간 조용히 잠복해 있다가 작전 명령이 떨어지면, 슬그머니 움직여 불의의 일격을 가할 수 있어서 보유하고 있다는 사실만으로도 전략상 우위를 확보할 수 있다.

핵잠수함은 수개월에서 수년간 잠복해 있다가 나타나서 무섭지만, 은하우주선 피폭장애 증후군이나 후유증으로 우리 몸 어딘가에 생성된 각양각색의 잠얼은 수개월에서 수년, 아니면 수십년 간 은밀히 잠복해 있다가 어느 날 불시에 나타나 우리를 괴롭힌다.

'잠얼로 간다' 에서는 이러한 잠얼들을 힐링 시키는 방법을 찾아 태극기 휘날리는 한국형 핵잠수함을 타고 당당하게 깊고 깊은 바닷속 어딘가에 있는 잠얼 나라로 간다.

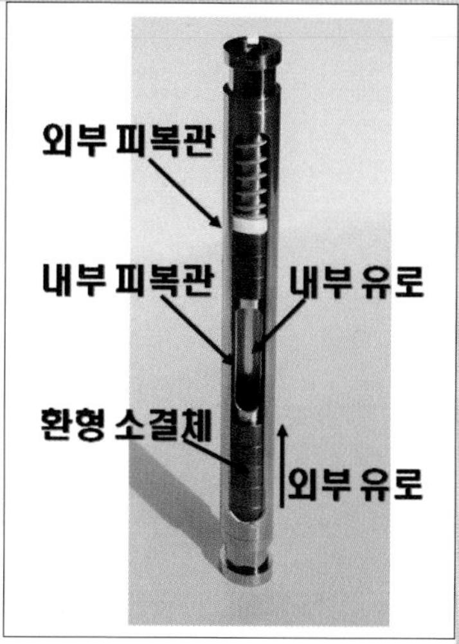

그런데 장보고-2함을 개조한 한국형 핵잠수함을 타고 잠얼 나라에 가보았는데, 거기에서는 인터넷을 검색하면 나오는 이중냉각핵연료의 사진과 거의 비슷한 것을 잠얼봉으로 사용하고 있었고, 잠얼로의 크기도 장보고-1함에 여유 있게 탑재할 수 있는 아주 아담한 것이었다. 신기하여 담당자에게 물어보니 자기네도 얼마 전에 한국원자력연구원과 기술협약을 맺었다고 한다.

그리고 새로운 잠얼봉을 사용하니 작전 중에 핵연료 전면 교체도 어느 정도 시간의 여유가 있으며 현장에서 아주 쉽게 할 수 있다고 은근 자랑한다.

'아~ 대한민국!'

잠얼 나라로 기술을 역수출 한다…!

이런 멋진 기술을 개발한 한국원자력연구원에 근무하는 훌륭하신 연구원님들의 노고에 경의를 표한다.

그리고 이러한 이 세상 최고의 기술이 잠얼 나라뿐만 아니라 우리나라에서도 빛을 볼 수 있게 되기를 기도드린다. 아멘

2020. 11. 04

서금석 살바토르 올림

비얼로 간다 ❷

•

지은이 / 서금석
펴낸이 / 김정희
펴낸곳 / 지구문학

03140, 서울시 종로구 종로17길 12, 215호(뉴파고다 빌딩)
전화 / (02)764-9679
팩스 / (02)764-7082

등록 / 제1-A2301호(1998. 3. 19)

초판발행일 / 2020년 12월 1일

값 15,000원

E-mail/jigumunhak@hanmail.net

ISBN 979-11-965316-6-9 03810